国家出版基金项目
“十二五”国家重点图书出版规划项目

中國京劇流派劇目集成

启功题签

《中国京剧流派剧目集成》编委会　编

第　贰拾柒　集

學苑出版社

图书在版编目（CIP）数据

中国京剧流派剧目集成．第27集 ／《中国京剧流派剧目集成》编委会编．—北京 ：学苑出版社，2014.11

ISBN 978-7-5077-4654-9

Ⅰ．①中… Ⅱ．①中… Ⅲ．①京剧－剧本－作品集－中国 Ⅳ．① I232

中国版本图书馆 CIP 数据核字 (2014) 第 280743 号

出 版 人：孟　白
责任编辑：潘占伟
装帧设计：徐道会
出版发行：学苑出版社
社　　址：北京市丰台区南方庄 2 号院 1 号楼
邮政编码：100079
网　　址：www.book001.com
电子信箱：xueyuanpress@163.com
销售电话：010-67675512　67678944　67601101（邮购）
经　　销：新华书店
印 刷 厂：北京信彩瑞禾印刷有限公司
开本尺寸：889×1194　1/16
印　　张：11.625
字　　数：298 千字
版　　次：2015 年 1 月第 1 版
印　　次：2015 年 1 月第 1 次印刷
定　　价：180.00 元（精装）

《中国京剧流派剧目集成》学术顾问

《中国京剧流派剧目集成》编委会

序言

◎黄克

京剧向称国粹艺术，内容博大精深，剧目十分丰富，人们常以“汉唐三千宋明八百”形容其浩瀚。其中流派剧目又以演员表演的鲜明个性使剧目显得更为多彩多姿，充满魅力，既被专业人员钻研承继，也为广大戏迷喜闻乐见，遂成为京剧舞台上一大亮点。

流派

举凡表演艺术，原本就无不带有表演者的个人色彩。京剧表演艺术因其唱念做打诸多方面功夫的综合性和繁难性，表演的个性化尤为突出；加以行当的粗分、剧目的雷同，于大致相同的条件下尽显各自的千姿百态、千变万化；一招一式、一腔一韵之中可以体现不同的特色，同样一出戏，甚至同样一个戏中人物也完全可以演出不同的风采，这种充满个性化的表演，遂成为京剧竞技场上最是为人乐道而又情趣无穷的审美内涵。倘若这种富于个性化的表演为受众所认可，且代有传人，形为规范，即可自成一家，成为迥异于他人的艺术流派。以“四大名旦”（梅兰芳、程砚秋、荀慧生、尚小云）为例，虽皆工旦行，却又各有千秋。京剧大师王瑶卿就曾这样分析这四位后起之秀的独到之处：“梅兰芳的样儿，程砚秋的唱儿，尚小云的棒儿，荀慧生的浪儿。”所谓“样儿”，指梅的艺术造诣全面，要什么有什么；所谓“唱儿”，指程以行腔之新颖动听为能；所谓“棒儿”，指尚的刀马功底深厚；所谓“浪儿”，指荀的柔媚多姿、风情万种。寸长尺短，一语道破各有专擅的各家流派特点。如此成就固然来自自己的勤学苦练、苦心孤诣，更少不了观众的知音捧场、鼓励有加。因此，一个艺术流派的形成，对于创始人来说，无疑是开拓了审美追求的新境界；对于受众戏迷来讲，则更是得到了多样化审美需求的新满足。梨园行有云：唱戏的是疯子——指其追求的执着，听戏的是傻子——指其享受的痴迷。二者相得益彰、相映成趣，或许正道出京剧流派形成之三昧。

流派剧目

在京剧传承的一二百年间，随着历史的变迁、社会的发展，以及新人辈出、师承转换，荡涤旧物、崇尚新声，传统剧目中的绝大部分早已绝迹于舞台，然而，其精华部分（包括剧目中表现出来的唱念做打等程式体系）还是被完好地保存了下来，并得到长足的发展。其间，流派创始人于剧目的推陈出新做出了不可磨灭的贡献。基于对剧目乃至剧中人物的理解和认识，以及更便于发挥自己技艺特长的需要，流派创始人对浩如烟海的传统剧目进行了严格的筛选，经过了整理加工再创作，使之又焕发出崭新的韵味和光彩；随着这样剧目的增多，最终形成了自己流派所特有的剧目系列。而另外的流派又在另外的剧目系列中发挥着自己的优势，即或剧目相同，不同流派依然可以于演出中表现出自己的独特风格。总之，在其演出的剧目中，无不打上自己表演风格的鲜明烙印。京剧舞台上一度出现的这种百花齐放、争芳斗艳的盛况，实由自丰富多彩的流派剧目，这在京剧发展史上已是不争的事实。

但也应看到，如今京剧流派剧目相对于京剧的鼎盛时期，已是光景不再。个中原因很复杂，就客观因素而言，新兴的艺术形式的多种多样，人们的欣赏习惯和娱乐方式已经有了更广泛的选择余地，因而完全可以去旁骛；此外，就京剧本身而言，演出剧目之贫乏不能不说是观众锐减的重要原因之一。本来演出场所和演出场次就不多，翻来覆去又只是那几出骨子老戏，怎么能吸引观众，特别是年轻观众呢？——连那些老戏迷们也都听腻歪了。

回过头来看，今日演出剧目的贫乏和流派创始人晚年艺术景况也不无关系。他们在艺术的巅峰期——集中在上个世纪二三十年代，创作或改编了一出出新戏，直令观众赏心悦目，目不暇接。当其时，除了富连成科班或游动的散班演出些大路戏外，北京的京剧舞台几乎就是流派剧目的天下。据1932年商务印书馆出版的《五十年来北平戏剧史材》的记载，自民国十二年（1923）至十八年（1929）这六七年间，以梅派剧目为例，只“初演”的剧目——也就是自家独创的新戏或整理改编的传统戏，就有前后本《西施》、《洛神》、《廉锦风》、头二三四本《太真外传》、《俊袭人》、全本《宇宙锋》、《凤还巢》、《春灯谜》等12出戏（其中前后四本《太真外传》这四出戏是在一年多时间里陆续完成的）；同一时间段，马派“初演”的剧目也有《化外奇缘》、全本《玉镯记》、《秋灯泪》、《战宛城》、全本《火牛阵》、《鸿门宴》、全部《临江馆（“馆”应作“关”）》、全部《浣纱溪》、《范仲禹》、全本《清风亭》、头二三四本《大红袍》、全本《天启传》、《许田射鹿》、全本《十道本》等15出戏（其中《大红袍》分头二和三四本两次演出），当然，其中还不包括“初演”以外的经常性的大量的传统戏演出。试问，这些曾经轰动一时的流派创始人编创的新剧目于今又有多少出传承下来了呢？个中主要原因就在于流派创始人到了晚年一些唱做吃重的剧目已难胜任，只有将其已臻于炉火纯青的技艺凝炼到少数剧目之中，或演出或教习也只拘囿于这少数几个剧目了。而其传人也就将这几出戏奉为圭臬，全不知其鼎盛时期的所谓“文武双全”、所谓“昆乱不挡”为何事，致使一些当年的热门戏几近失传，这不能不说是梨园一件憾事。记得梅兰芳先生曾撰文论述学艺过程中的“少、多、少”，大意是初学时会的戏（包括技艺）自然是少的。随着所学剧目的增多，技艺的增长，激发起拓宽其艺术驰骋领域的热情，兼收并蓄，从而极大地丰富了自己。进而又随着审美取向的定型，艺术见识的提高，势必要对自己所学所用下一番去芜存精的工夫，扬长避短，使自己的独特技艺集中在少数几个代表剧目之中。表面看来演出的剧目是少了，但炉火纯青，在艺术创新上却达到了新境界。从少到多，从多而少，贯穿着的是继承与发展的艺术成熟的过程，也闯出了一条攀升艺术高峰的必由之路。后学者以为，学会了几出流派代表剧目便可以薪尽火传，得到了真经，孰不料缺少广博的根基，既影响个人的发展，也造成了剧目越传越少的现实。这难道不是应该汲取的教训吗？

有道是“礼失求诸野”。由于流派剧目的独特韵味及其所富有的艺术魅力，由于京剧作为自娱自乐的审美取向已深入人心，更由于迷恋传统演唱艺术者的大有人在，京剧传统剧目——包括一些已经消失于舞台的流派剧目，至今仍在京剧爱好者中间传唱不息。我们不妨到公园里看一看那一圈圈围着的戏迷，他们来自四面八方，或许彼此并不相识，只凭一把胡琴就将大家凝聚在一起，有滋有味地互相欣赏着一段段流派唱腔。更不用说那遍布全国各地乃至国外华人聚居区的票房，他们还时不时地粉墨登场，过一把戏瘾呢！这种自拉自唱、自娱自乐的红火场面，充分显示了京剧流派剧目的深厚群众基础和顽强的生命力，对于相对落寞的京剧舞台不啻一种发人深省的挑战。然而，这又何尝不是对京剧振兴的潜在的呼唤和有力的支持呢！

流派剧目集成

正鉴于其强大的生命力和深厚的群众基础，“振兴京剧”作为文化建设的国策的提出可谓正得其时。而振兴之务，首要的是挖掘和继承优秀传统剧目，以之作为发展和创新的基础和借鉴。我们编纂《中国京剧流派剧目集成》的初衷正在于此：将流派剧目演出的精彩瞬间记录于永恒，将构成流派剧目的诸多元素一一记录在案。诸如每剧的剧情本事、创始人表演特点的提要，剧中人物行当归属、服装扮相，剧本曲文、唱腔谱、伴奏谱、锣鼓经，以及身段谱等得以再现流派表演风格的内容，都力图完整地记录整理出来，为流派艺术的教学和研究提供文字的基础资料。持此，内行自可作为表演的参考，京剧爱好者也可以作为演习的蓝本。

这一工作，对于京剧剧目的基本建设虽然可谓之善举，但具体做起来却困难多多。首当其冲的就是剧目的选定。京剧剧目虽称汗牛充栋，但保存下来的资料却十分有限。京剧形成初期，以“老生三杰”又称“前三鼎甲”的程长庚、余三胜、张二奎为代表的一代固然没有留下什么音像文字资料；即或以“老生新三杰”又称“后三鼎甲”的谭鑫培、孙菊仙、汪桂芬为代表的一代除了少量的唱片外也没有完整的剧目传下来，所以我们的剧目整理工作只能从民国初年以降的“四大须生”、“四大名旦”开始。他们受熏陶于前辈艺术家，可谓传统的集大成而又能创新的一代，整理剧目以他们为重点自然最合适不过。遗憾的是这些艺术大师大都已经作古，得到他们指点和首肯已不可能，为此，我们只能通过其亲传或再传弟子来进行流派剧目的整理工作。从中我们更深地体会到抢救要及时，当初未能抢救下来现在也不要嫌晚而不为，抢救一点是一点，否则能够保存下来的精华越来越少，越加难向历史向后人交代了。

更难的则是遴选整理者。剧目的全面整理需要全面的人才。我们在组织稿件的过程中却发现这样的人手颇不易得。如果流派创始人或其传人曾在戏校任教，且有较为完整的教案保存下来，今日稍加整理即可选用，自然不是难事。不过这样的情况并不多，大量的剧目尚需要对当年的演出本进行追忆记录，加工整理。曾经受业于流派创始人或其传人的京剧工作者虽然是整理演出本的合适人选，但是他们大都是单位的骨干，忙于演出，忙于剧务，或居于领导职位，很难分出身来。即或肯于应承下一两出戏，也常有如下的情况：能演不能说，能说不能写，能写又不能打谱。因此，完成一个剧目经常需由记录者、整理者和打谱人联袂而行，倘再加上剧目的传授者和提要的撰写人，则非四五人鼎力不可。《中国京剧流派剧目集成》收入二百多出戏，每出戏即使平均两三人参加，也要组织四五百人次。其繁难可以想见，其壮观亦可以想见。当然，这还仅就整理者的数量而言，更为难能可贵的还在于参与者的无私奉献。试想，跟演一出戏或教一出戏相比，以文字整理出一出戏，不仅费时而且费力，无疑是一桩一般人不肯为也不屑为的苦差事，而我们的整理者却能甘之如饴，乐此不疲，没有为京剧事业的传承而不计个人得失的宝贵情操，是难有这种积极性的。不仅如此，随着岁月流逝，整理流派剧日益困难，更需要求助一些老专家，他们或是资深艺员、教师，或是资深票友、戏迷，而今已是硕果仅存的京剧艺术的专家、流派历史的见证人。在他们身上洋溢着一种传承京剧流派的使命感，和对振兴京剧的期待。他们热情地参加到这项工作中来，或亲自动手，为我们整理剧目；或答惑解疑，给我们工作以指导。使我们在受教于他们的同时，油然而生一种深深的敬意。

克服了上述困难，《中国京剧流派剧目集成》终于呈现在读者面前。书中，除了囊括主要流派的主要代表剧目，试图反映京剧鼎盛时期的大致面貌而外，尚有可说道者。

首先是挖掘整理出一批流派剧目，其中不乏已近失传的流派艺术精品。其中共收流派五十余家、剧目二百多出，不仅是从装扮到曲谱俱全，而且半数以上不曾整理出版过，可算是京剧剧目建设的一个不小的工程。下列剧目可为佐证。如王（瑶卿）派名剧《南天门》（今能见到的只剩下王和老谭合拍的剧照）、余（叔岩）派名剧《太平桥》（据说是老谭给余说的开蒙戏）、马派名剧《白蟒台》（写王莽被俘后向旧臣一一乞命事，老生扮演反面人物堪称奇特）、麒派名剧《斩经堂》（其中吴汉的悲剧性格曾引起过热烈争论）、荀派名剧《鱼藻宫》（写吕后残害戚姬事，乃荀派悲剧剧目之一），以及汪（笑侬）派名剧《哭祖庙》、龚（云甫）派名剧《徐母骂曹》、徐（碧云）派名剧《绿珠坠楼》、裘（盛戎）派名剧《打銮驾》等，都是难得一见的流派剧目之珍品。而以“关外唐”名世的唐（韵笙）派名剧经其家人和传人的努力竟整理出其代表作《驱车战将》、《闹朝击犬》、《好鹤失政》、《绝龙岭》、《未央宫斩韩信》、《刀劈三关》等七出之多，堪称流派剧目建设的新收获。除此之外，《中国京剧流派剧目集成》还特别着力于武戏的挖掘整理。较之文戏，武戏更难整理，需要将演员在台上的动作招式一一准确地反映出来，没有深入的钻研领会、亲身体验，很难下笔。众所周知，杨小楼作为一代武生宗师，其“武戏文唱”乃武生的不二法门，也是令人神往的一种表演境界，在武戏剧目整理中理应得到体现。资深票友朱家溍先生得其真传，整理了杨派名剧《麒麟阁》，并详细记述了前后六次观剧的心得，惜乎不及将其用工尺谱记下的昆曲吹腔翻为简谱便溘然而逝了。另一出杨派名剧《镇潭州》则是根据京剧耆儒刘曾复先生的讲授整理出来的，其中杨再兴上场的“蝴蝶霸”、和岳飞对打的“枪架子”，皆独得杨派之秘，给人以再闻《广陵散》般的惊喜。此外，高盛麟的《长坂坡》、《走麦城》，王金璐的《落马湖》、《蚆蜡庙》也都走的杨派的路子，有的就是直接跟杨宗师学的。南派大武生盖叫天武功盖世，他的剧目身后却乏人整理，多亏移居上海的原中国戏校武功教师赵雅枫先生以耄耋之年勉力整出《一箭仇》，也算保存了盖派一脉。还值得一提的是收获了一批武丑戏。叶盛章当年是以武丑戏挂头牌演大轴的第一人，勇于创新，能戏甚伙，现将其创作的名剧《酒丐》、《祥梅寺》、《打瓜园》、《徐良出世》、《三盗九龙杯》、《铜网阵》等七出代表作一并推出，既再现了叶氏当年神勇，也为乏人承继的武丑行当提供一些演习之本。尤为可喜的是我们也挖掘整理出富连成科班总教习、文丑“萧派”创始人萧长华老先生的《选元戎》、《荡湖船》、《变羊记》等已近绝迹舞台的拿手剧目。凡此，整理者挖掘流派剧目的辛勤劳作成果，均为我们编纂“集成”增添了光彩。

为了方便读者翻检使用，本书采取四五出戏合编一册的形式，这样全书约有五十册之多，并拟分三批推出。第一批为老生行的余派，以及号称“南麒、北马、关外唐”的三派，和武丑行的叶（盛章）派，计五家八册。第二批则以旦行“梅、尚、程、荀”为代表，包括老旦、刀马旦等流派。第三批是老生、小生、武生、净、丑等其他流派。

预期一两年内出齐。倘若其中有重要疏漏，又得人整理，亦可考虑编辑出版“集外集”，以满足读者的需求，也使这部“集成”更为名副其实。

当然，《中国京剧流派剧目集成》的编纂，其目的只在提供流派剧目作为研究家和后学者的参考借鉴。而流派、流派，意重在“流”。所谓流，指流行和流变。流派艺术正是在流行、流变中最终形成的，即或在最终形成之后，也还是靠流行、流变而发展的，倘若泥古不化，抱残守缺，就会失掉其鲜活的生命力，艺苑奇葩也会枯萎，这已为京剧发展史所证明。不过，流派艺术发展也需要有个前提，那就是首先要掌握渗透在表演程式唱念做打、手眼身发步中的艺术个性，而流派剧目就是其艺术个性展现的载体。继承流派艺术，不能只满足于模拟外在的“体”，更要在剧目演练中去体味其艺术个性的“魂”，这样才能促使京剧流派艺术从剧目建设到表演个性都得到发扬光大。此乃传承流派剧目的题内之义，自毋庸赘言。

目录

杨宝森

万凤姝　万如泉　整理

全部伍子胥

根据杨宝森音配像整理

春秋时期，楚平王无道，纳子妻为妃。宰相伍奢直言劝谏，平王怒而囚之。奸臣费无极向平王献计，逼伍奢修书，以诓其子伍尚、伍员至京都，斩草除根。伍尚兄弟镇守樊城，得父信后，伍员生疑，坚决不去，伍尚只好一人前往，至京都果被平王连同其父一同斩首。平王又派大将武城黑率兵去捕拿伍员，伍员奋战突围，用箭射武城黑，急出樊城，逃往吴国。伍员逃难途中遇故友楚大夫申包胥班师回朝，遂向故友哭诉其冤，并发誓报仇雪恨。申包胥虽再三相劝，怎奈伍员决心已定，申包胥言“子覆楚，我必兴楚”，放走伍员。伍员前往吴国借兵，因昭关画图缉拿，无法过关。巧遇隐士东皋公相救，藏于其家中。一连七日，不得出关。伍员内心焦虑，一夜之间须发皆白。东皋公让好友皇甫讷乔扮伍员，前去叩关，结果被擒，子胥乘隙逃出了昭关。伍员逃至江边，幸得渔丈人相助而过江。伍员以剑相谢，渔丈人拒之。伍嘱其勿泄，渔丈人为此投江。伍员渡过江后饥饿，正逢浣纱女在岸边浣纱，伍员乞食，浣纱女慨赠伍员，伍亦嘱其勿泄，浣纱女为明志投江而死。

伍员逃到了吴国，访知吴国屠夫专诸，是孝勇双全之人，乃结为兄弟。伍员无以为生，只落得吹箫乞食。吴王晏驾，其子姬光本应嗣位，姬僚却仗势自立为王。姬光为求复位，招揽人才，闻伍员至吴国，亲自沿街寻访。至城中遇伍员，召进府中，与被离、孙武共商夺位之事。伍员荐专诸于姬光，商议用鱼肠剑去行刺。专诸归家别母，有所留恋，母训诫专诸后自缢，以绝专诸后虑。姬光假意请姬僚赴宴，专诸假扮厨夫，将剑藏于鱼腹，借献鱼之机，将姬僚刺死，姬光得王位。

《战樊城》一名《杀府逃国》，《长亭会》一名《伍申会》，《文昭关》一名《一夜白须》，《浣纱河》一名《芦中人》，《鱼肠剑》一名《吹箫乞食》，《刺王僚》一名《专诸刺王僚》。

这些剧目均取材于《东周列国志》第七十二、七十三回，并见《左传·昭公二十年》、《左传·昭公二十七年》、《史记·伍子胥列传》，总名为《伍子胥》，又名《鼎盛春秋》。

这是一出以老生为主的大戏，早年是程长庚、汪桂芬的代表作。两位前辈的演唱特点是激越、高亢、浑厚，善于表达悲愤慷慨的情绪，声情并茂，神完气足，极其感人。

杨宝森先生幼读私塾，从九岁起开始学艺，拜师裘桂仙、陈秀华，后又师从鲍吉祥学老生。初搭班斌庆社（由俞振庭组班），边学边演。杨先生童年时嗓音洪亮高亢，《文昭关》即是童年时代表作，那时他以宗汪为主，以汪派激昂高亢的演唱取胜，观众以“小神童”呼之。倒嗓后，嗓音发生了变化，逢高不“钻”，略带沙哑，变成了一条宽而不左、厚而不浊的嗓子。在变声后，他在悉心钻研谭鑫培、余叔岩的基础上，根据个人的嗓音特点另辟新径。在演唱中，利用鼻腔和胸腔、腹腔共鸣，吸收了汪派的特点，又熔谭、余唱腔为一炉，不断创造、发展，终成一派。《文昭关》从杨先生童年宗汪，到变声后宗谭、余，以至自成一格。这是杨先生在艺术上的感悟和升华。比如在《文昭关》中的〔二黄慢板〕，汪派“一轮明月”的“一”字是这样起唱的：5 3 0，杨先生则用低腔 2 4 3 0 起唱，这对于表达人物那种深沉悲怆的情绪更为贴切。再有〔二黄慢板〕的第三句唱腔“实指望到吴国借兵回转”

一句中的“实指望”的分句，杨先生曾三易其腔，这三次的改动，使唱腔更符合人物内心世界的变化。比较如下：

早年：2 1 3 3 2 5 3 ^{2}3 | 2 （老腔老调）
实 指 望

曾改：3 3 2 5 3 ^{5}3 ^{3}2 0 | （四平八稳）
实 指 望

后改：3. 3 2 5 3 ^{5}3 ^{3}2 0 | （俏巧有感情）
实 指 望

从这一个小地方的改动，可以看出杨先生在艺术上追求的是以演唱艺术之完美表现人物的真实情感。在〔二黄慢板〕和〔二黄原板〕中还有两个哭腔，一是“爹娘啊”的“爹”字、“向谁言”的“谁”字，运用了头腔共鸣，2 — 5 — $\underset{\cdot}{6}$，从上行4度到5，到下行7度到$\underset{\cdot}{6}$，这起伏跌宕的唱腔，唱出了人物悲愤激越急于报仇的心情。另外，《文昭关》的〔慢板〕还有一个特点——一般的〔二黄〕都是紧拉慢唱，而这出戏的〔慢板〕“我好比哀哀长空雁……盼到明天”可谓是紧拉紧唱。杨派唱腔是从谭、余化出，“尽管板槽严密如天衣无缝，却能疏密浓淡错落有致”。杨宝森唱工的最大特点是，在循规蹈矩之中，显出清醇雅正，韵味朴实浓厚。杨宝森虽缺立音，但他用腔巧妙，“从嗓音竭蹶中而带有沙音，反而愈显苍凉”。杨宝森唱《文昭关》能在苍凉中兼有悲壮之韵味，这正是他唱腔艺术成功之处。

叶　蓬 口述

万凤姝 整理

人物行当

伍　尚	老生	皇甫讷	老生
伍　员	老生	书　童	杂
院　子	老生	米南适	净
家　将	生	四蓝文堂	杂
鄢将师	生	渔丈人	丑
四白文堂	杂	浣纱女	旦
四黑文堂	杂	专　诸	净
二刽子手	杂	牛　二	丑
武城黑	净	老　丈	生
费无极	净	专诸妻	旦
大太监	丑	四大铠	杂
伍　奢	老生	四太监	杂
四红文堂	杂	大太监	生
四绿文堂	杂	姬　光	老生
中　军	净	柳展雄	净
申包胥	老生	被　离	老生
纛旗兵	杂	孙　武	老生
东皋公	老生		

服装扮相

伍　尚　俊扮。方纱、黑三，绿绣花开氅，青彩裤，厚底靴。（后换青高方巾、宝蓝褶子、小绦子）

伍　员　俊扮。戴方纱、黑三，白绣花开氅、苫肩、大带，青彩裤，厚底靴。后换黑棕网、甩发，白素箭衣、青马褂。《长亭会》时戴白花武生巾。《文昭关》时换黪三、白三，末场换青高方巾、穿青素褶子。《浣纱记》时原扮相不变。《鱼肠剑》时穿青或宝蓝褶子、富贵衣，后换白武生巾，白绣花开氅。

院　子　俊扮。黪三、黑软罗帽，青素褶子、大带，青彩裤，白布袜、福字履。

家　将　俊扮。大板巾、小额子，青素箭衣、大带、青素褶子，青彩裤，薄底靴。

鄢将师　俊扮。大板巾，青素箭衣、大带、素马褂，红彩裤，厚底靴。

四白文堂　俊扮。白大板巾、白龙套服，红彩裤，薄底靴。

四黑文堂　俊扮。黑大板巾，黑龙套服，红彩裤，薄底靴。

二刽子手　揉脸、红秦椒帽或大板巾、额子、独翎，红刽子手服、红铲小马褂，红彩裤，薄底靴。

武城黑　勾黑碎脸。黑蓬头、抓髻、大额子、翎子、狐尾、黑扎、黑耳毛子，黑硬靠、红靠绸、苫肩，红彩裤，厚底靴。

费无极　勾水白脸。相纱、黑满，黑蟒、玉带，青彩裤，厚底靴。

大太监　丑扮。大太监帽，绣花褶子，红彩裤，朝方靴。

伍　奢　俊扮。白满或白三、白棕网、白发髻、白鬓发、黄绸条，古铜色褶子、罪裙，青彩裤，厚底靴。

四红文堂　俊扮。红大板巾，红龙套服，红彩裤，薄底靴。

四绿文堂　俊扮。绿大板巾，绿龙套服，红彩裤，薄底靴。

中　军　勾元宝脸。黑满、中军盔，红开氅，红彩裤，厚底靴。

申包胥　俊扮。黑满或黑三、台顶，红蟒、苫肩、玉带，红彩裤，厚底靴。

纛旗兵　俊扮。梢子帽，蓝布箭衣、大带、红卒坎，红彩裤，薄底靴。

东皋公　俊扮。紫员外巾、白三、白鬓发、黄绸条，紫色帔、古铜褶子，青彩裤，厚底靴。

皇甫讷　俊扮。青高方巾、黑三，青素褶子、白素箭衣、大带，青彩裤，厚底靴。（后换白武生巾、黑马褂、苫肩）

书　童　俊扮。孩儿发，青素褶子、绦子，青彩裤，薄底靴。

米南适　勾白三块瓦脸。黑倒缨盔、黑满，黑开氅，红彩裤，厚底靴。

四蓝文堂　俊扮。蓝大板巾，蓝龙套服，红彩裤，薄底靴。

渔丈人　勾老丑脸。白网子、白发髻、黄绸条、草帽圈、白鬓发、白五嘴，白老斗衣、水裙、大带、披蓑衣，青彩裤，草鞋。

浣纱女　俊扮。梳大头、线尾子、茨菰叶、银头面、蓝色绸，青素褶子，蓝边白裙子、白腰巾子，浅色彩裤，彩鞋。

专　诸　勾紫三块瓦脸。青硬罗帽、茨菰叶、黑满，青素褶子，青缎箭衣、白水裙、大带，青彩裤，厚底靴。

牛　二　丑扮。黑八字吊奄，蓝鸭尾巾，宝蓝褶子、绦子，青彩裤，白布袜、皂鞋。

老　丈　俊扮。白毡帽、黄绸条、白鬓发、白满，白老斗衣，青彩裤，白布袜、福字履。

专诸妻　俊扮。梳大头、线尾子、银头面，青素褶子、白素裙子、白腰巾子，浅色彩裤，彩鞋。

四大铠　俊扮。罐子盔，大铠服，红彩裤，薄底靴。

四太监　俊扮。太监帽，太监服，红彩裤，薄底靴。

大太监　俊扮。大太监帽，绣花褶子，红彩裤，厚底靴。

姬　光　俊扮。金踏镫、黑三，红蟒、苫肩、玉带，红彩裤，厚底靴。

柳展雄　勾绿碎脸。扎巾盔、牵巾、红扎、红耳毛子，绿蟒、苫肩、玉带，绿龙箭衣大带或扎绿软靠、红靠绸、绦子，红彩裤，厚底靴。

被　离　　俊扮。黪三、道巾，绿鹤氅、绦子，香色彩裤，厚底靴。

孙　武　　俊扮。八卦巾、黑三，紫八卦衣、绦子，青彩裤，厚底靴。

道具

桌　子	三张	**椅　子**	五把
书　信	一封	**托　盘**	一个
酒　具	一份	**单　枪**	八杆
大　刀	一把	**单　刀**	四把
马　鞭	四根	**城　片**	一张
云　帚	两把	**单　锏**	一根
白标帜	四面	**圣　旨**	一份
宝　剑	两口	**弓　箭**	一副
红桌围椅披	各一份	**红、绿标帜**	各四面
三军司命纛旗	一面	**床　帐**	一份
折　扇	三把	**请　帖**	一张
画　像	一张	**烛　灯**	一盏
纸　捻	一个	**船　篙**	一根
竹　篮	一个	**白　纱**	一条
竹拐杖	一根	**木　棍**	一根
竹　箫	一枝	**荷包枪**	四杆
素色桌围椅披	一份		

战 樊 城

第一场

〔【大锣原场】伍尚、伍员从“上场门”上，至“九龙口”，二人整冠、理髯、抖袖，至前台口。【大锣归位】

伍　尚　（念）边外狼烟靖，（左手指）

伍　员　（念）共享【大锣一击】太平春。（双手拱请式）

〔【大锣原场】二人抖袖，合扇转身，归八字椅，伍尚“大边”坐，伍员“小边”坐。家院从“下场门”上，侍立“大边”。

伍　尚　唉！（【撕边一击】右手捶桌叹气）

伍　员　啊兄长（双手拱请式），自到樊城以来，为何终日长叹？（右手摊掌）

伍　尚　你我兄弟自到樊城以来，不知爹娘（双手拱请式）在京可安泰否？

伍　员　吉人自有天相（右手按掌），兄长何必挂怀。（右手抚胸）来——

家　院　有。

伍　员　伺候了。

家　院　是。

〔鄢将师内白：“马来！”

〔【小锣五击】鄢将师左手持书信从“上场门”上，至右台口。

鄢将师　（念）离了京城地，

　　来此是樊城。（右手按掌）【小锣一击】（一望）

来此已是，门上哪位在？

家　院　（出门）做什么的？

鄢将师　烦劳通禀：京都下书人求见。

家　院　候着。（指鄢，进门）启禀二位老爷（双手拱请式），京都差来下书人求见。

伍　员　吩咐书先进，人落后。（右手指出）

家　院　是。（出门对鄢）下书人，书先进，人落后。（右手指鄢）

鄢将师　是。（将书信递家院，从“上场门”下）

家　院　（接信进门）书信[①]呈上。（将信交伍尚）

伍　尚　（接信）贤弟，爹娘有书信到来，贤弟请看（往前一送）。

伍　员　兄长请看。（双手拱请式）

伍　尚　你我同拆同观。

〔【大锣五击】二人站起至前台口。

伍　尚
伍　员　（同）爹娘在此，恕孩儿不孝之罪！（双手拱请式）

---

①　书信：我国造纸术的发明，始于东汉时期。演绎春秋故事的《伍子胥》，不应有纸制书信。京剧注重大关节，对这些旁枝末节，不甚讲究。

〔【长锤·夺头】二人拜书，归原位坐。伍尚拆信观看。

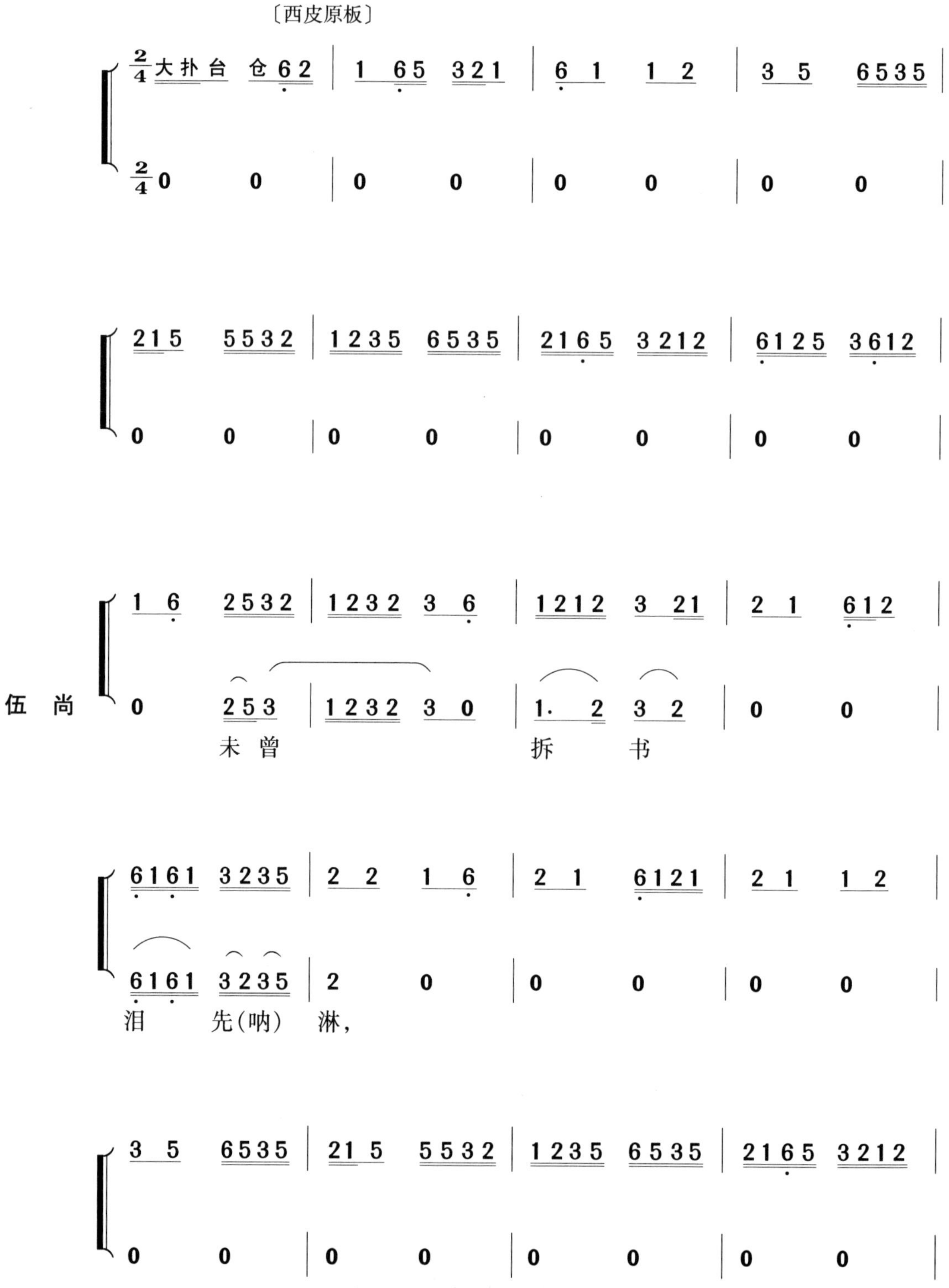

战樊城

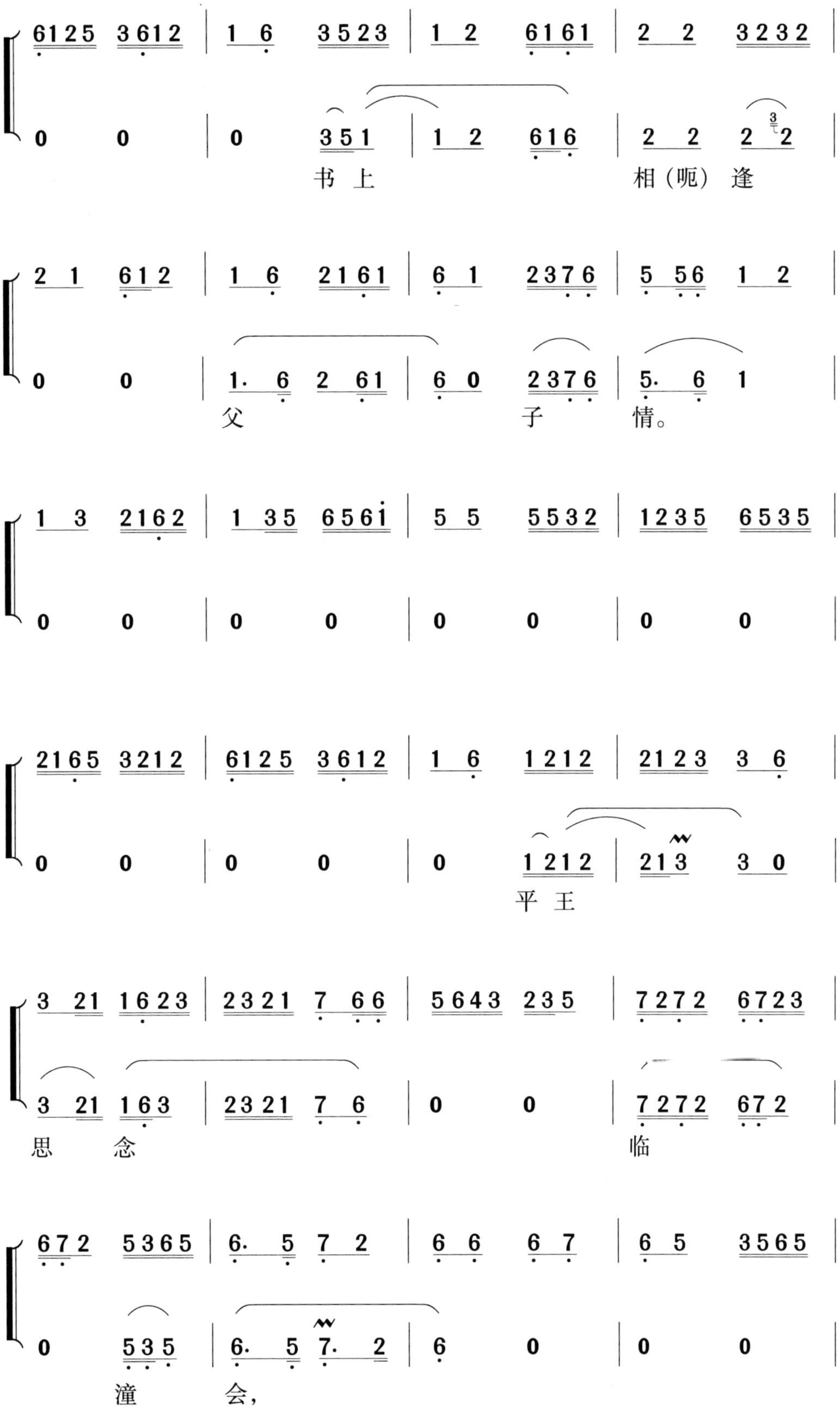

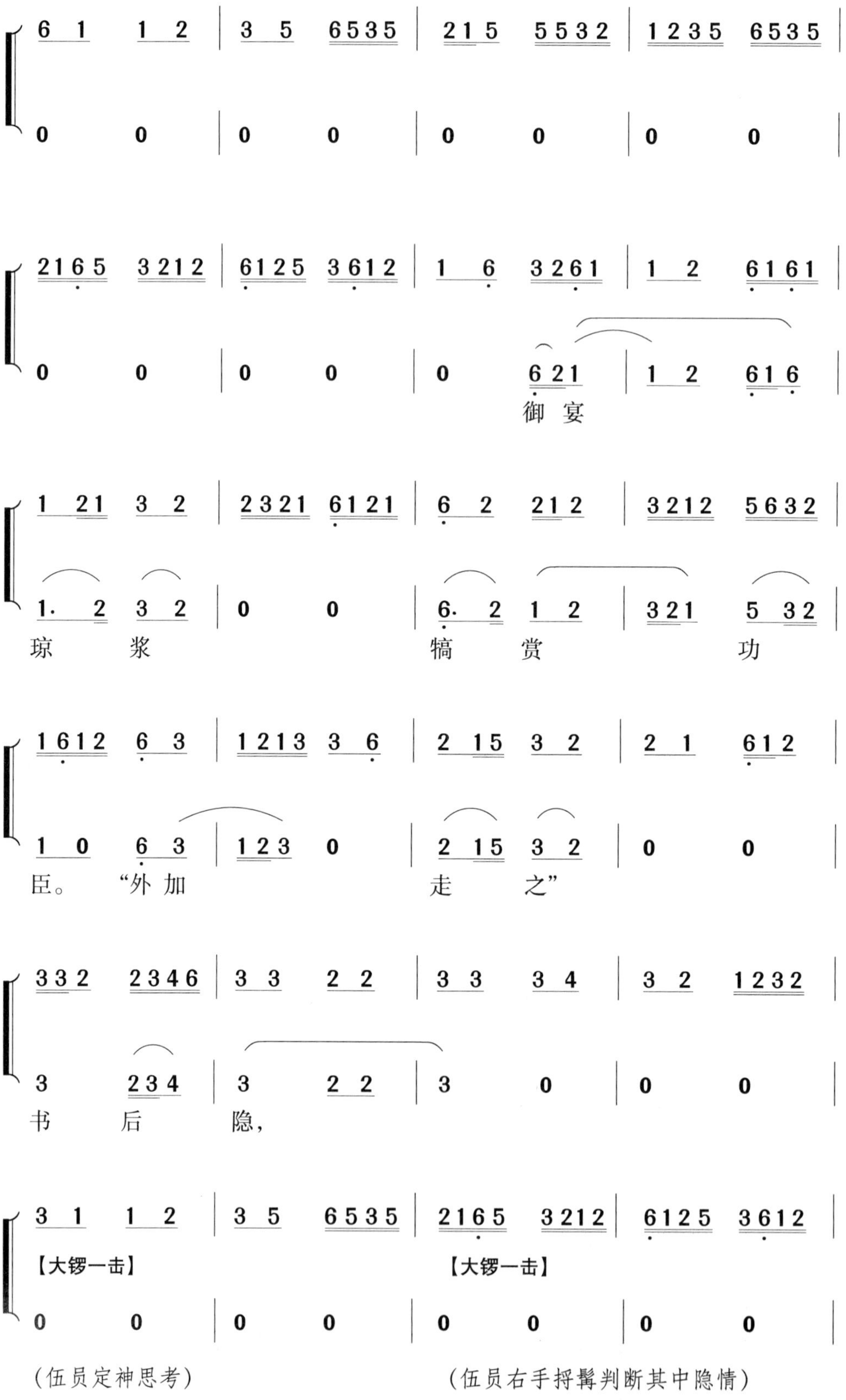
御 宴
琼 浆
犒 赏
功
臣。
“外 加
走 之”
书
后
隐，
【大锣一击】
【大锣一击】
（伍员定神思考）
（伍员右手捋髯判断其中隐情）

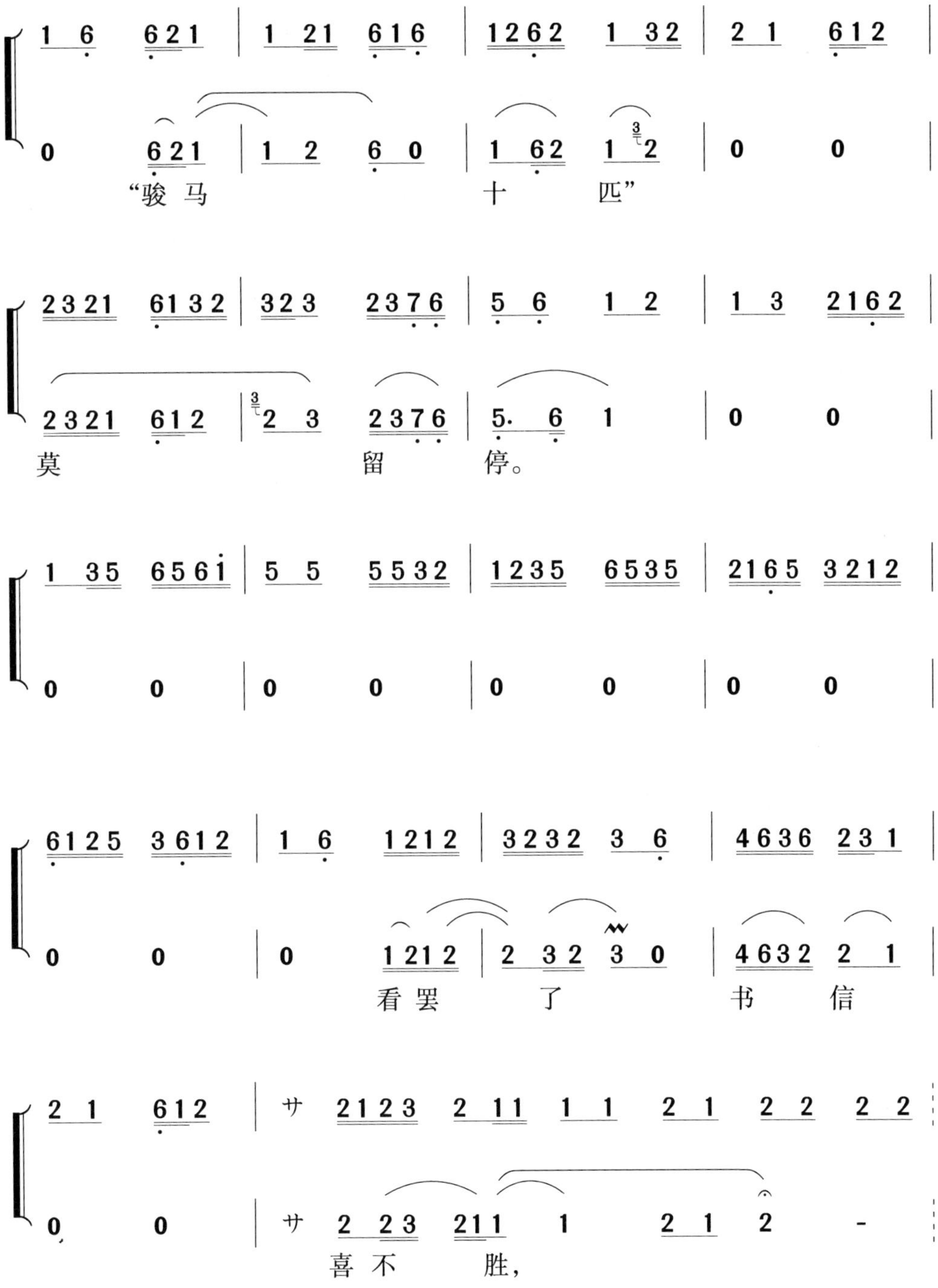

「【大锣一击】伍员右手捋髯思考。

伍 员 噢！【闪锤】（站起，向前走两步）

〔西皮摇板〕

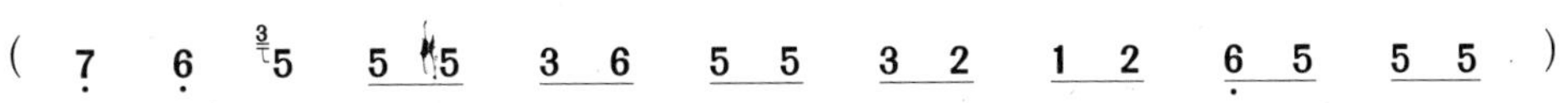

2 2 3 ⁵3 1 2 - - ³2 3. 2 1 60 （3 2 1
伍 员 心 中 （呃）
（右手抚胸）

6. 1 2 2 ） 1. 3 2 - ³2 2. 1 1 - ‖
自 （呃） 沉 吟。
（右手抚胸揉动一圈）

〔【大锣原场】伍员向左转身归原位。

伍　尚　贤弟请看。（向伍员递信）

伍　员　小弟不必再看。（摆左手）书信有暗语“外加走之”、“骏马十匹”[①]，兄长（双手拱请式）可解？（双手摊掌）

伍　尚　愚兄不解。（放信于桌上）

伍　员　此乃“逃走”二字。（右手向外指出）

伍　尚　唤下书人一问，便知明白。（右手按掌）

伍　员　来——，唤下书人。

〔鄢将师从“上场门”暗上，站右台口。

家　院　是。（出门向鄢）下书人，里面传。小心了！

鄢将师　是。

〔【小锣一击】家院、鄢将师进门，家院侍立“大边”，鄢将师归“小边”站。

鄢将师　下书人与二位少老爷叩头。（施礼）

伍　员　罢了，起来。

鄢将师　多谢二位少老爷。（站起，立“小边”）

伍　员　你叫什么名字？

鄢将师　小人名叫鄢将师。

伍　员　我来问你，你是新进相府，还是久住相府？

鄢将师　小人是新进相府。

伍　员　老太爷？（双手拱请式）

鄢将师　安泰。

伍　员　太夫人？（双手拱请式）

鄢将师　福寿康宁。

伍　员　这封信何人交付与你？（右手指鄢）

鄢将师　内封外发。

伍　员　调我弟兄进京何事？

---

① “外加走之，骏马十匹”：“外加走之”组成一个“辶”字，即“逃”的异体字；“骏马十匹”即“骏马十疋”，“十疋”组成一个“走”字。故剧中“外加走之”、“骏马十匹”隐喻“逃走”。

鄢将师 这个……

伍 员 讲！（右手指鄢）

鄢将师 加官授爵。

伍 员 噢！加官授爵？呵呵呵哈哈哈……（冷笑）

〔【小锣一击】鄢将师低头施礼。

伍 员 外厢伺候！（抖右袖）

鄢将师 是。【小锣一击】（出门，拭汗，从“上场门”下）

伍 尚 啊贤弟，听下书人之言，一定加官授爵了。（右手按掌）

伍 员 自古将在外，君命有所不受。（摆右手）

伍 尚 贤弟呀！

〔西皮原板〕

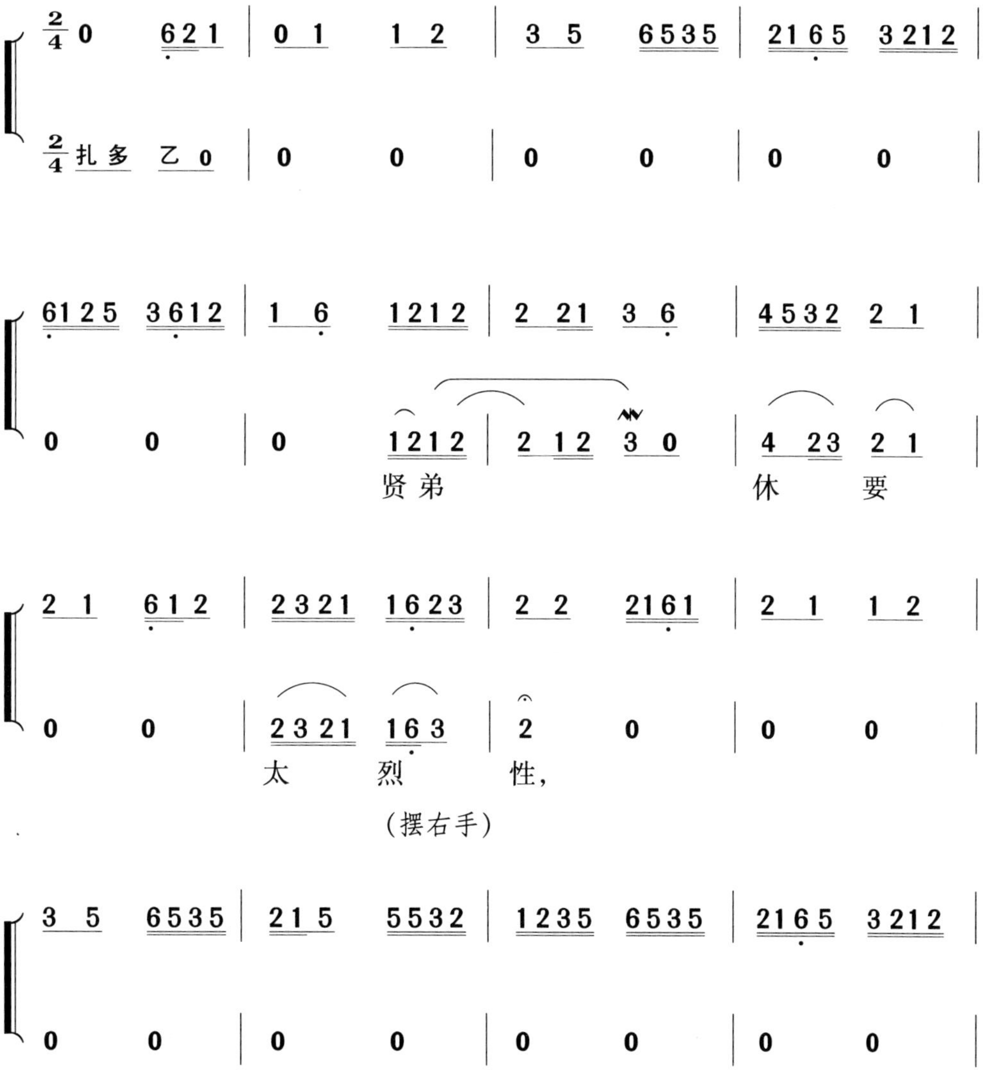

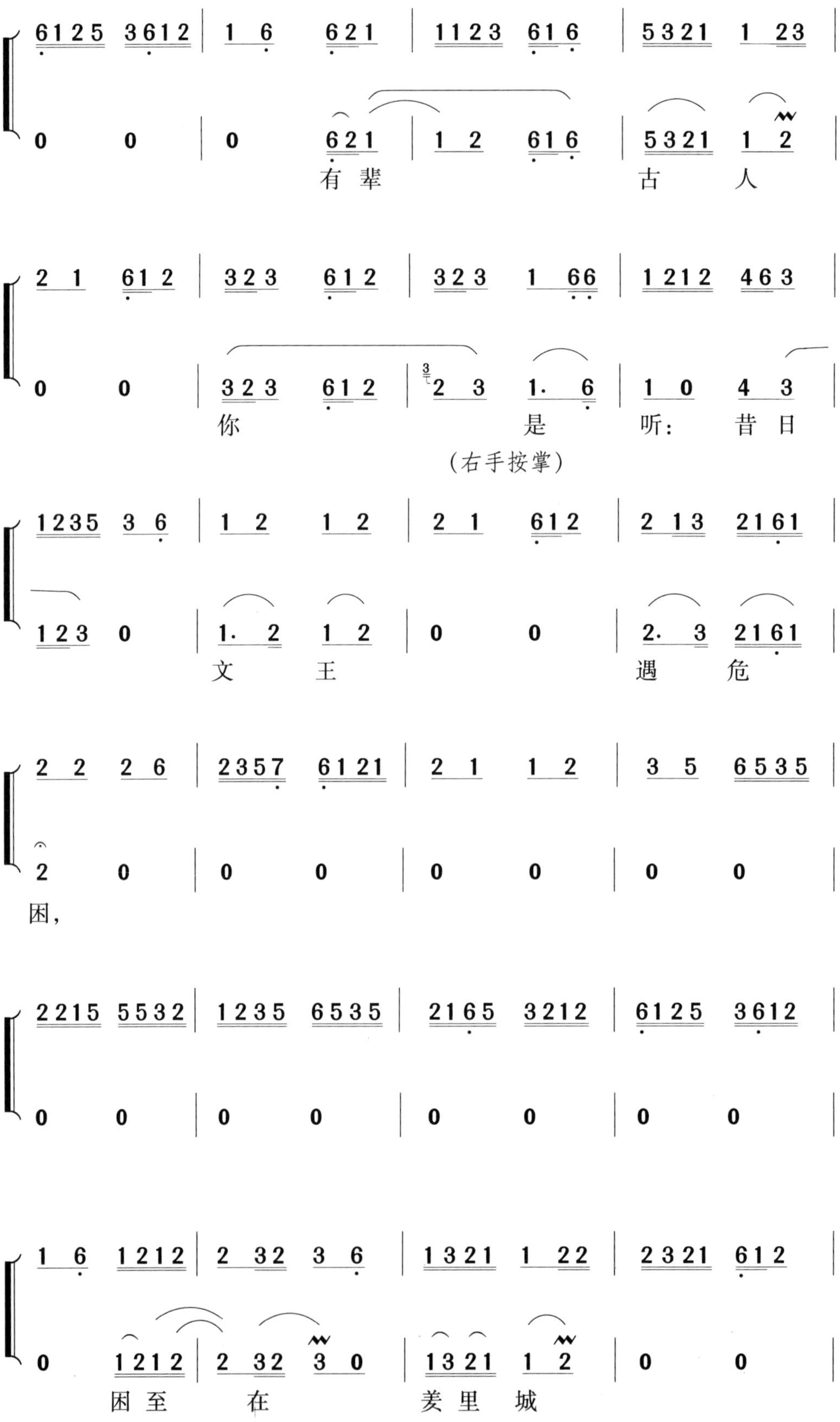
有辈 古 人
你 是 听：昔 日
（右手按掌）
文 王 遇 危
困，
困至 在 羑里 城

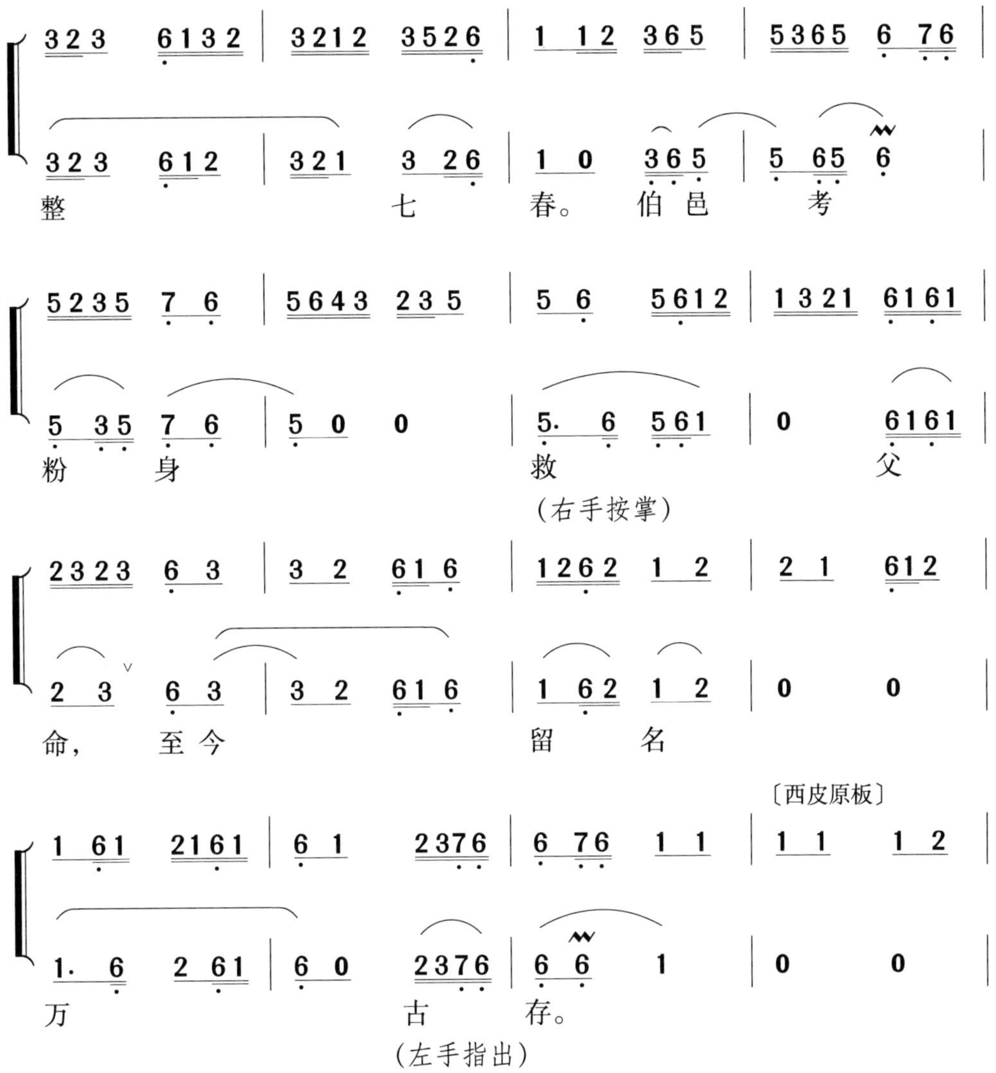

伍 员 兄长。（双手拱请式）

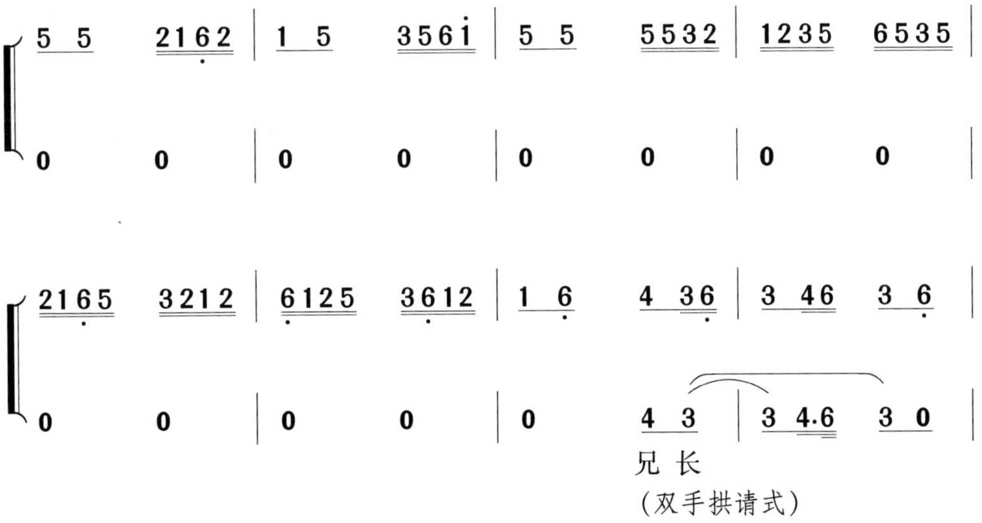

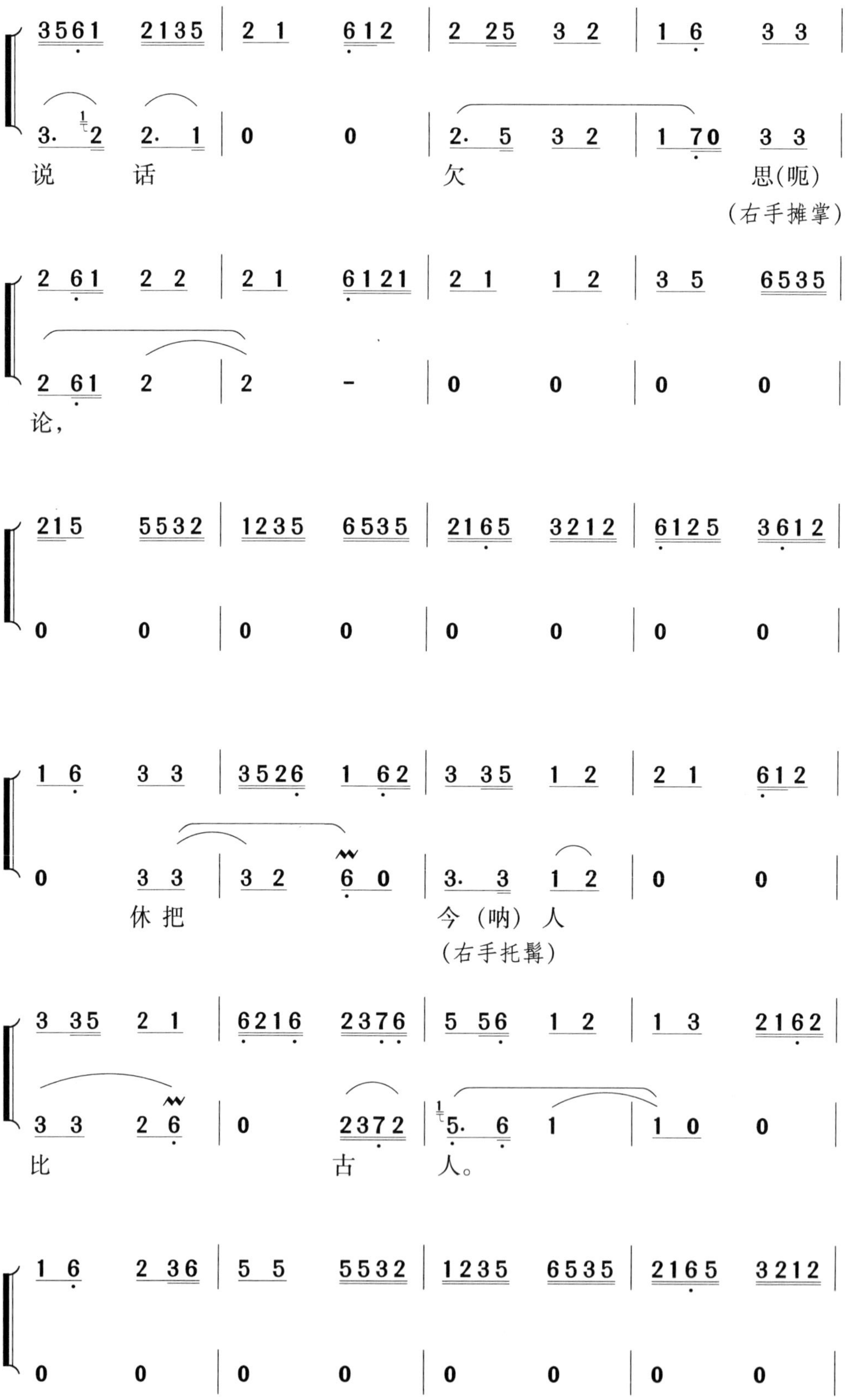
说 话 欠 思(呃)
(右手摊掌)
论,
休把 今(呐)人
(右手托髯)
比 古 人。

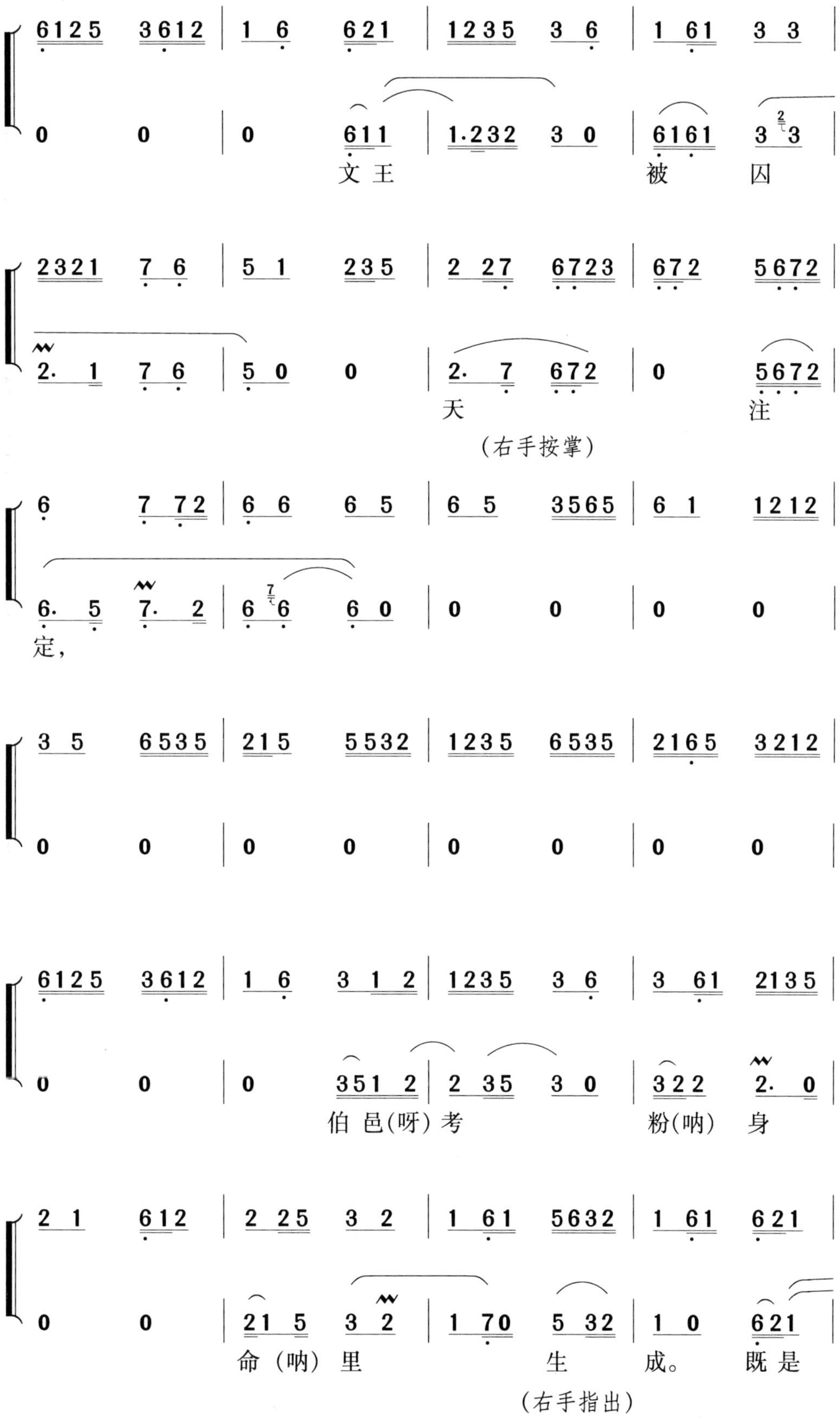
文王
被 囚
天
注
（右手按掌）
定，
伯 邑（呀）考
粉（呐） 身
命（呐）里
生
成。
既 是
（右手指出）

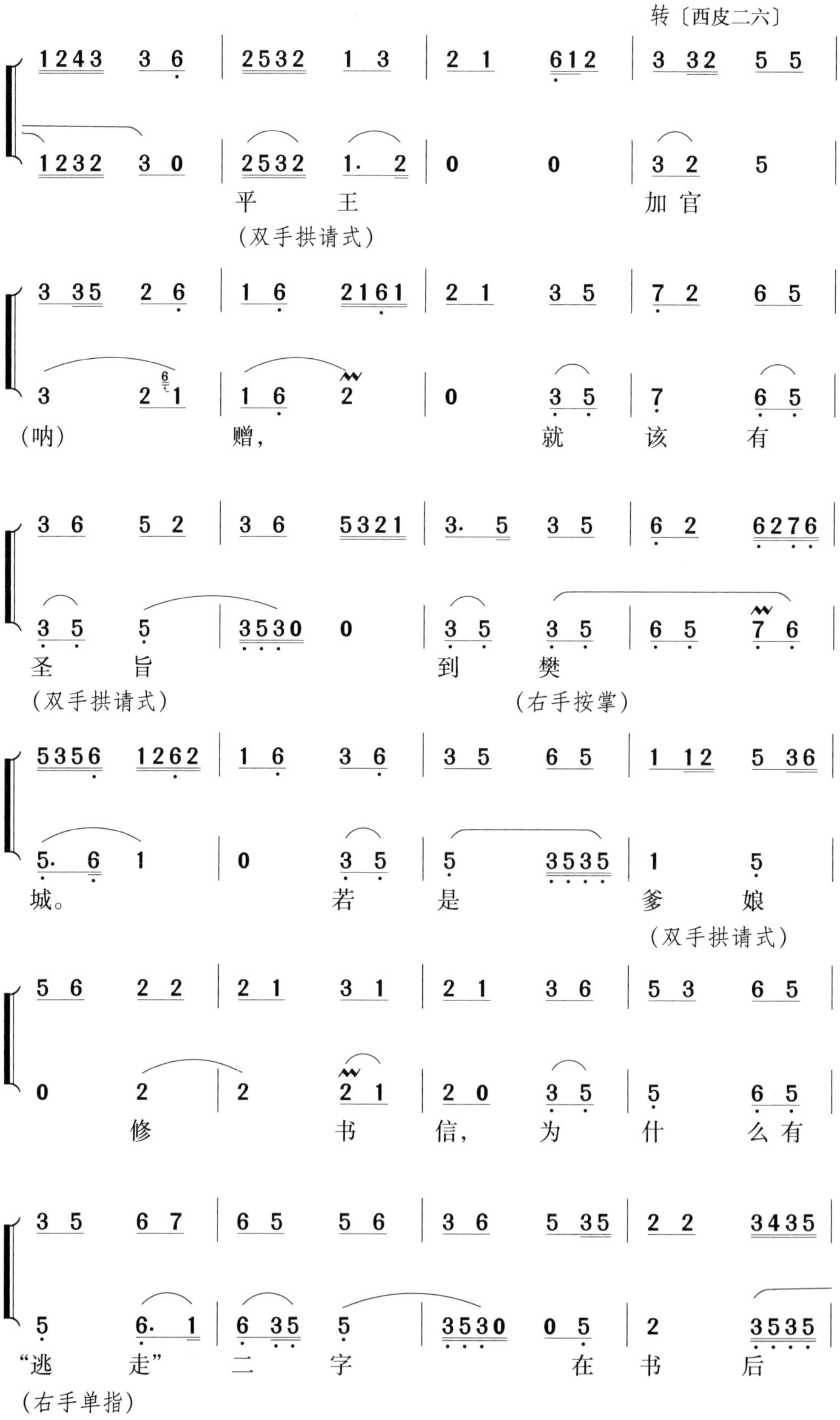
转〔西皮二六〕
平 王 加官
（双手拱请式）
（呐） 赠， 就 该 有
圣 旨 到 樊
（双手拱请式） （右手按掌）
城。 若 是 爹 娘
（双手拱请式）
修 书 信， 为 什 么 有
“逃 走” 二 字 在 书 后
（右手单指）

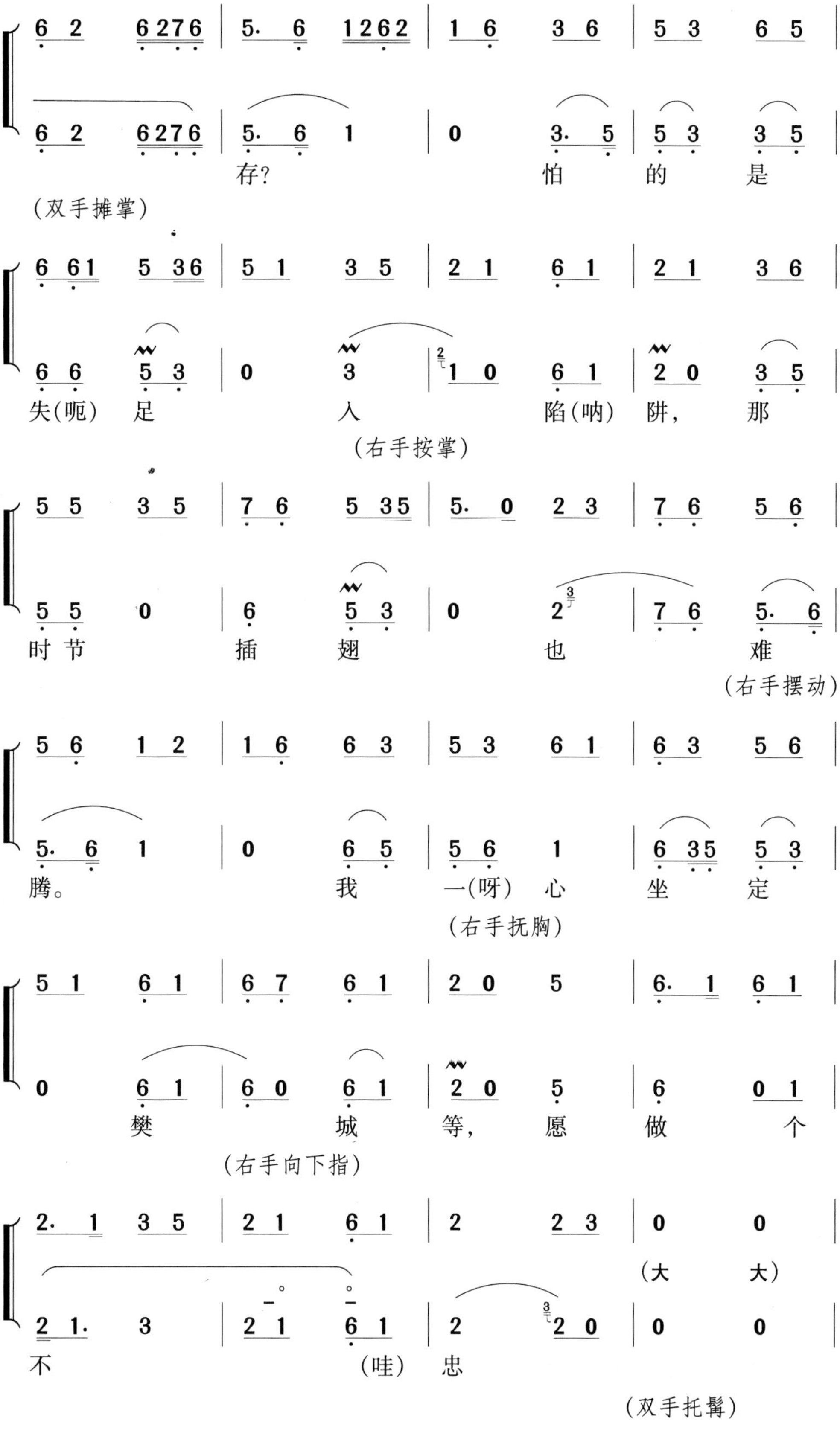
存？ 怕 的 是
（双手摊掌）
失（呃） 足 入 陷（呐） 阱， 那
（右手按掌）
时节 插 翅 也 难
（右手摆动）
腾。 我 一（呀） 心 坐 定
（右手抚胸）
樊 城 等， 愿 做 个
（右手向下指）
（大 大）
不 （哇） 忠
（双手托髯）

サ（6. 1 2 2）611 - 1 6 3 2. 3 232 6. 1 616 1 - ‖
不孝 人。

〔【大锣一击】伍尚看伍员，站起。

伍　尚　噢！【**大锣单键凤点头**】（右手捋髯思考）

〔西皮摇板〕

（7 6 5 5 5 3 6 5 5 3 2 1 2 6 5 5 5）

3 1 2 1 1 2 3 2（3 5 2 1 6 1 2 2）
听一言来才知情，
（右手平抬起，向前走两步）

1 2 1 2 2 5 3 21 1（3 2 1 7. 2 1 1）
要他进京万不能。
（左手向右指）

6 2 1 3 2 3 1 2（3 2 1 6 1 2 2）
长子须要遵父命，
（双手拱请式）

2 5 3 3 21 1 2 2 3 5 2 1 6 6 1 - ‖
是好是歹走一程。
（左手指出）

〔【大锣原场】伍尚右回身归原位坐。

伍　尚　听贤弟之言是不进京的了？（右手摊掌）

伍　员　还是不进京为妙哇。（右手按掌，点头示意）

伍　尚　待愚兄（右手托髯）一人进京，不知贤弟意下如何？（双手摊掌）

伍　员　兄长一人进京（双手拱请式），小弟放心不下（摆右手），命家将跟随，一路之上，也好侍奉鞍马。（右手按掌）

伍　尚　但凭贤弟。（双手拱请式）

伍　员　但不知兄长几时起程？（右手摊掌）

伍　尚　即刻起程。（左手指出）

伍　员　兄长（双手拱请式）请至后面更衣。

　　　　〔**【大锣五击】**伍尚从“下场门”下。

伍　员　来，传家将走上。

家　院　家将走上。

　　　　〔家将内白：“来也！”

　　　　〔**【小锣五击】**家将从“上场门”上，至右台口站。

家　将　（念）俺本英雄好汉，（右手拍腹后成赞美指）

　　　　　　效力帅府门前。（双手拱请式）

　　　　【小锣一击】（进门，站立“小边”）参见二老爷。（施礼）

伍　员　罢了。

家　将　呼唤小人，有何吩咐？（双手摊掌）

伍　员　大老爷一人进京，是我放心不下（右手抚胸），命你跟随前去（左手指出），一路之上也好侍奉鞍马（左手按掌）。倘有不测，速报我知。（右手抚胸）

家　将　遵命。但不知大老爷几时起程？

伍　员　即刻起程，鞴马伺候！

家　将　是。

　　　　〔**【长锤·夺头】**伍尚换装，从“下场门”复上，站“大边”。

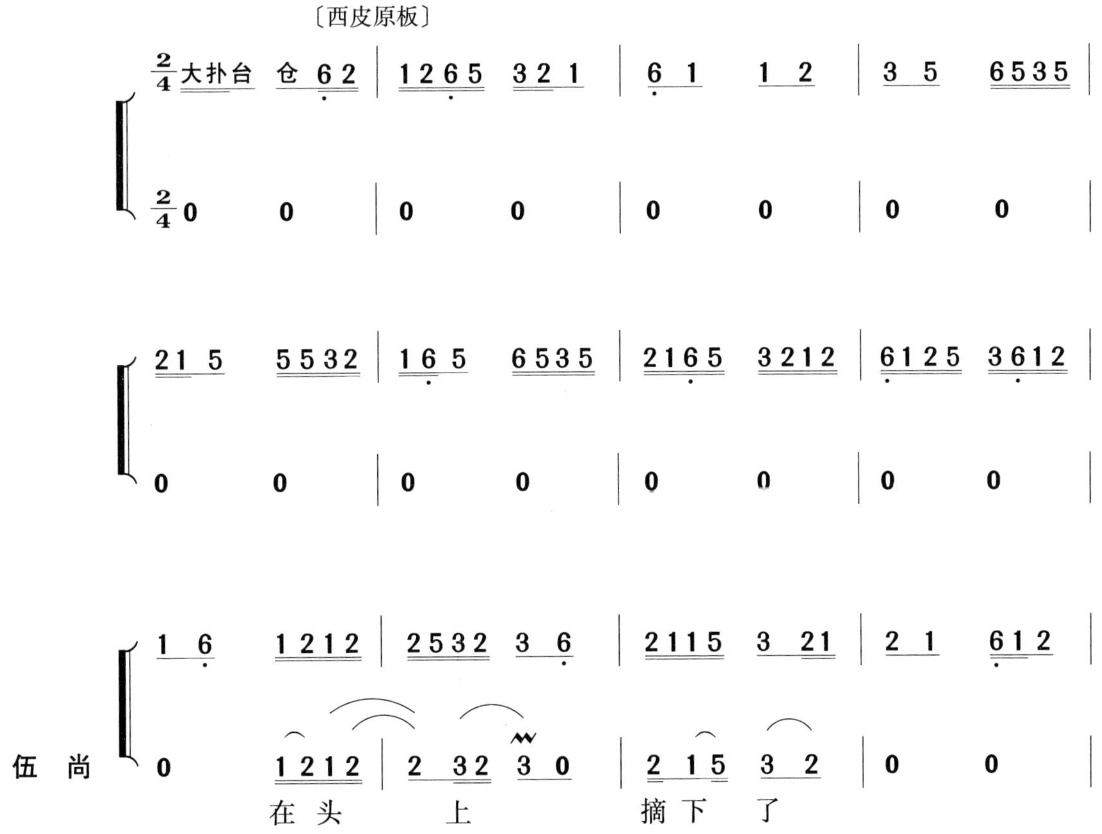

（右手赞美指，指向右额头）

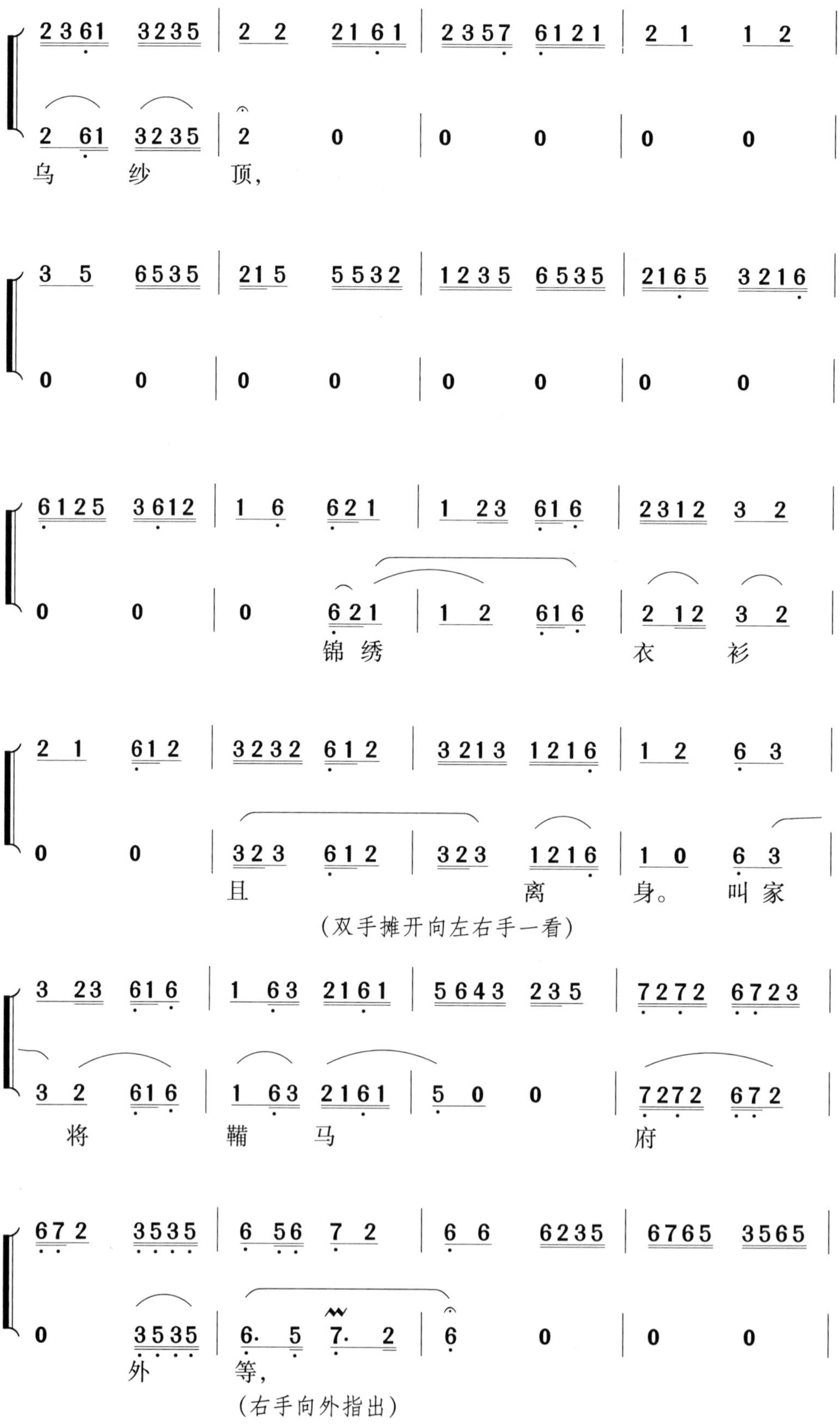
乌 纱 顶,
锦绣 衣 衫
且 离 身。叫家
(双手摊开向左右手一看)
将 鞴 马 府
外 等,
(右手向外指出)

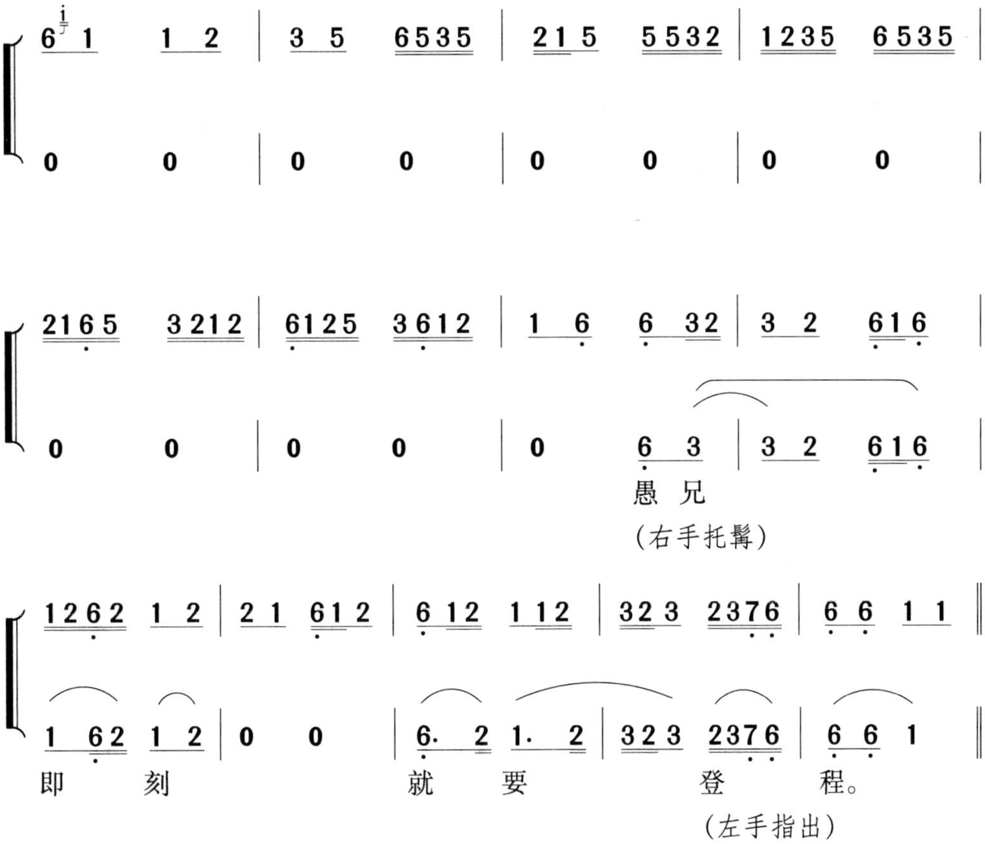

〔家院从“上场门”上。

伍 员 看酒。

〔**【长锤·夺头】**家院从“上场门”下，端取酒具复上。

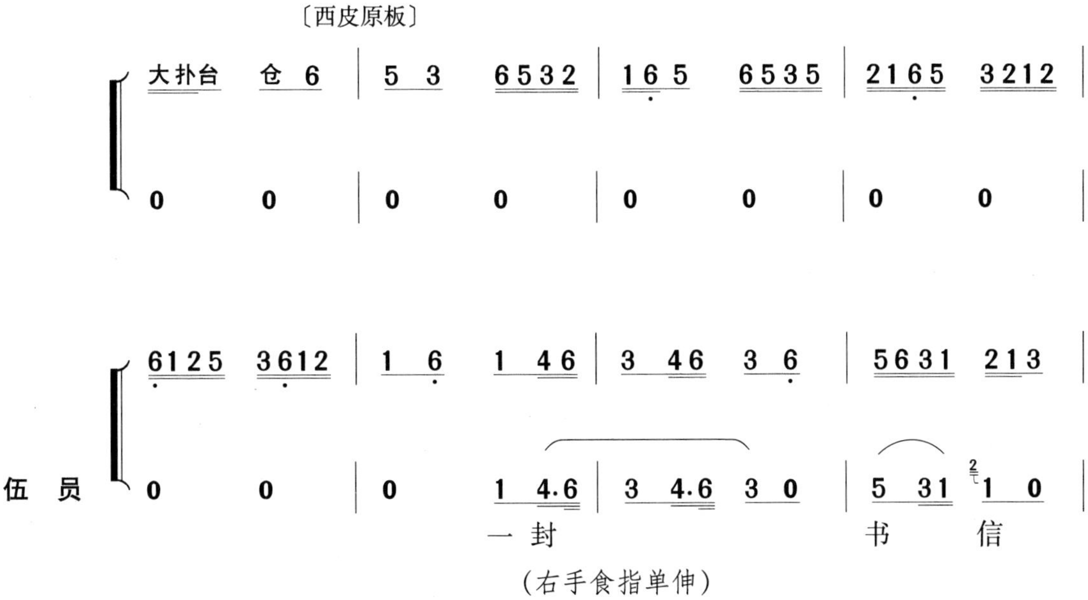

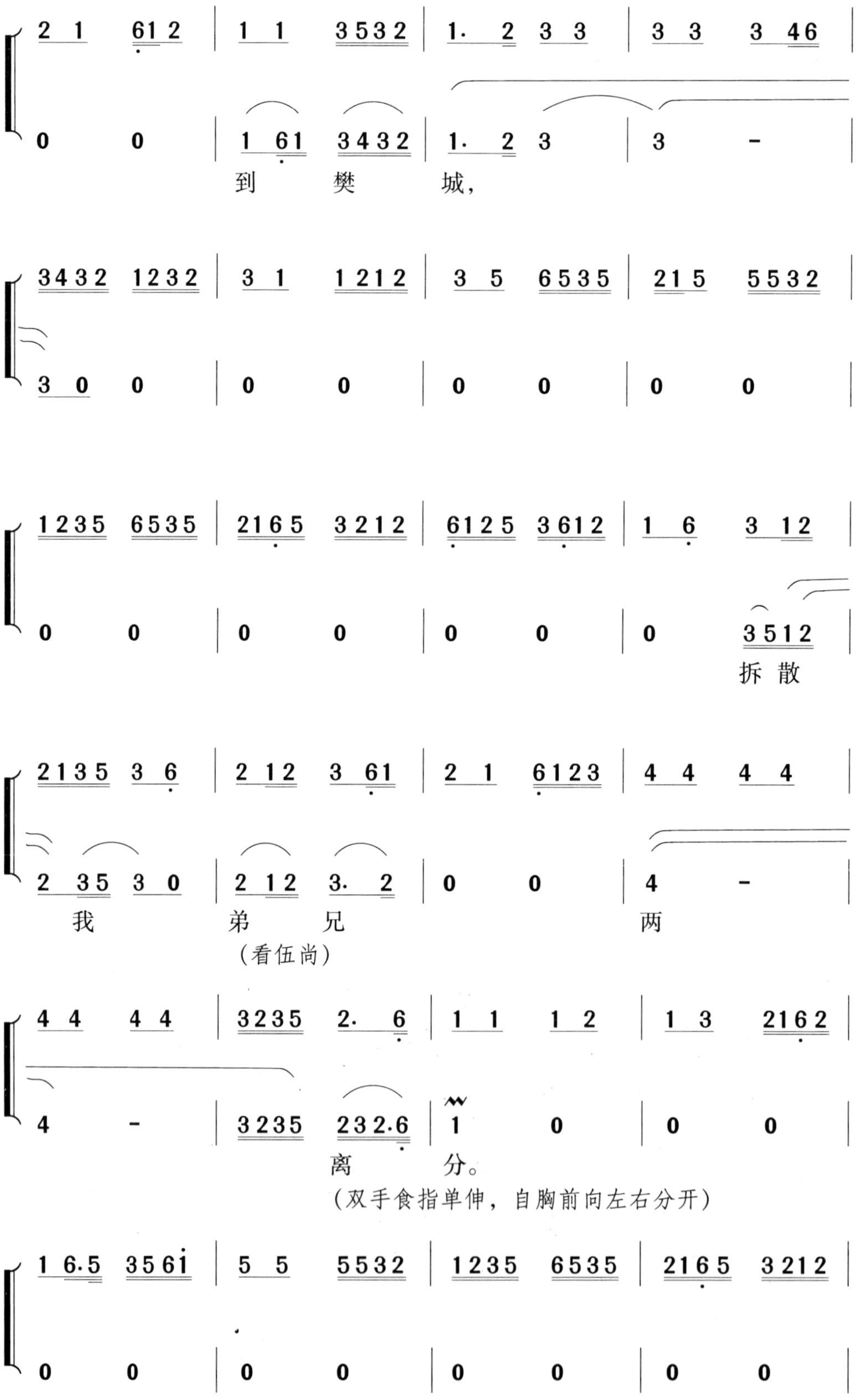
到 樊 城，
拆 散
我 弟 兄 两
（看伍尚）
离 分。
（双手食指单伸，自胸前向左右分开）

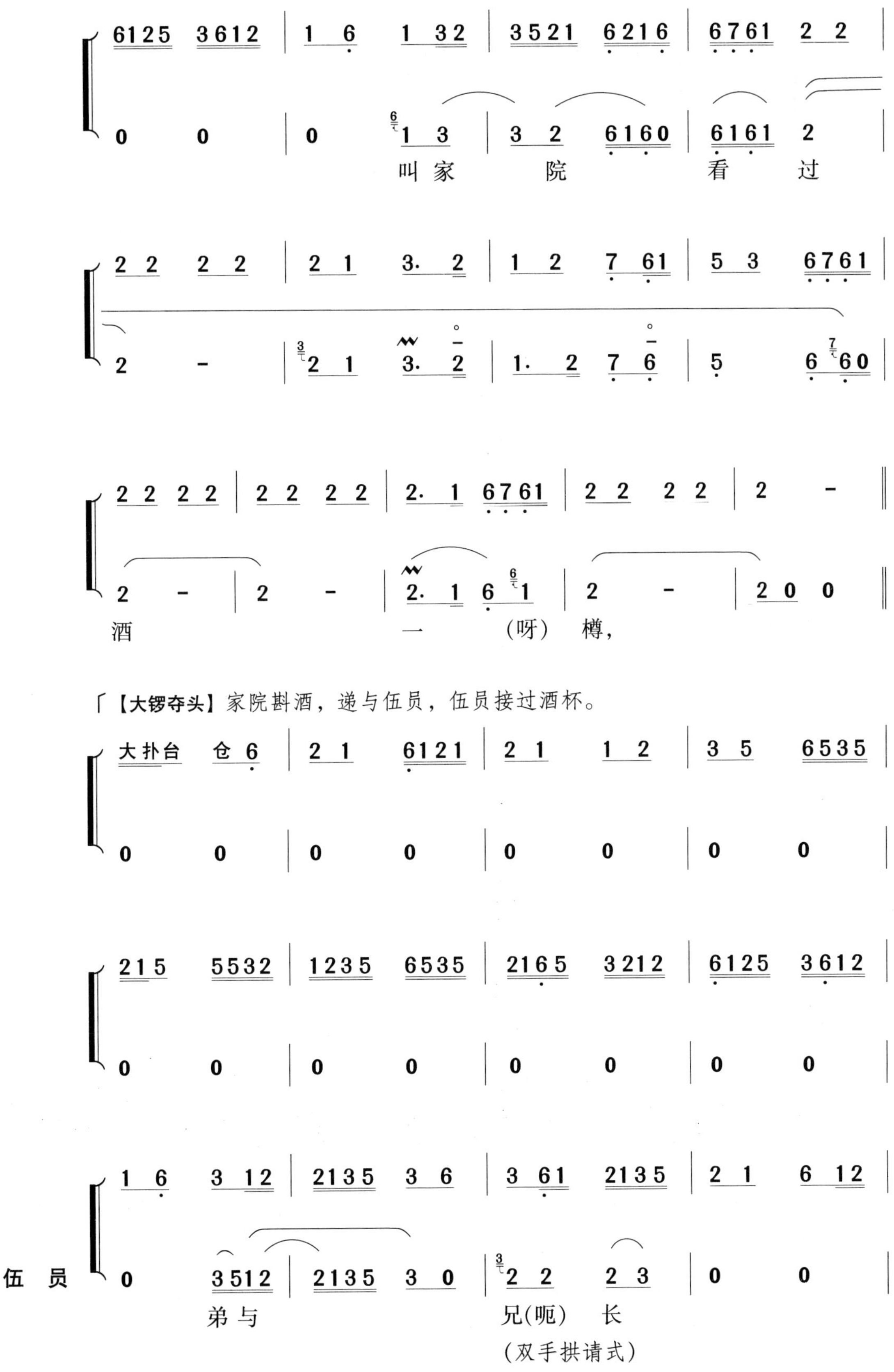
叫家 院 看 过
酒 一 (呀) 樽,
【大锣夺头】家院斟酒,递与伍员,伍员接过酒杯。
大扑台 仓
伍 员
弟与 兄(呃) 长
(双手拱请式)

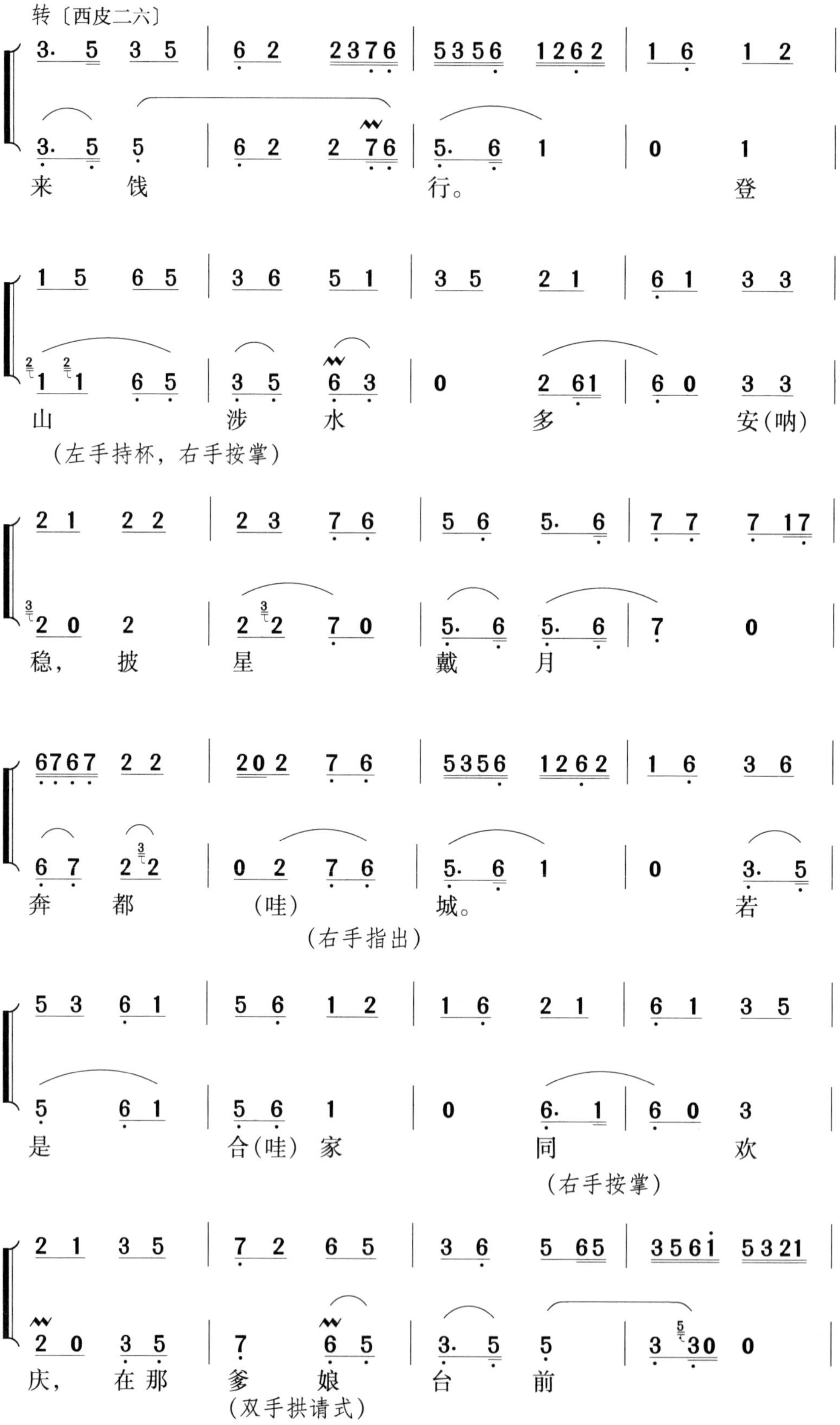
转〔西皮二六〕
来 饯 行。 登
山 涉 水 多 安(呐)
(左手持杯,右手按掌)
稳, 披 星 戴 月
奔 都 (哇) 城。 若
(右手指出)
是 合(哇) 家 同 欢
(右手按掌)
庆, 在 那 爹 娘 台 前
(双手拱请式)

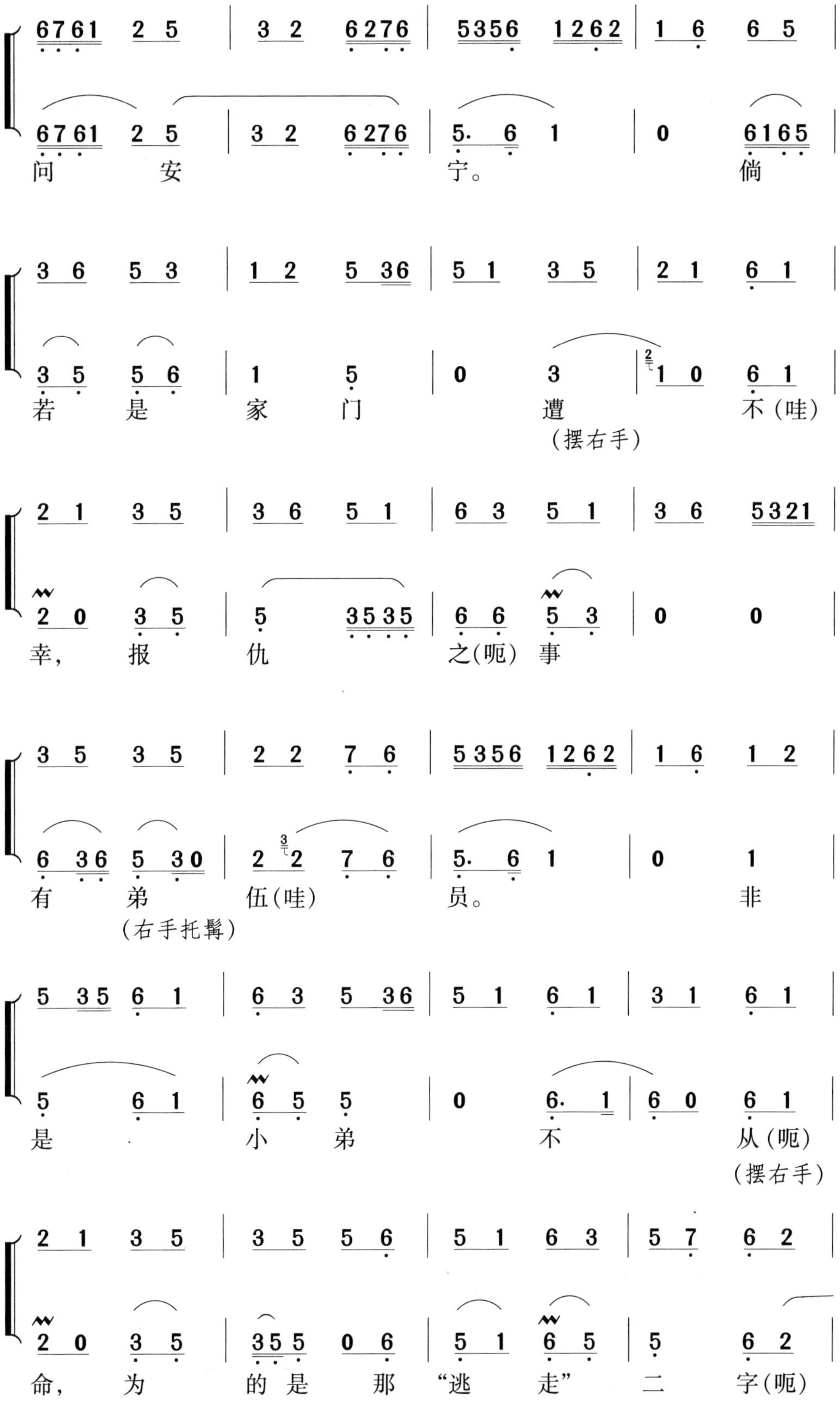
问 安 宁。倘
若 是 家 门 遭 不(哇)
(摆右手)
幸，报 仇 之(呃) 事
有 弟 伍(哇) 员。非
(右手托髯)
是 小 弟 不 从(呃)
(摆右手)
命，为 的 是 那 “逃 走” 二 字(呃)

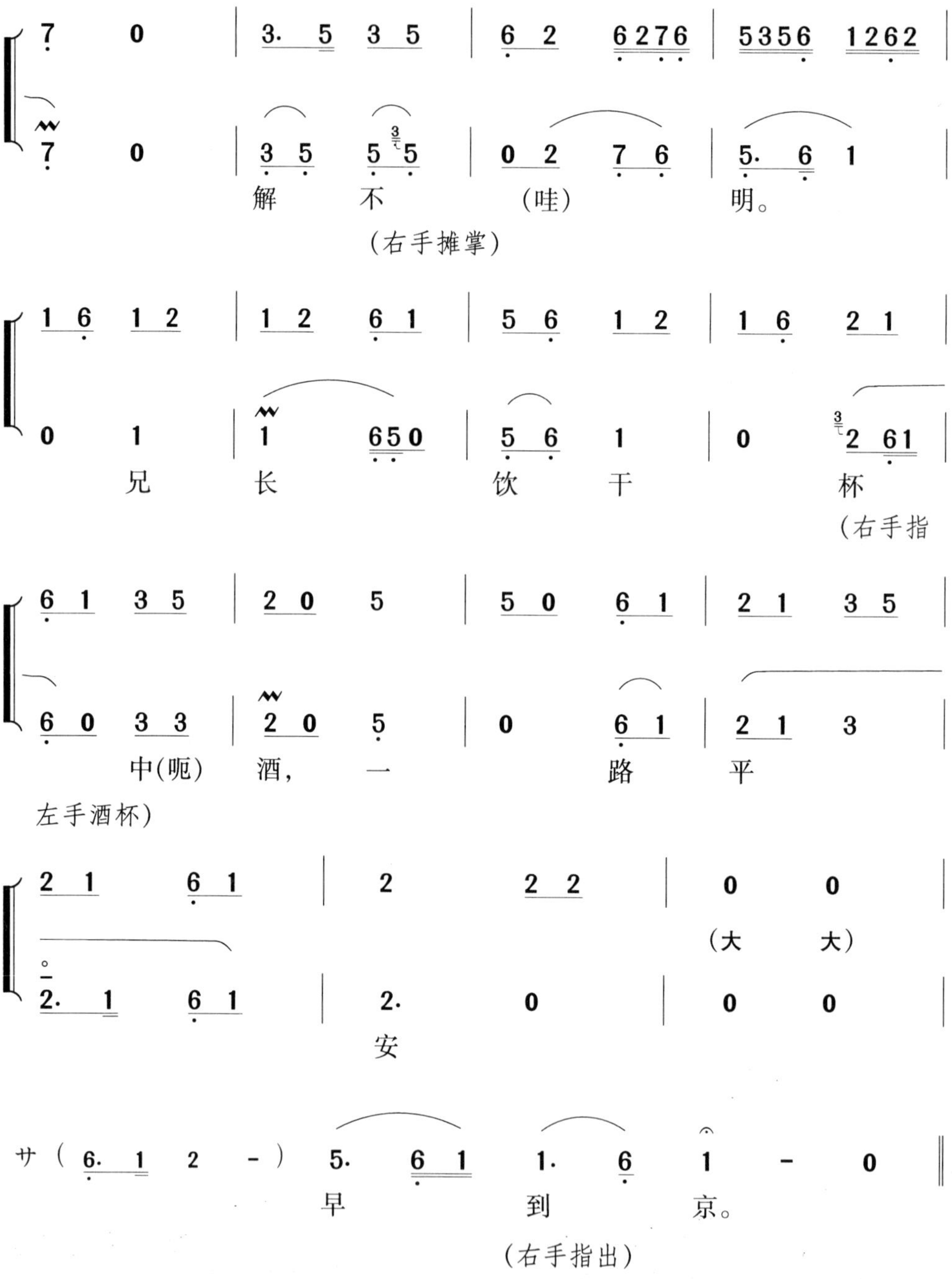

〔【闪锤】伍员向伍尚敬酒，伍尚接酒杯双手上举敬天，随即右手拿杯向下洒地，将杯交家院，家院捧酒具从“上场门”下。

〔西皮流水〕

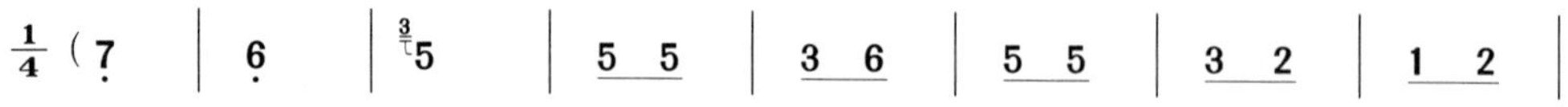

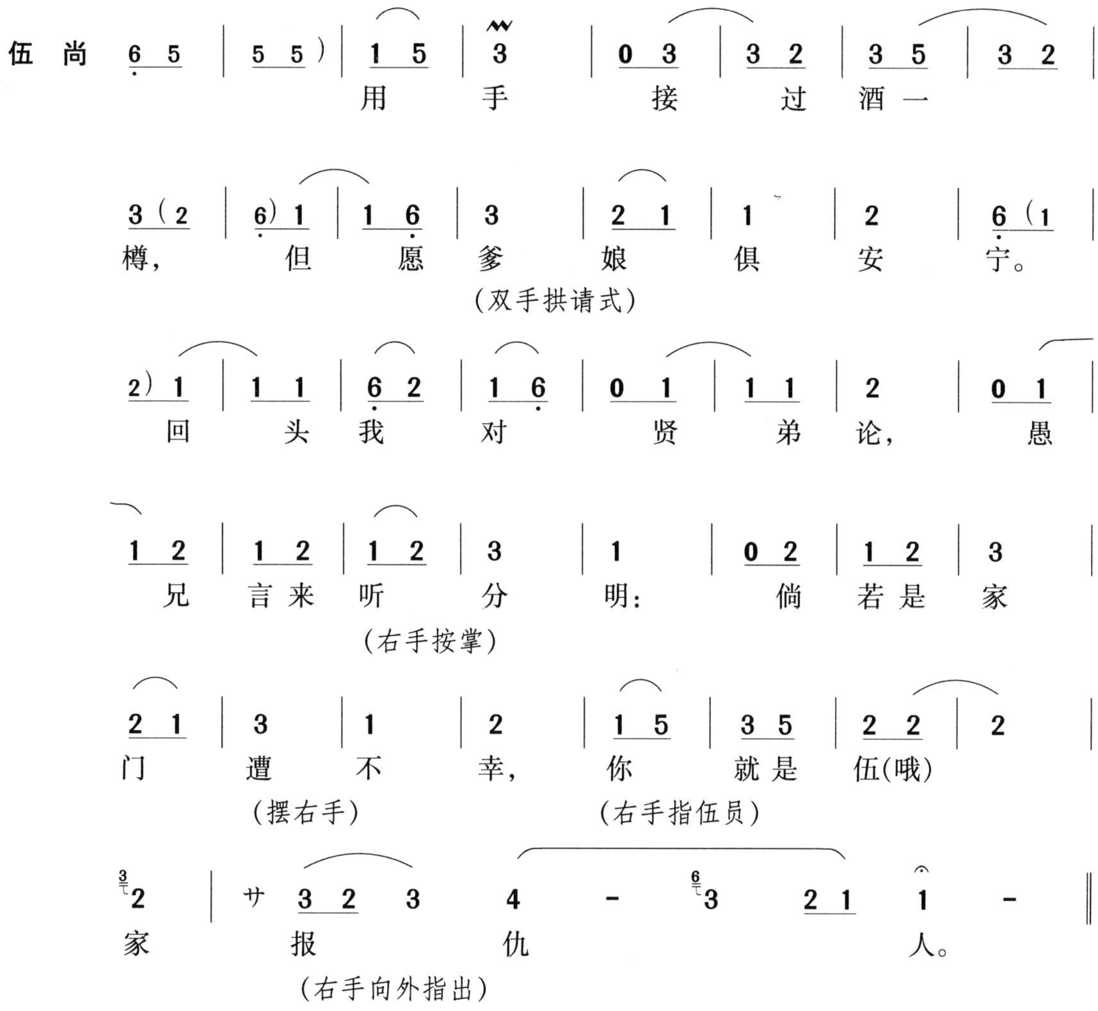

〖【大锣一击】伍员点头应允。【大锣单楗凤点头】

〔西皮摇板〕

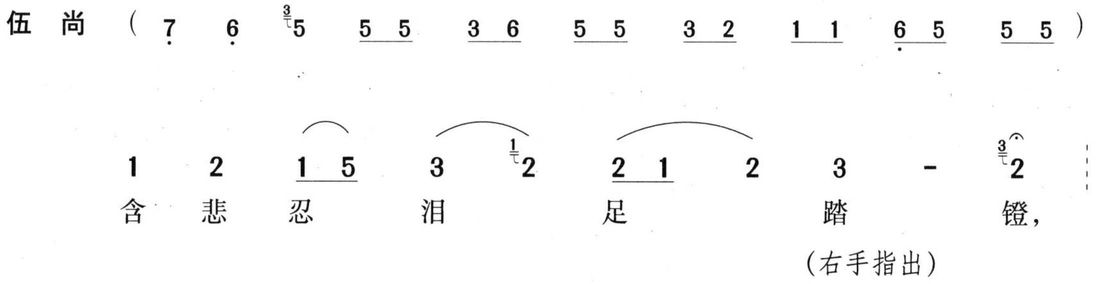

〖【快长锤】伍尚、伍员出门。家将从“上场门”拉马上，给伍尚带马，自己上马，随即从“下场门”下。伍尚走至左台口。

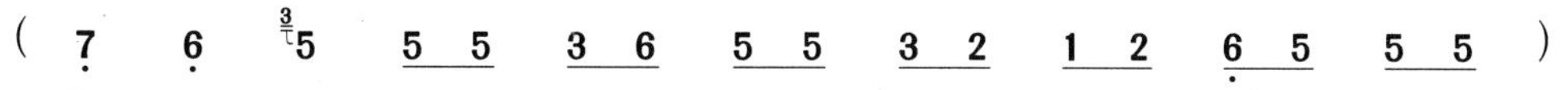

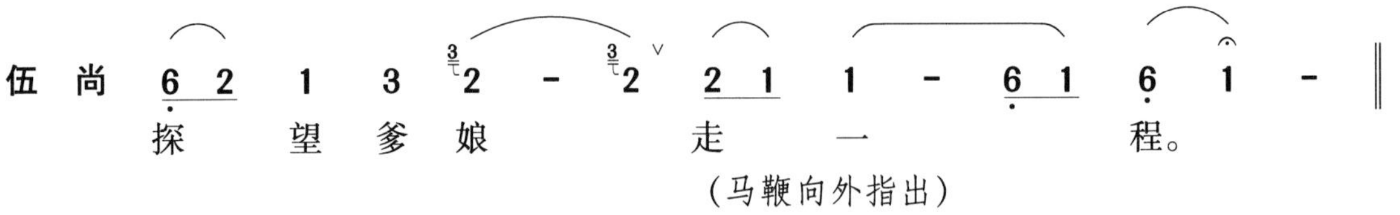

〔【大锣抽头】伍尚左转身，打马从“下场门”下。

〔【大锣一击】伍员向“下场门”右手折袖“望门”。【紧锤】向右转身抖袖，疾步走至台中。

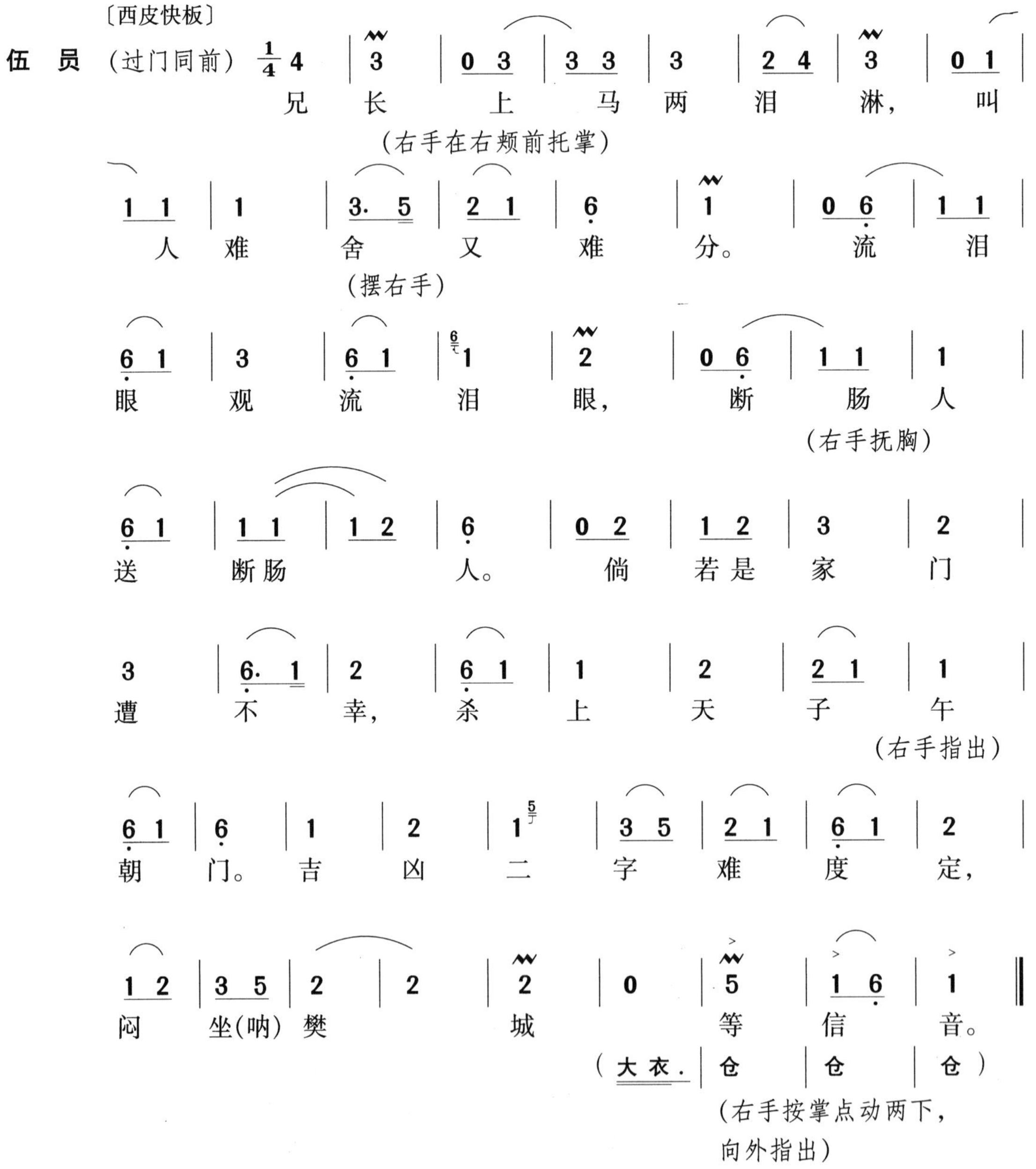

〔【大锣抽头】伍员向左转身，双手背袖，从“下场门”下。

第二场

〔【快长锤】鄢将师引家将、伍尚从“上场门”举鞭骑马上，三人走圆场。

〔西皮流水〕

伍 尚 （过门同前）$\frac{1}{4}$ 4 6 | 3 | 0 3 | 3 2 | 3 2 | 1 2 | 3 | 0 1 |

过 了 一 程 又 一 程， 不

0 2 | 1 | 2 | 2 | 3 | 1 | 2 | 2 |

分 昼 夜 奔 都 城。 心 急

1 2 | 3 5 | 2 1 | 6̣ 1 | 2 | 6 2 | 1 1 | 2 |

懒 观 路 旁 景， 恨 不得 插

2 | （3 5 | 2 1 | 6̣ 1 | 2） | 1 | 2 3 | 1 ‖

翅 见 双 亲。

（鄢将师、家将归两边站，伍尚站中间） （右手拿鞭指出）

〔【快长锤】鄢将师引家将、伍尚从“下场门”下。

第三场

〔【冲头】【大锣原场】四校尉从“上场门”上，“站门”。费无极从“上场门”上，至“九龙口”整冠、抖袖、端带，走至前台口。【大锣归座】

费无极 （念）眉头一皱计千条，

舌尖杀人何用刀！（右手做刀砍状）

〔【大锣长尖】右手抖袖，端带，归“内场座”，鄢将师从“上场门”上，进门。

鄢将师 参见相爷，小人交差。（施礼）

费无极 罢了。伍尚、伍员可曾进京？

鄢将师 伍尚进京，伍员镇守樊城。

费无极 免差一月，下面歇息去吧。

鄢将师 谢相爷。（施礼）

〔【冲头】鄢将师“下场门”下。

〔【大锣叫头】费无极翻折水袖。

费无极 且住！【大锣五击】（站起，抖右袖）伍尚进京，伍员镇守樊城必为后患，不免参他一本（右手指出）。校尉的！

四校尉 有。

费无极 打道上朝。

四校尉 啊！

［**【大锣原场】**费无极出门，四校尉将轿帘掀起，费无极上轿。

［奏唢呐曲牌〈急三枪〉四校尉“一翻两翻”，掀开轿帘，费无极下轿，面向里站。

费无极 臣费无极见驾，大王千岁！（跪）

［楚平王内白：“卿家上殿有何本奏？”

费无极 伍尚私自进京，监中探父，伍员拥兵樊城，意图作乱，请主定夺。

［楚平王内白：“就命卿家将他父子斩首金阶，然后抄杀伍氏全家。再命武城黑带领三千人马去至樊城，捉拿伍员进京问罪。领旨下殿！”

费无极 遵旨。（站起）校尉的！

四校尉 有。

费无极 打道金阶。

四校尉 啊！

［奏唢呐曲牌〈急三枪〉费无极上轿，四校尉“一翻两翻”，掀轿帘，费无极下轿。

四校尉 来到金阶。

费无极 将伍家父子绑了上来。

［**【大锣长尖】**费无极归“内场座”，二刀斧手押伍奢从“大边”上，伍尚从“小边”上。

伍　尚 爹爹！

［（仓）伍奢惊愕，看伍尚。

［**【乱锤】**伍尚跪于伍奢面前。伍奢着急气愤，摇头。

伍　奢 奴才！**【闪锤】**

〔西皮摇板〕

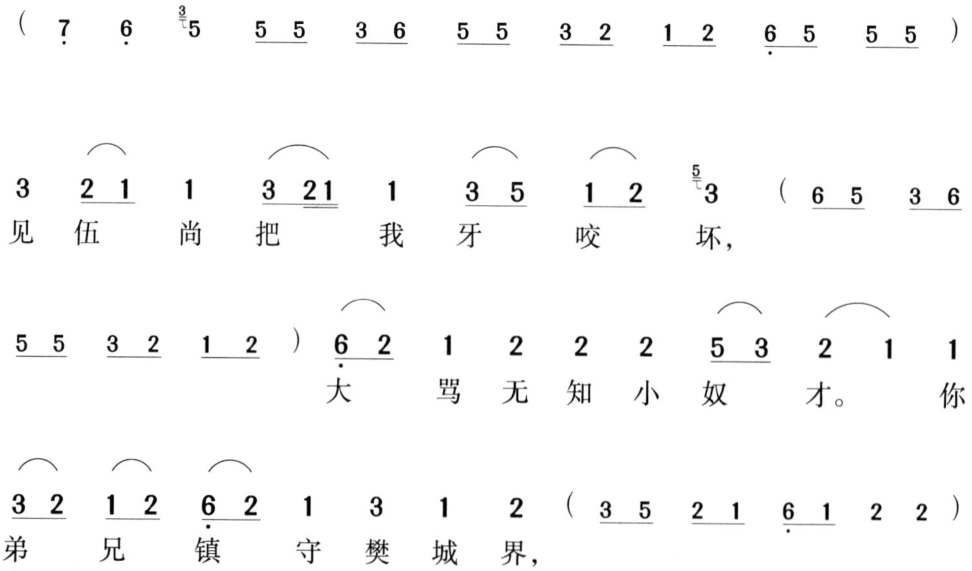

1 3 2 3 2 1 2 1 6 1 3 2 1 6 1 –
为何私自进京来？

伍　尚　爹爹！【大锣单键凤点头】

〔西皮摇板〕

（过门同前）1 3 2 3 2 1 6 6 2 1 1 2（3 5
老爹爹休把儿来怪，

2 1 6 1 2 2）3 1 2 1 2 5 3 2 1
书信一到怎不来？

6 2 1 3 2 2 1 6 1 2 1 3 2 1 1 2
父子身犯何条罪，为何捆绑

3 2 1 6 1 1 2 3 5 2 3 2 1 6 1 – ‖
在御街？

〔西皮流水〕

伍　奢　【大锣单键凤点头】（过门同前）4 | 3 | 0 3 | 0 3 | 3 2 | 1 2 |
平王无道纲常

3 | 0 3 | 1 1 | 2 | 1 | 2 5 | 3 2 | 1 |
坏，费无极老贼巧安排。

0 3 | 2 1 | 6 2 | 1 | 3 | 1 | 2（3 | 2）5 |
金顶轿反把银顶改，吴

3 2 | 1 | 2 | 2 | 3 | 1（61 | 2）2 |
香女改换马裙钗。头

2 1 | 6 2 | 1 | 3 | 1 | 2 | 2 5 |
上枉把乌纱戴，“逃

（费无极走至桌前）

3 2 | 3 21 | 1 | 1 2 | 1 7̣ | 1 ‖
走” 二 字 解 不 开!

〔西皮散板〕

伍 尚 【快纽丝】 サ（6 5 i i i. 3 2 7̣ 6̣ 2 1）3 21
听 罢

6̣ 2 1 21 6̣1 2（7̣ 6̣ 1 2）1 2 1 2
言 来 牙 咬 坏，（仓） 骂 声 无 极

2 3 2 1（7̣ 6̣ 2 1）1 2 2 1 2
狗 奴 才。（仓） 恨 不 得 一

3 2 3 5 1 2 3 5 3 3 2 -
足 将 尔 踹，

〔伍尚恨极，向前用脚踹费无极，【乱锤】费无极向后退躲避。

伍 奢 儿啊！【大锣单楗凤点头】

〔西皮散板〕

（过门同前）3 2 21 1 2 2 1 23 1 -（7̣ 6̣ 2 1）
忠 良 哪 怕 被 刀 裁！（仓）

伍 奢
伍 尚
（同唱）〔哭头〕

2 1 6̣ 1 2 2 1 【撕边一击】 5̣ 6̣ 5̣ 6̣ 3̣ 2̣
父 子 们（呐） 一（呀）死

（空 匡）6̣ 6̣ 5̣6̣ 1（仓 - 仓 0嘟 仓 仓 仓 切 仓）1 2 2
有 何 碍，

7̣ 6̣ 5̣ -（3 5） 6̣ 7̣6̣ 7̣ 6̣ 5̣ 6̣ 6̣ 6̣ 5̣ ‖
（泪眼相看）（伍奢、伍尚同唱）我 的 儿 / 老 爹 爹（呀 呃）！

「【扫头】二人哭别。

费无极 斩！（右手做刀砍状）

伍 奢
伍 尚 （同跺脚）罢！

「【冲头】二刀斧手押伍奢、伍尚从两边下。（咚咚匡）斩鼓响。

「【冲头】二刀斧手从两边上，跪地亮刀。

刀斧手 斩首已毕。

费无极 起过了。

「【大锣五击】二刀斧两边下，费无极翻折右水袖。

费无极 校尉的！

四校尉 有！

费无极 抄杀伍家去者！（右手指出）

四校尉 啊！

「【大锣原场】四校尉掀轿帘，费无极上轿。四校尉“插门”从“下场门”下，费无极随下。

第四场

「【大锣水底鱼】家将举马鞭从“上场门”上，至台中站。【大锣叫头】

家 将 且住！我家太老爷、大老爷（双手抱鞭拱请式）不知身犯何罪斩首金阶，不免回去报与二老爷（拱请式）知道。就此马上加鞭！

「（八仓）右手横鞭、左手勒缰握拳亮相。【大锣原场】疾步从“下场门”下。

第五场

「奏唢呐曲牌〈风入松〉四楚兵举枪从“上场门”上，“站门”。武城黑举枪从“上场门”上亮相。走至台中，将枪交左手横握，右手成掌盖于枪头之上。

武城黑 某——（仓）武城黑。【大锣住头】（左手掖枪于左腰旁，右手握拳）奉了平王旨意，带领三千人马去至樊城（右手按掌），捉拿伍员进京问罪。众将官（右“山膀”拉开【大锣一击】）

四楚兵 有！

武城黑 樊城去者！（右手指出）

四楚兵 啊！

「奏唢呐曲牌〈风入松·合头〉四楚兵举枪“插门”从“下场门”下，武城黑举枪站台中。

「【一锤锣】武城黑捋枪从“下场门”下。

第六场

〔【大锣原场】伍员从“上场门”上，至台中。【大锣归位】

伍　员　（念）闷坐樊城，

　　心神不定。

〔家将内白：“报！”

〔【大锣水底鱼】伍员归“外场座”。家将从“上场门”上。【冲头】进门，站到“小边”。

家　将　参见二老爷（施礼），大事不好了！（双手摊掌）

〔【撕边一击】伍员惊看家将。

伍　员　何事惊慌？

家　将　太老爷（双手拱请式）、大老爷不知身犯何罪，斩首金阶！（右手做刀砍状）

〔【冲头】伍员惊愕站起。

伍　员　你待怎讲？（右手抓家将）

家　将　斩首金阶！

〔【冲头】伍员右手放家将。【大锣叫头】右手向上翻折水袖。

伍　员　爹爹！（双手拱请式）兄长！哎呀！

〔（八大仓）伍员气涌心头，昏厥，瘫坐椅上。【冲头】

家　将　二老爷醒来！

〔【大锣导板头】

〔西皮小导板〕

伍　员

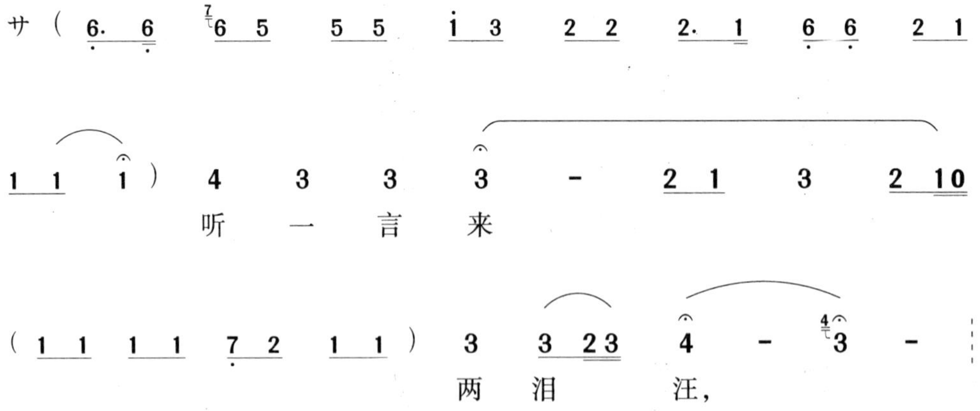

（双掌心相搓后拭泪）

【冲头】（站起）【大锣叫头】爹爹！（双手拱请式）兄长！唉！爹娘啊……（拭泪，右手抖袖）【快纽丝】（拭泪）

战　樊　城

〔西皮散板〕

(过门同前) 6 1 3 2 2 3 5 32 1 (仓) 1 3

点 点 珠 泪 洒 胸 膛。 含 悲

(右手无胸)

2 1 1 2 1 3 2

忍 泪 问 家 将，(白)“家将(呃)！”【快纽丝】

(向家将走去，右手指家将)

1 3 2 1 1 2 2 0 1 3 21 1 - 1

快 将 情 由 说 端 详。

家　将　老爷！【大锣单楗凤点头】

〔西皮散板〕

(过门同前) 6 6 2 1 3 3 2 2 1 6 1 2 (2 1 6

费 无 极 奸 贼 把 本 上，

(右手按掌)

6 1 2 2) 6 2 1 2 3 3 2 2 1 2 1

(仓) 武 城 黑 兵 到 要 提 防。

(右手向外指出)

「(八大仓) 伍员背左手，右手抓袖握拳亮住。

伍　员　好贼子！

【快纽丝】(抖右袖)

〔西皮散板〕

(过门同前) 1 3 3 3 3 4 3 (仓) 6 1 1. 2

大 骂 无 极 狗 奸 党， 回 头 再

(右手向左指)

2 3 1 3 2 61 (仓) 2 2 3 2 3 2 1

骂 楚 平(呐) 王。 老 爷 点 动 兵 和

(右手指出) (右手托髯)

2 (仓) 1 1 3 2 1 1 1 6 1 -

将， 杀 尔 君 臣 无 下 场。

(右手指出) (双手铺掌划圈抖动)

〔家院内白：“报！”

〔【冲头】家院从“上场门”上，归“小边”站。

家　院　启禀老爷：武城黑兵临城下！

伍　员　再探！（右手指家院）

家　院　是。（疾步出门，从“上场门”下）

〔西皮散板〕

伍　员　【快纽丝】（过门同前）

3　3　3　3　3 2　1 2　3　（仓）

兵　临　城　下　将　阻（哇）挡，

（右手握拳）

2　-　3 2　1 2　3 5　2 1　6　1　（仓）

水　来　土　囤（呐）有　何　妨。

（右手按掌变摊掌）

4　3　3　3　-　-　2　3. 2　2　2　1　-

家　将　与　爷

（右手拍腹）

（7　6　2　1 ……）1 2　2 3　216　（6 6　6 6）

（八大台　顷　-　仓 0）鞴

（右手握拳）

3　3　2 3　4.　4　3　-　3　2　-

丝　缰　（呃），

（右手按掌走圆场）

〔【四击头】扬袖，斜托袖亮住相，从“下场门”下。

〔【走马锣鼓】家将鞴马完毕，转【阴锣】切住。

家　将　请爷上马！（面向“下场门”拱请式）

〔【急急风】四军士从两边分上。伍员换装后从“下场门”上。

〔【快纽丝】伍员右手拉开“山膀”。

〔西皮散板〕

伍　员　（过门同前）

6 2　1　1　1　2　3　1　（仓）　1

玲　珑　铠　甲　响　叮　当。　带

2　1　3　2 0　3　3　2 3　4　3　-

枪　带　马　阵　头　上。

〔【扫头】伍员左整袖，右整袖，双手自外向里交错绕动，紧甲，亮住相。

〔【急急风】四军士“合龙口”，一军士带枪，伍员提枪上马。四军士领起来圆场，四楚兵引武城黑从“上场门”上，“鹞子头”会阵。【大锣长尖】

伍　员　马前来的敢是武城黑？

武城黑　（点头）然。

伍　员　武城黑！（右手指）【大锣五击】（左掖枪、右握拳亮相）尔领兵何往？（右手摊掌）

武城黑　奉了平王旨意（持枪拱请式），拿你进京问罪。（指伍员）

伍　员　一派胡言，放马过来！

〔【急急风】二人“一过合，两过合”，枪头架住。两边士兵“钻烟筒”，分两边下。二人一扯，两扯，“一过合，两过合”，起打“二龙头”。最后武城黑归到“大边”。二人往里“一盖、两盖”，往外“一盖、两盖”，伍员打武城黑，“一盖腰封”，扎武上下。【四击头】伍员在右台口捋枪亮相；武城黑在左台口倒提枪亮相。【急急风】武城黑从“下场门”败下；四军士由“上场门”“追过场”，从“下场门”下。【急急风】伍员要“枪下场”。【四击头】伍员在左台口亮相。经台中至右台口，向“下场门”追下。

第七场

〔【大锣原场】武城黑右手举鞭从“上场门”上，走至台中。【大锣叫头】

武城黑　且住！伍员杀法厉害，再若来时，回马鞭伤他。

〔伍员内白：“哪里走！”

〔【急急风】武城黑向左台口出鞭，伍员持枪从“上场门上”，伍员用枪漫武城黑头，归到“大边”，用枪镈一磕向右转身，用枪刺武城黑腿，武城黑用鞭挑起来压住伍员枪头。

〔【急急风】家将持刀从“下场门”上，用刀挑起武城黑鞭，一亮，伍员持枪从“下场门”下；家将与武城黑“一合、两合”开打。武城黑“一盖、两盖”家将，用鞭将家将打死。

〔（嘟 八大仓）武城黑右转身至右台口，右手举鞭，左手指出亮相。【急急风】向“下场门”下。

第八场

〔【四击头】接【一锤锣】伍员右手举鞭、左手持弓箭从“上场门”上，至台中。【大锣叫头】右手几下缓鞭。

伍　员　且住！武城黑杀法厉害，再若来时，（看左手弓箭）伤他一箭！

〔武城黑内白：“哪里走！”

〔【急急风】伍员在左台口出鞭，武城黑从“上场门”举鞭上，用鞭漫伍员头，归到左台口。伍员归到"九龙口"二人举鞭走斜场"过合"，二人互换位置，伍员归到左台口，武城黑归到"九龙口"。伍员向右转身，将右腿端抬，将鞭夹起，左手持弓、右手搭箭，面对"九龙口"的武城黑。武城黑举鞭往前一抡。（**嘟**）伍员急忙放箭。

伍　员　看箭！**【小锣一击】**

「武城黑中箭倒地。**【急急风】**四楚兵从"上场门"上，抬武城黑从"上场门"下。

「**【急急风】**切住。伍员归台中站，**【快纽丝】**右手自里向外缓鞭亮住。

〔西皮散板〕

伍　员　（过门同前）　3　3　3 2　3　4　3　3　（仓）　2

开　弓　便　把　雕　翎　放，　武

1　2　1　2　2　3　1　（仓）　1　2　1

城　黑　带　箭　丧　疆　场。　且　喜　逃

1　-　2　（2　2 2　6·　1　2 2）　3　2 1

出　天　罗

1　-　-　1　2　3　-　1　-　1　1　2　-

网，

（右手持鞭指出）

（**【纽丝】**从台中走至左台口，右转身向前走两步，缓鞭亮住）

（过门同前）　2 1　2· 1　3　1 6　2　2（2　2 2　6·　1

可 叹　我 的　家　将

2 2）　1 1　1　-　6　3　-　2　2　2　2 7

一 命

6　-　6　6　5　3　5　-　-　6　6　6　1　-　‖

亡！

（**八大仓**）（向左转身，面向“下场门”一亮。**【冲头】**向右转身，将甩发向后挑去，走两步归台中。**【大锣叫头】**双手持械拱请式）

伍　员　爹爹！兄长！唉！爹娘啊……（右臂拭泪）罢！（跺右脚）

［（**八大仓**）伍员左手斜举弓、右手横鞭亮相。**【一锤锣】**举鞭从“下场门”下。

长亭会

第一场

〔奏唢呐曲牌<水龙吟>。四红龙套、绿龙套“站门”上，中军站“大边”。**【四击头】**申包胥从“上场门”上，**【大锣原场】**至“九龙口”，整冠、理髯、抖袖、端带，走至前台口，抖左袖。**【大锣归位】**

<点绛唇>

申包胥 サ 6 i 54 3 5 2 **【小锣二击】** 2 2 1 2 6 1 5 **【小锣三击】** 5 54 3 5 2 **【小锣二击】** 32 1 23 56 5 **【小锣三击】【小锣一击】** 2 21 61 5 ‖

各国催贡，军威压众。兵将勇，战马如龙。回朝把君奉。

（左手翻折水袖，右手端带亮住）（双手拱请式）

〔奏唢呐曲牌<水龙吟·合头>申包胥一望两望，归“内场座”。**【大锣归位】**抖左袖。

（念诗）腰挂三尺剑，

与主（双手拱请式）扫狼烟。**【小锣二击】**

各国催贡转，（左手按掌）

把本——**【冲头】**（左手翻折水袖成举袖，右手“山膀”拉开）

奏君前。（双手拱请式）

某——，**【撕边一击】**申包胥。

【大锣五击】（众人向里归“八字”站；中军侍立“大边”）

楚国为臣。奉了平王旨意（双手拱请式）各国催贡，且喜贡已催齐，不免回朝交旨复命。中军！

中　军 在。

申包胥 人马可齐？

中　军 俱已齐备。

申包胥 吩咐班师还朝。

中　军 得令。（走至前台口）**（呛匡）**（右手举旗）众将官！

众　人 有！

中　军 人马班师还朝。

众　人　啊!

〔【大锣长尖】八龙套“合龙口”，申包胥出帐，一纛旗手举“申”字方纛旗从“上场门”上。二龙套为申包胥、中军带马，二人上马。【大锣帽子头】奏唢呐曲牌<五马江儿水>头段。红龙套在前面领走圆场，队形是“骨牌对儿”站好。走至右台口向“下场门”扎斜胡同。【急急风】申包胥举鞭，打马从“下场门”下，纛旗手紧随下，中军打马“下场门”下。众人“倒卷帘”从“下场门”下。

第二场

〔奏唢呐曲牌<风入松>头段。

〔伍员左手扶剑柄，右手举马鞭，从“上场门”上，走至台中。

〔【鼓架子】伍员右转身，缓鞭横握，向“上场门”观望。【大锣叫头】

伍　员　且住！且喜逃出樊城。那旁来了一哨人马，（回身看）看前面斗大“申”字旗号，想是申包胥催贡还朝。（一想）我不免拦住马头，将我满腹含冤对他细说一遍，就此马上加鞭！

〔（八大仓）伍员右手马鞭打靴底，向右缓鞭，“横鞭式”，左手勒缰亮住相。【冲头】疾步至“下场门”下。

〔奏唢呐曲牌<风入松>二段。

〔申人马“骨牌对儿”从“上场门”上，经右台口朝“下场门”站，申包胥举马鞭从“上场门”上，纛旗手紧随，中军侧站，申包胥在右台口站，勒马。

申包胥　前道为何不行?

众　人　伍员挡道!

申包胥　人马列开!

〔奏唢呐曲牌<风入松>三段。

〔众人“挖开”归两边站。伍员、申包胥会面，二人下马。

〔奏唢呐曲牌<急三枪>

〔申包胥、伍员互换，二人“推磨”，申包胥归“大边”，伍员归“小边”，二人“一哭两哭”。

申包胥　仁兄为何这般模样？（双手摊掌）

伍　员　贤弟呀！（双手拱请式）

〔西皮快板〕

【闪锤】（过门同前）

1	2 1	1 6	0 1	3	3
恨	平	王	无	道	贪

（右手向

1	2	0 6	1 1	1	3	2 1	6
色	酒，	父	纳	子	妻	礼	不

外指出）　　（摆右手）

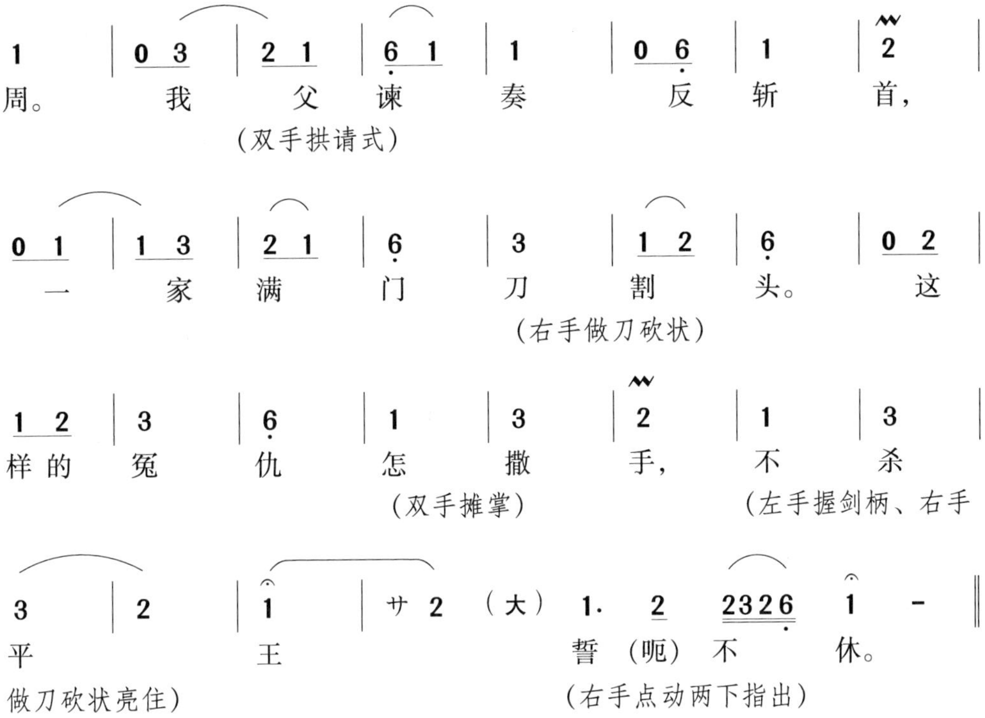
周。我父谏奏反斩首，
（双手拱请式）
一家满门刀割头。这
（右手做刀砍状）
样的冤仇怎撒手，不杀
（双手摊掌）
（左手握剑柄、右手
（大）
平 王 誓（呃）不休。
做刀砍状亮住）
（右手点动两下指出）

申包胥 仁兄！（双手拱请式）

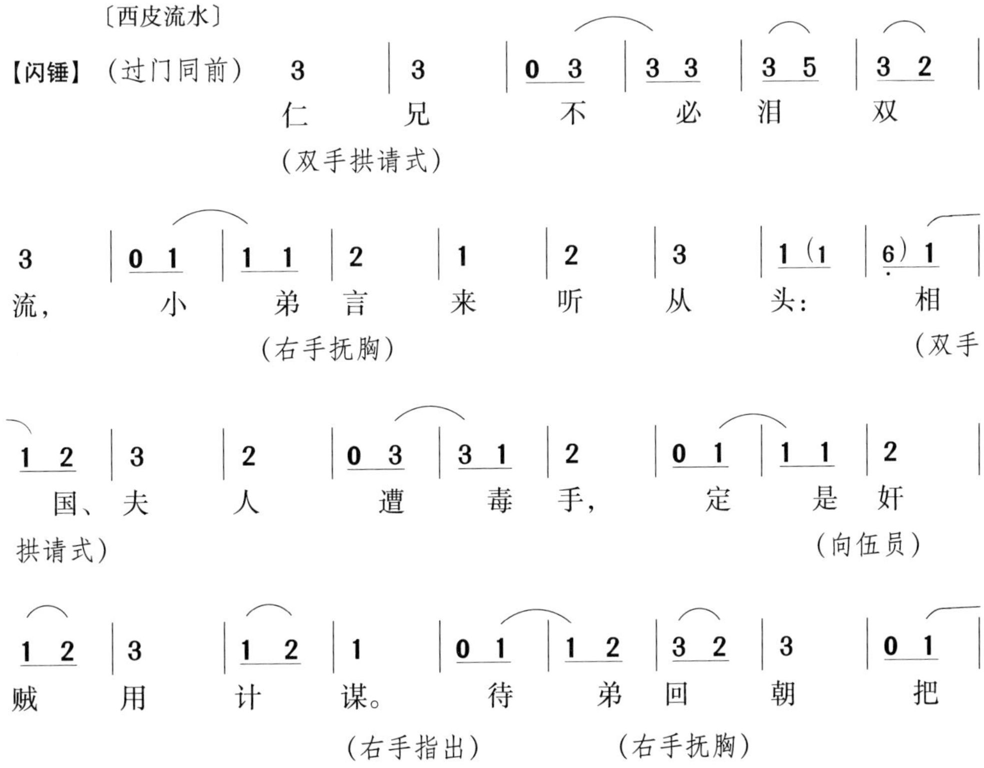
〔西皮流水〕
【闪锤】（过门同前）
仁兄不必泪双
（双手拱请式）
流，小弟言来听从头：相
（右手抚胸）
（双手
国、夫人遭毒手，定是奸
拱请式）
（向伍员）
贼用计谋。待弟回朝把
（右手指出）
（右手抚胸）

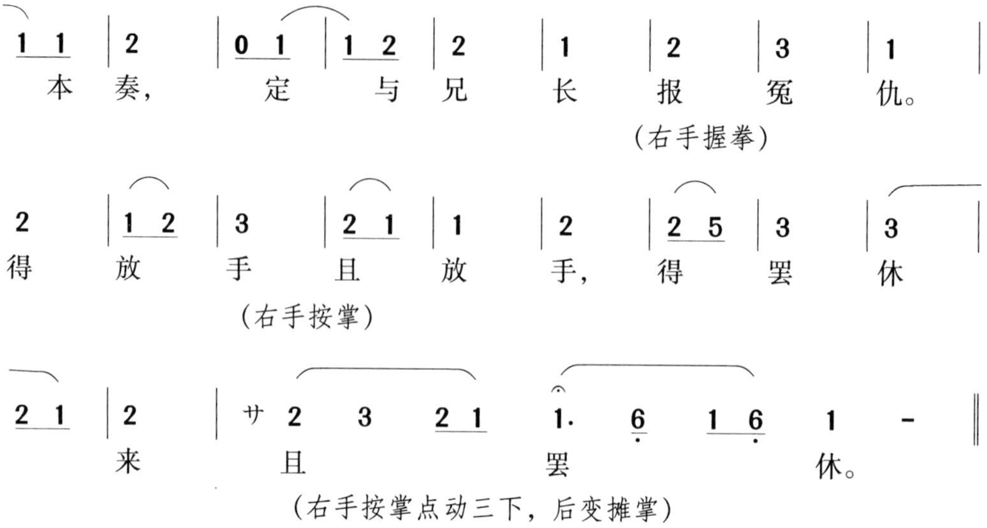

〔【闪锤】伍员摇头、摆手。

〔西皮流水〕

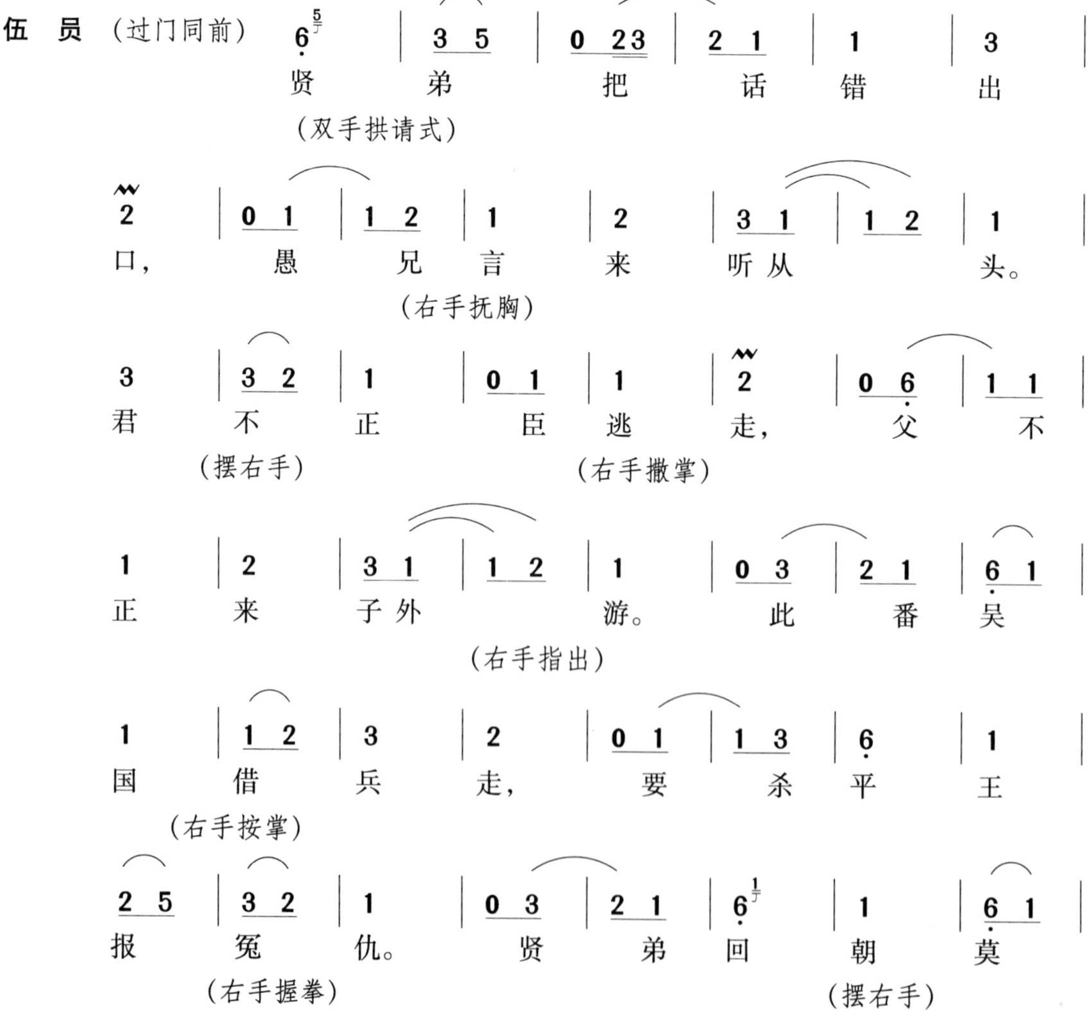

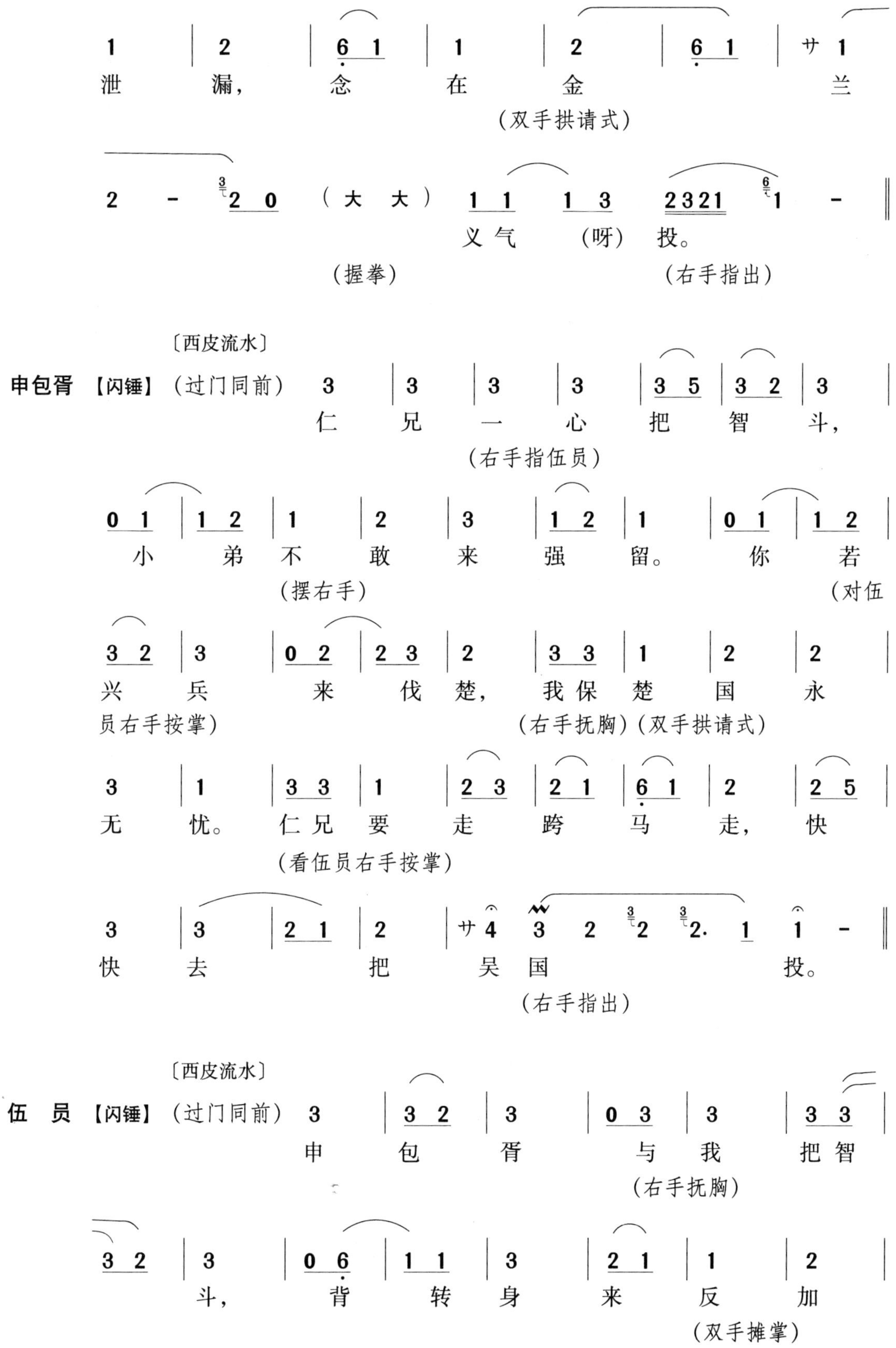
泄漏，念在金兰
（双手拱请式）
（大 大）
义气（呀）投。
（握拳）
（右手指出）
〔西皮流水〕
申包胥【闪锤】（过门同前）
仁兄一心把智斗，
（右手指伍员）
小弟不敢来强留。你若
（摆右手）
（对伍员右手按掌）
兴兵来伐楚，我保楚国永
（右手抚胸）（双手拱请式）
无忧。仁兄要走跨马走，快
（看伍员右手按掌）
快去把吴国投。
（右手指出）
〔西皮流水〕
伍员【闪锤】（过门同前）
申包胥与我把智
（右手抚胸）
斗，背转身来反加
（双手摊掌）

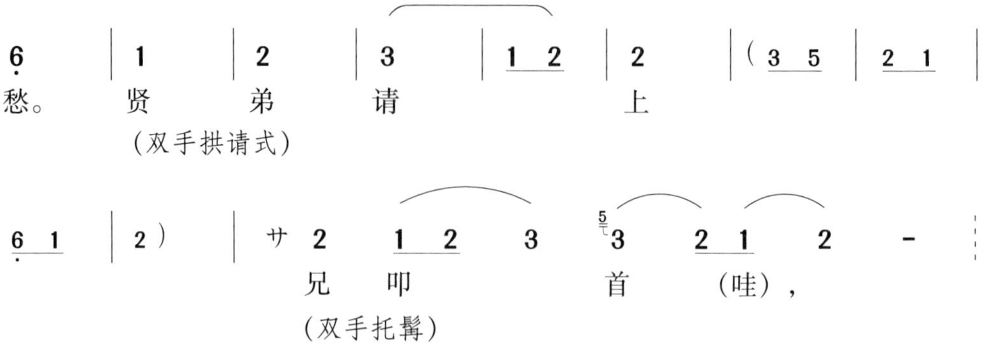

〔【大锣一击】伍员打躬。【紧锤】拉申包胥手。

〔西皮快板〕

伍　员

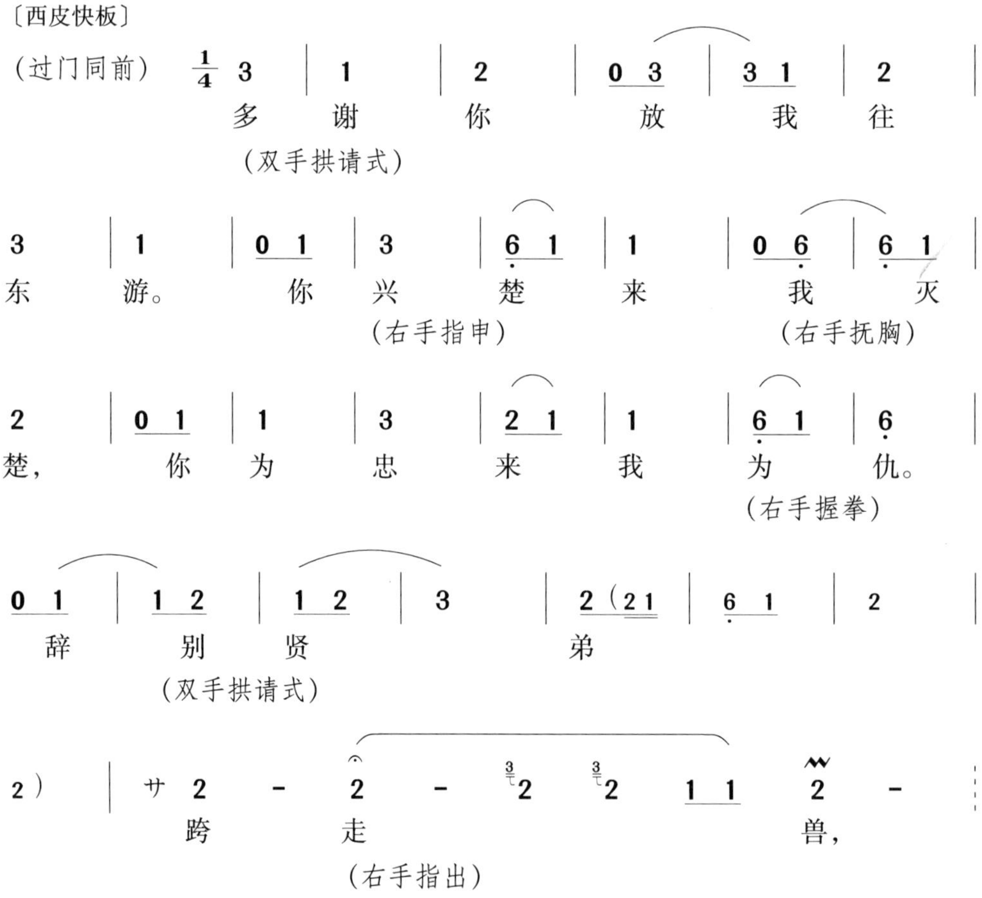

〔【快长锤】伍员上马，归左台口。

〔西皮摇板〕

伍　员

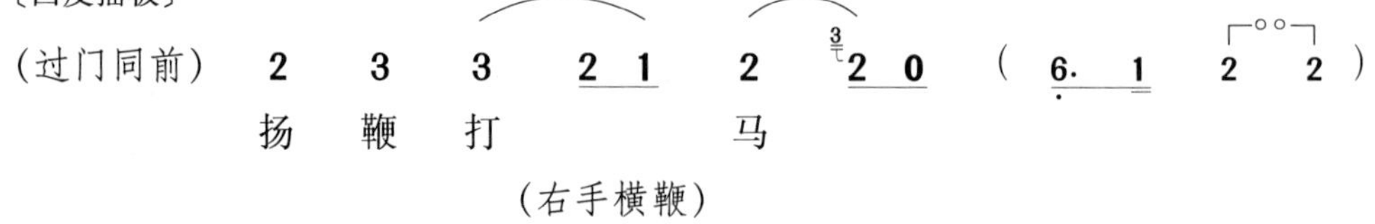

长亭会

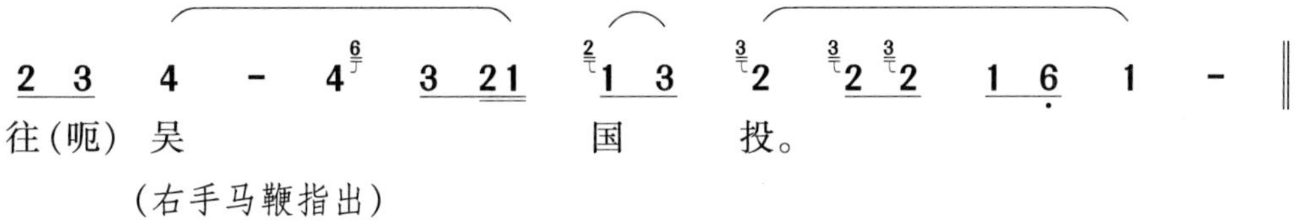

〔【大锣一击】二人拱手告别亮相。

〔【快长锤】伍员从“下场门”下。

〔【大锣一击】申包胥右手翻折水袖“望门”，【紧锤】右手抖袖，归到台中站。

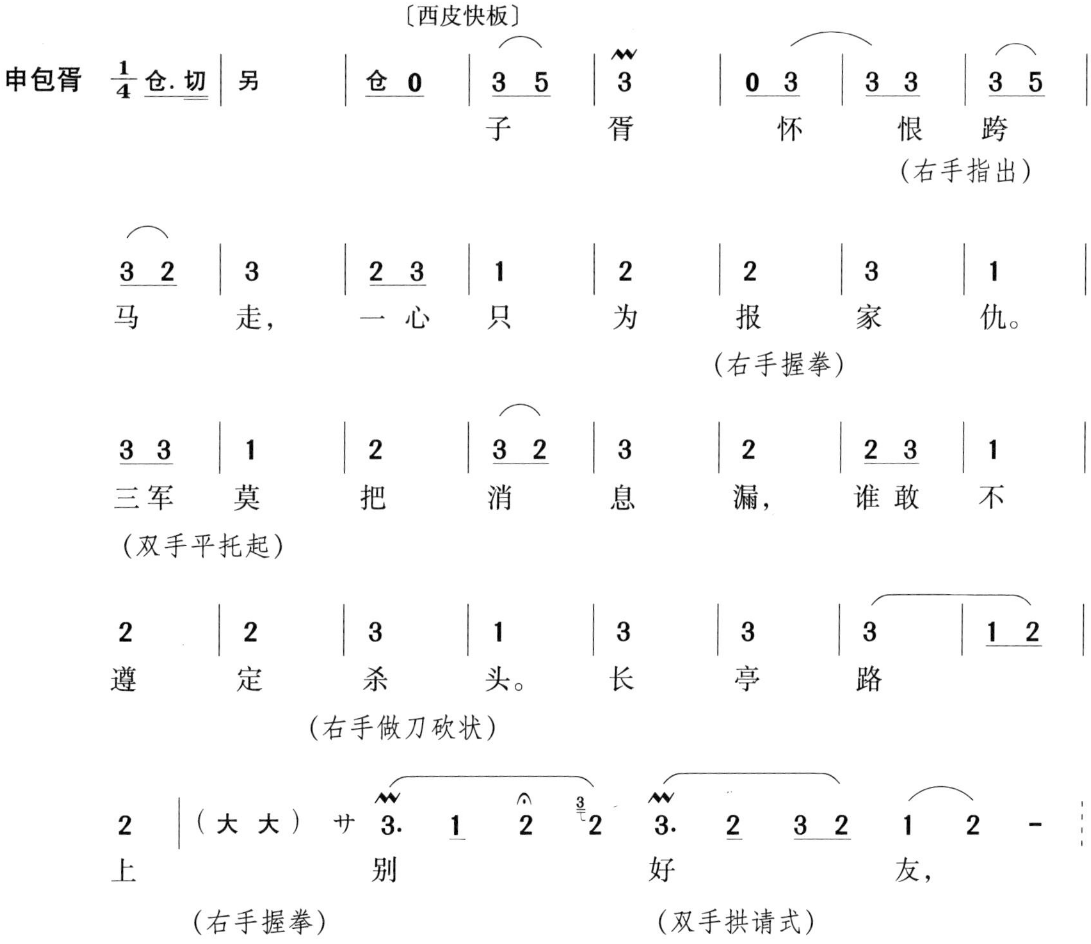

〔【纽丝】二龙套分别为申包胥、中军带马，二人上马。八龙套归到“小边”站成“一条鞭”。

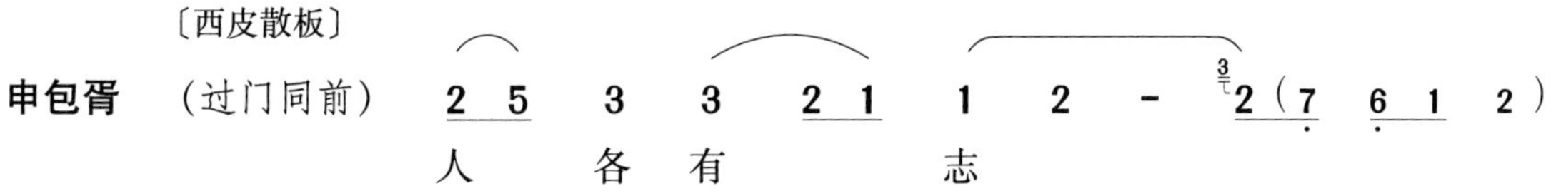

2 1　1 2　3 ∨　3· 5　2· 3　2　1　6̣　1　–
莫　强　求。

(右手马鞭指出)

〔【大锣打下】申包胥打马从“下场门”下，纛旗手、中军紧跟下，八龙套由中间“抽心”“骨牌对儿”随下。

文 昭 关

| 文 昭 关 |

第 一 场

〔【冲头】【一锤锣】四军士、二衙役从“上场门”上，“站门”。米南适左手捧图形、右手举马鞭从“上场门”上，至台中，【大锣归位】勒马亮相。

米南适 （念）奉了平王旨，

捉拿伍子胥。

俺——（仓）米南适。【大锣住头】奉了平王旨意，画影图形，捉拿伍子胥。众将官！（仓）

众 有。

米南适 昭关去者！

〔四军士、二衙役“插门”，【大锣水底鱼】众人从“下场门”下。【冲头】米南适打马从“下场门”下。

第 二 场

〔【撤锣】

〔东皋公内白：“嗯哼！”

〔【小锣原场】东皋公右手持扇从“上场门”上，至“九龙口”，左手捋髯。走至前台口，左手抖袖。

东皋公 （念引）门外青山绿水，（多多）

黄花——（多 罗.） 1 2 3 2 ^{3}2 2 3 ^{5}3 3 2 -

百 草 风 （呃）吹。

（右扇合起向外指）

〔【小锣原场】东皋公右手开扇，向左转身，右回身归“外场座”。

东皋公 （念诗）昔日周游列国，

习就满腹才学。

已经看破世事，

隐居山林安乐。

老汉，东皋公。曾拜扁鹊先生门下为徒①。只因周游列国，看破世事，故而隐居山

---

① 扁鹊：有人考证，《伍子胥》演春秋故事，而扁鹊是战国时人，先出生的东皋公不可能“曾拜扁鹊先生门下为徒”。其实，扁鹊原名秦越人，确是战国时的名医，他医术高明，与上古轩辕时期传说中的神医扁鹊相类，故被人称为“扁鹊”。《史记·战国策》载有其传记和病案，今人考证，其所治病人的时代相距甚远。因此，有人认为“扁鹊”为古代良医的通称，史书中记载的病案并非出自一位医生之手。

林，倒也逍遥自在。我有一好友名唤皇甫讷。我二人情意相投，时常一起饮酒弹琴。这几日他未到庄中，也不知为了何事（左手摊掌）。看今日天气晴和，不免庄前庄后游玩一番便了！

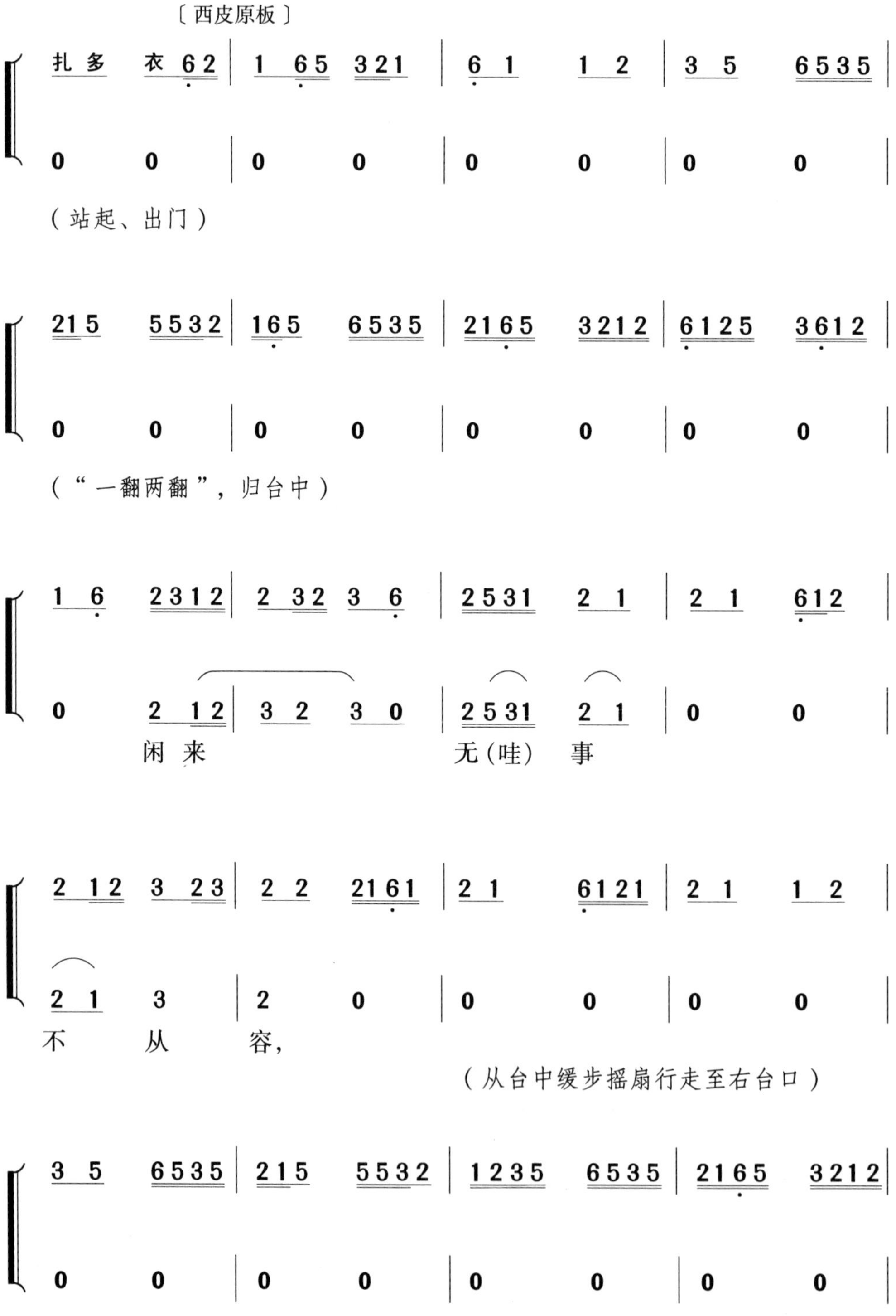

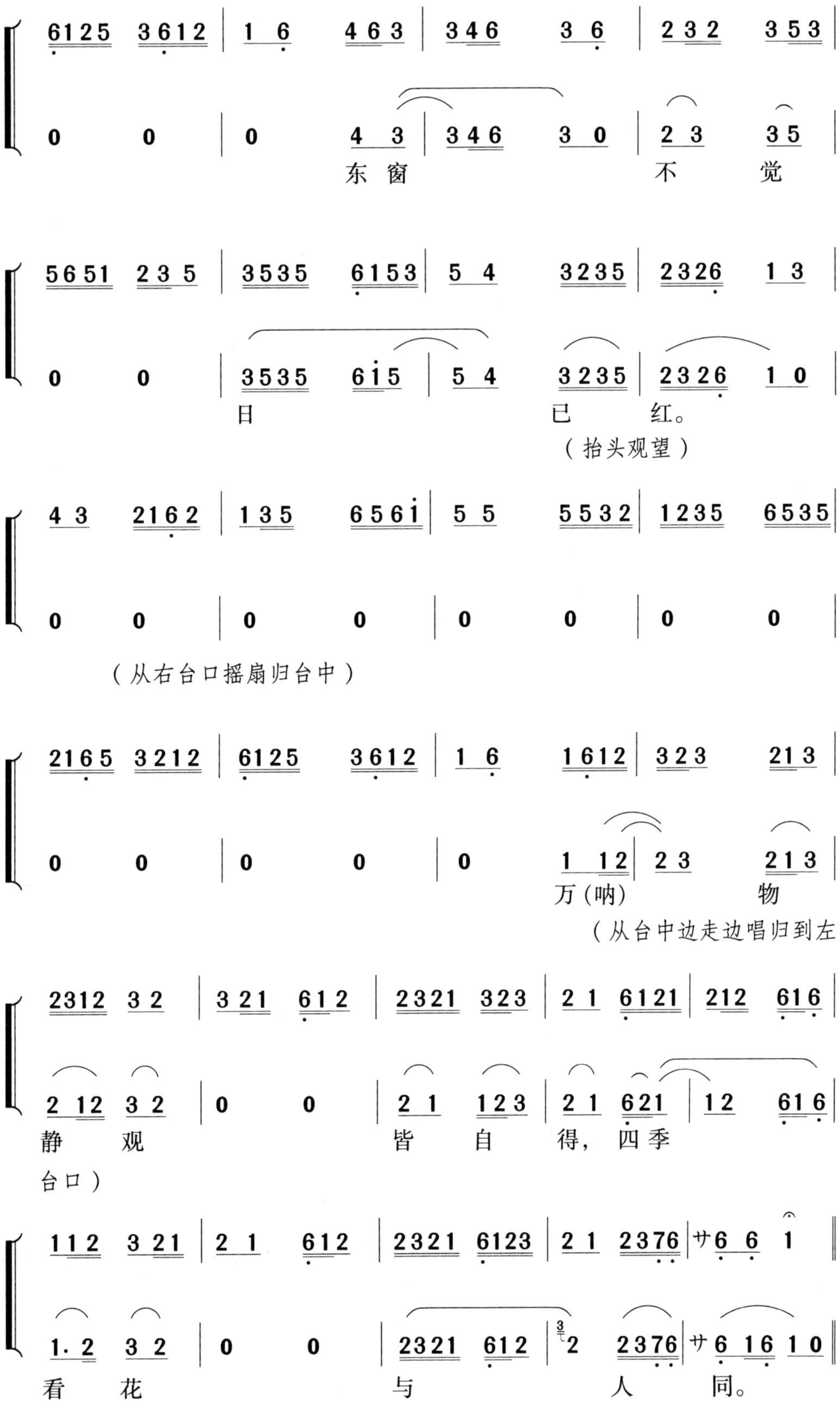
东窗 不 觉
日 已 红。
（抬头观望）
（从右台口摇扇归台中）
万（呐） 物
（从台中边走边唱归到左
静 观 皆 自 得，四季
台口）
看 花 与 人 同。

〔伍员内白："马来！"

〔【撞金钟】伍员右手举马鞭、左手扶剑，从"上场门"上，至台口。向后缓鞭勒马亮住相。

〔西皮散板〕

伍　员　サ（6 6　6 5　5 5　i 3　2 2　2. 1　6 2　1 1）4　3　3

伍　员　马

3　-（2　1. 2　3　-）3　3 23　4　-　3　-

上　　　　　　　　　　怒　气（呀）冲，

（6　1. 2　3　3）1.　3　2　232　6 1　6. 1

（仓）　　　　　　　逃（哇）出　龙　　　　　　　　（呃）

（右手马鞭在胸前垂鞭）

2　-　2 0（2　2　6.　1　2　2）3 21

潭　　　　　　　　　　　　　　　虎

1　-　-　2　2　1　-　1 7　1　-　|【大锣住头】

穴　　　　　　　　　　　　　　中。

（右手垂鞭向外指出）

俺——（仓）伍员。（仓匝）（右手横鞭）可恨平王无道，害我满门。幸喜逃出樊城（右手指出），要往吴国借兵报仇（右手按掌）。行至此间四面俱是高山峻岭（向前远望），不知哪条道路可通吴国？（右手摊掌）

东皋公　嗯哼！

〔【小锣一击】伍员看见东皋公。

伍　员　那厢有一老丈（左手平抬、右手向左指），待我下马问来。【小锣一击】（在右台口下马，往台中走两步）啊，老丈请了！【小锣一击】（双手拱请式）

东皋公　请了。（还礼）那旁来的敢是伍子胥？（右手用扇指伍）

伍　员　这个……（大大大 大乙）（伍员向后退两步，按剑，环视左右无人，上一步）（仓）啊老丈，俺不是伍子胥，老丈不要认差了。（摆右手）

东皋公　将军（双手拱请式）不必如此，我乃（右手用扇托髯）山中隐士，但讲何妨。

伍　员　愚下正是伍子胥（右手托髯），老丈（双手拱请式）何以知晓？【小锣一击】（右手摊掌）

东皋公　那日老汉打从昭关经过，见画图与将军相貌相似，故而冒叫一声，休得见怪。（双

手拱请式）

伍　员　岂敢。

东皋公　将军今欲何往？

伍　员　唉！我有满腹冤恨（右手抚胸），要往吴国借兵报仇（右手指出）。行至此间，四面俱是高山峻岭（右手按掌向右外方缓）。请问老丈（双手拱请式），哪条道路可通吴国？（右手指出）

东皋公　将军你来看，四面俱是高山峻岭（用扇点指）。要往吴国，非从昭关经过不可。（右扇指出）

〔【大锣一击】伍员惊急右手握拳。

伍　员　可有别路？

东皋公　并无别路。

伍　员　咳！（仓）不好了！（双手摊掌）

（【撞金钟】双手摊掌、摇头）

〔西皮散板〕

（过门同前）サ 4. 3 3 3 （6 1. 2 3） 3. 2 1 2 3
听 说 吴 国 路 不(哇) 通，

（6 1. 2 3 3） 1. 2 2 61 1 2 （6. 1 2
（仓） 好 似 狼 牙
（摆右手

2） 3 2 3 4. 6 3 2 1 （7 6 2 1 1）
箭 （呐） 穿 胸。 （仓）
（右手抚胸）

3 2. 3 2 10 1. 3 3 2 3 2 165 （5 5
心 猿 意 （呀） 马

〔哭头〕

4. 6 5 5） 3 2. 1 2 － 2 1 － （仓 －
（顷 仓） 终 何
（右手托髯） （右手挑

仓 0 嘟 仓 仓 仓 切 仓） 1. 3 2 3 2 3 2 3
用，

右边小绺，右手拇指、食指、中指相捏，跺右脚）

7· 6 5 0 7 6· 7 6 7 6 5 6 - 6 6 5 -
爹 娘 （呃）！
（双手拱请式）

（【大锣双楗凤点头】右手拭泪）

（6 6 6 5 5 5 i 3 2 2 2· 1 6 2 1 1） 1 1 3 23
血海 冤

1 2 （6· 1 2 2） 1 - 2 1 - - - 1 7 1 -
仇 落 了 空。
（右手摊掌）

〔【大锣住头】伍员拭泪。

东皋公 将军不必悲伤，此处离老汉寒舍不远，请到家中待茶，再做道理。

伍　员 萍水相逢，怎好打搅。

东皋公 四海之内，皆为朋友。来来来，待老汉与将军牵马。（向前走两步）

伍　员 这就不敢。（后退一步，双摆手）

东皋公 前面引路了。

〔【小锣凤点头】伍员拉马随东皋公走小圆场。

〔西皮流水〕

东皋公 （过门同前）$\frac{1}{4}$ 4 | 3 | 0 3 | 0 5 | 3 2 | 1 2 | 3 0 |
山 在 西 来 海 在 东，

0 2 | 0 1 | 2 | 1 | 2 5 | 3 2 | 1 | 0 2 |
山 水 相 连 处处 通。 五

0 1 | 6 2 | 1 | 3 2 | 1 | 2 | 2 5 | 3 |
湖 四 海 皆 朋 友， 人 到

3 21 | 1 | 1 | 2 2 | 1 | （1 1 | 6 2 | i ）‖
何 处 不 相 逢。
（东皋公、伍员在右台口站）

〔书童从“下场门”上，出门，站前台口。

书　童　迎接家爷!

东皋公　将马带过。

书　童　是。

〔**【小锣原场】**书童从伍员手中接马，从“下场门”拉下。东皋公请伍员进门。伍员进门“挖”至“大边”，东皋公归“小边”站。

东皋公　将军请坐。（双手拱请式）

伍　员　有座。（回礼）

〔**【小锣住头】**伍员坐“大边”椅，东皋公坐“小边”椅。

伍　员　请问老丈（双手拱请式）尊姓大名?

东皋公　老汉东皋公。昔年曾拜扁鹊先生（双手拱请式）门下。

伍　员　呜呼呀！原来是前辈老先生（双手拱请式），失敬了。

东皋公　岂敢。啊将军，为何这等模样?（右摊掌）

伍　员　咳！老丈啊！（双手拱请式）

〔西皮原板〕

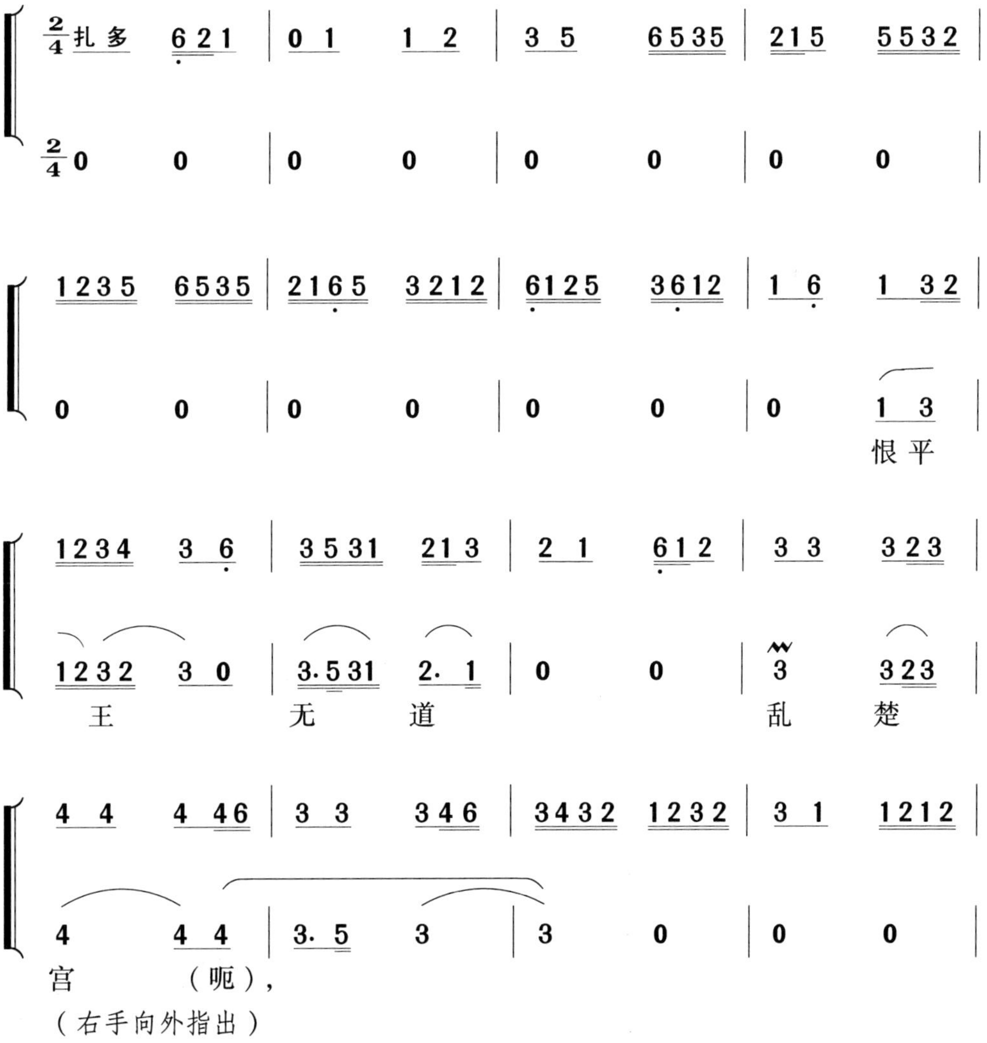

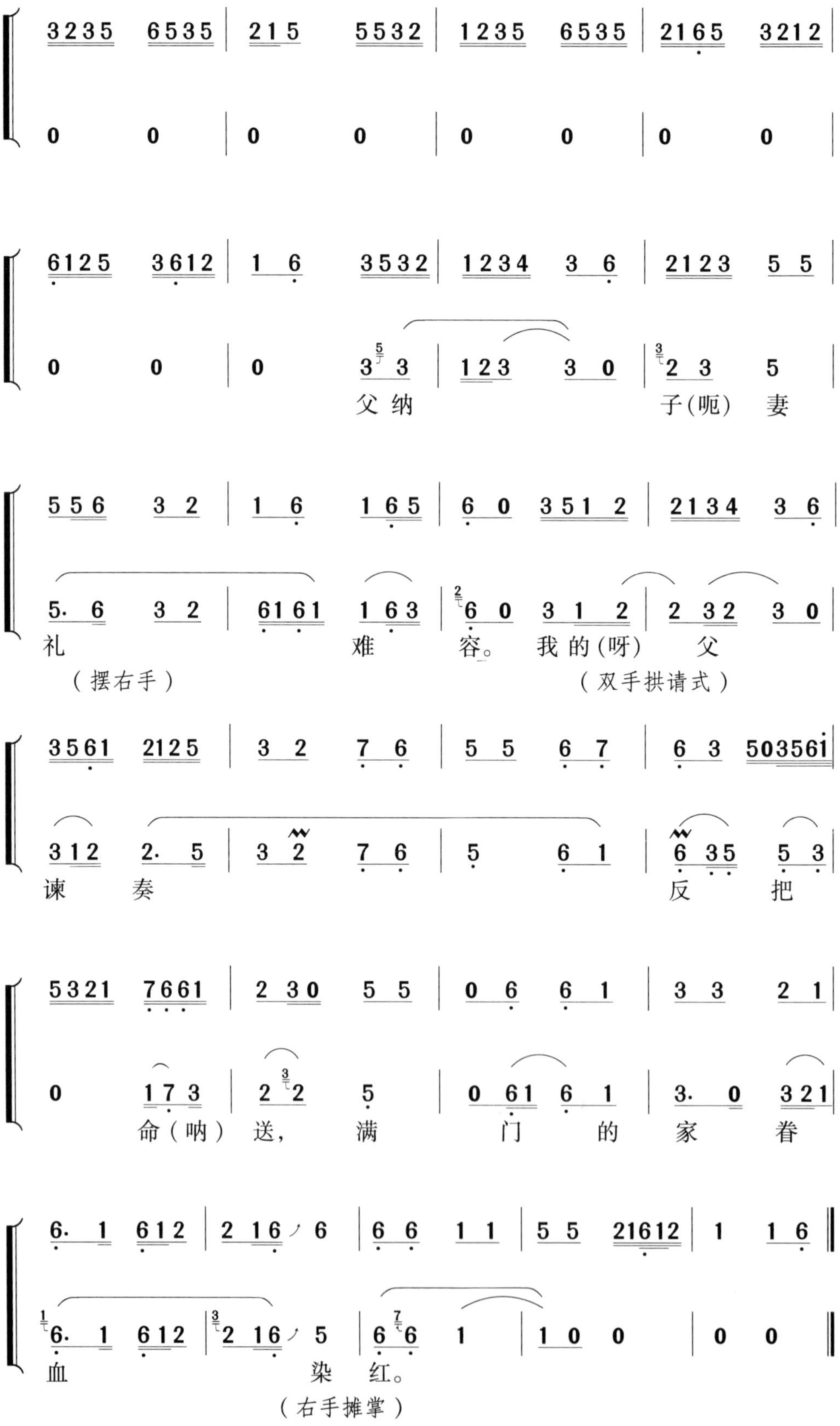

父纳
子(呃) 妻
礼
难
容。我的(呀) 父
(摆右手)
(双手拱请式)
谏 奏
反 把
命(呐) 送, 满
门 的 家 眷
血
染 红。
(右手摊掌)

东皋公 原来如此（点头）。将军不必悲伤，且在舍下后花园暂住几日（右手按掌），慢慢设法保你（右手指伍员）出关就是。

伍　员 若得如此（站起），感恩匪浅。（施礼）

东皋公 正是：（扎）（站起）

忠臣孝子当扶助，

伍　员 愧煞男儿不丈夫！（摆右手、摇头）

东皋公 将军是大丈夫！（右手赞美指）

伍　员 （用右手遮面）惭愧！

东皋公 请！（双手拱请式）

〔**【小锣原场】**伍员、东皋公二人从“下场门”下。

第三场

〔**【小锣抽头】**皇甫讷从“上场门”上，至台中，左手抖袖。

〔西皮摇板〕

皇甫讷 （过门同前）1 2 3 2 3 21 1 3 2（3 5 2 1 6 1
散 淡 清 闲 近 午 间，

2 2）3 2 1 1 1 2 2 1 2 2 1（1 1 6 2 1）‖
奇 花 异 草 过 前 川。

卑人皇甫讷。（扎）楚国人氏。只因朝纲不振，无意功名富贵，（摇头）隐居历阳山中，每日与好友东皋公诗酒往来（右手按掌），倒也快乐逍遥。今日闲暇无事，不免出外游玩一番便了！**【小锣凤点头】**（右手抖袖）

〔西皮摇板〕

（过门同前）3 2 2 1 1 2 1 3 3 2 -
山 前 山 后 游 一（呀）遍，
（右手向外指出）

【小锣抽头】（从台中向左台口走，至左台口右转身向前上一步）

（过门同前）3 2 2 1 1 2 2 1 2 2 1 ‖
逍 遥 自 在 乐 清 闲。
（右手按掌）

【小锣抽头】（左转身，从“下场门”下）

第四场

〖【阴快长锤】伍员从“上场门”上，至“九龙口”站，【快长锤】切住。

〖〔亮弦〕（7 6 2 1 -）忧伤地抚胸摇头。

伍　员　咳！

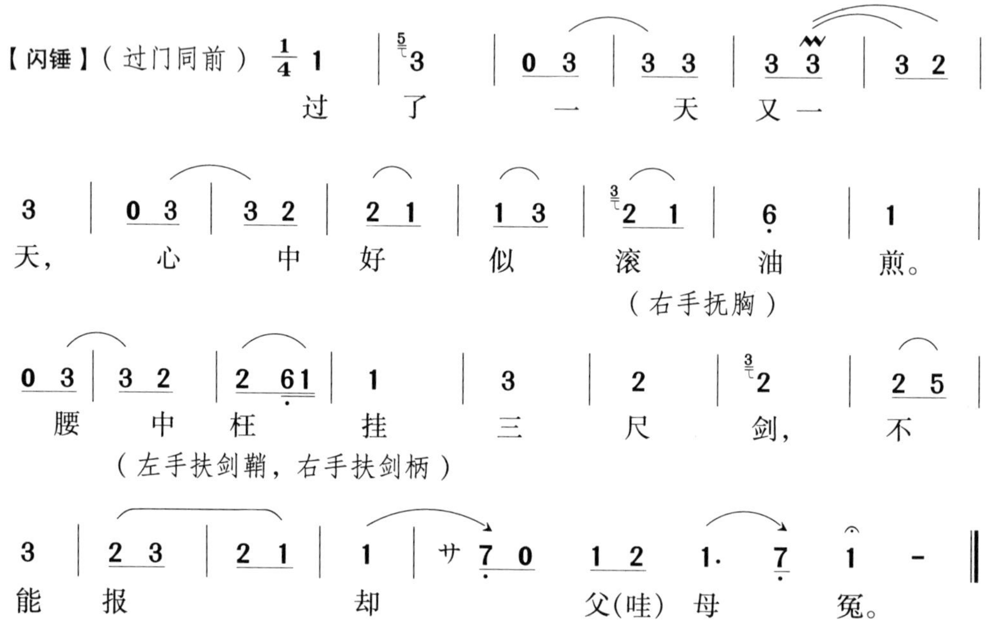

【大锣住头】幸遇东皋公，将我隐藏在后花园中，一连几日，并无动静(右手摊掌)。今日又是一天，（叹气）好不愁闷人也！

〖起更，伍员右转身向桌前走去，摘宝剑放在桌上，右手拔剑出鞘、左手掌灯出门，至右台口，向“上场门”方向“望门”。左转身走至左台口，向“下场门”方向“望门”，进门，将剑入鞘，放桌上，灯放桌角，回身关门。将椅搬到左台口坐，起初更。

伍　员　唉！爹娘啊……（双手拱请式）

〔二黄慢板〕

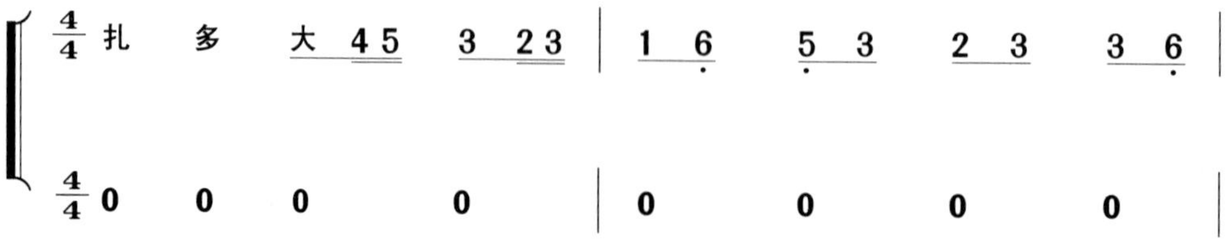

（右手拭泪）

文昭关

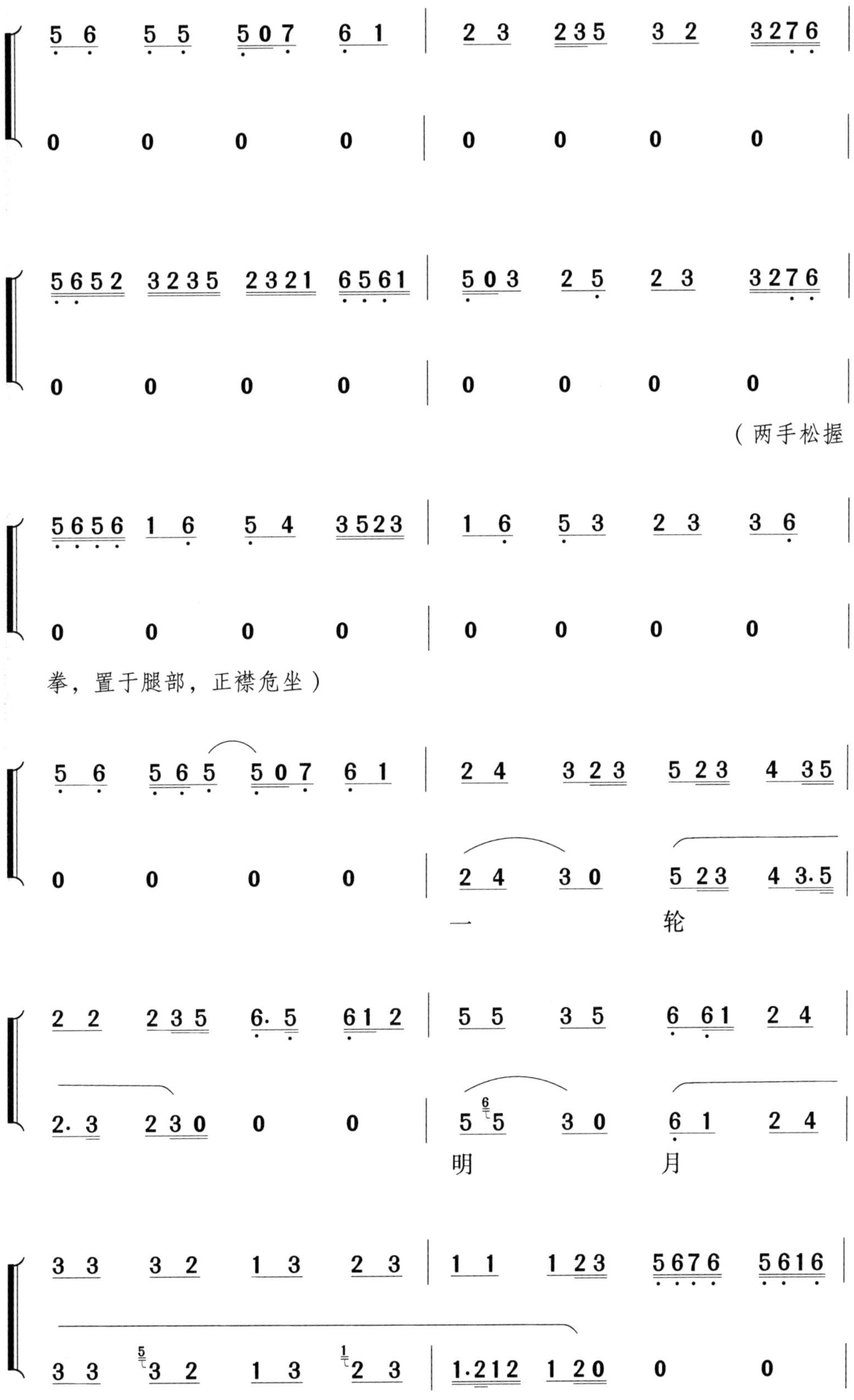

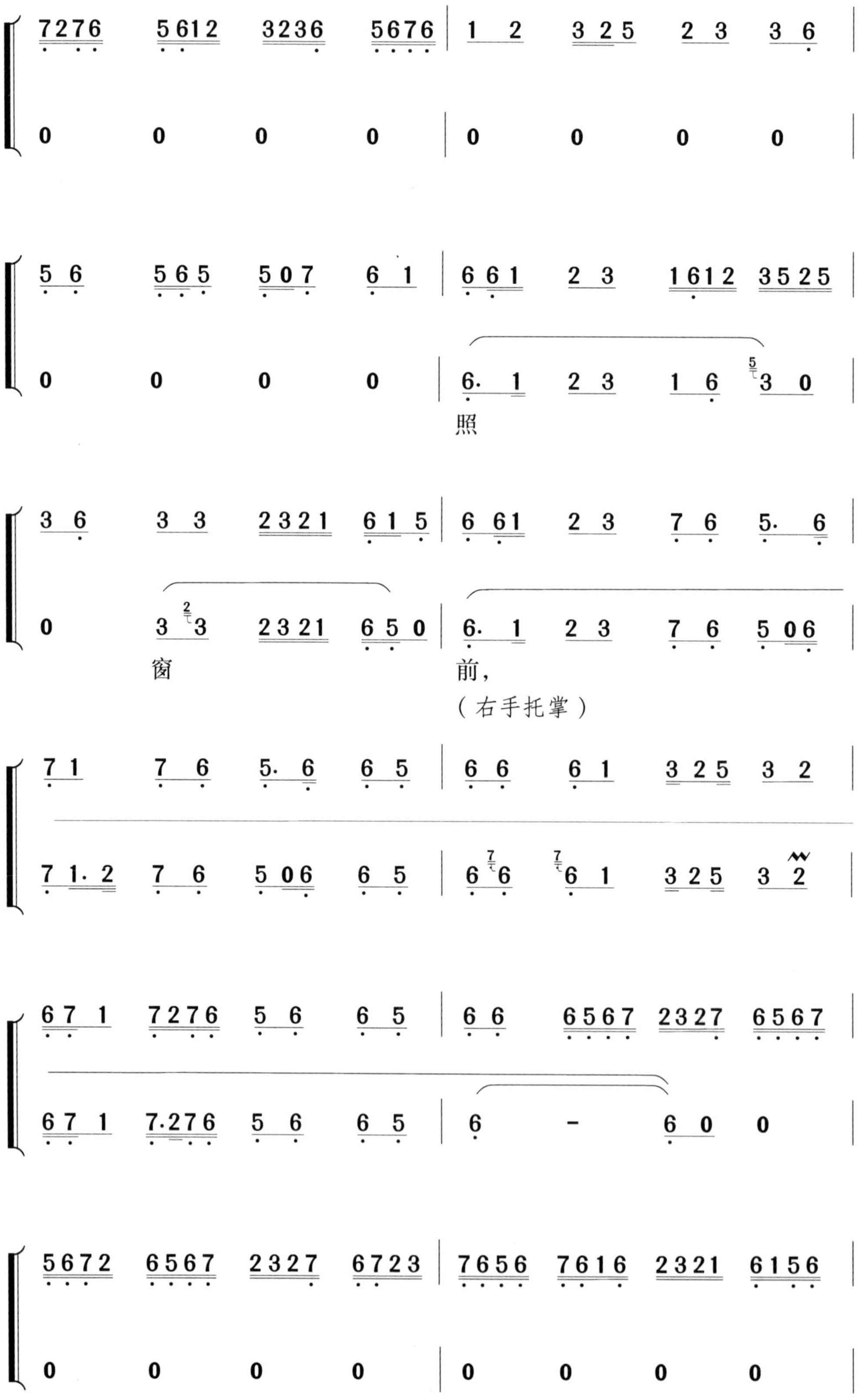
照
窗
前，
（右手托掌）

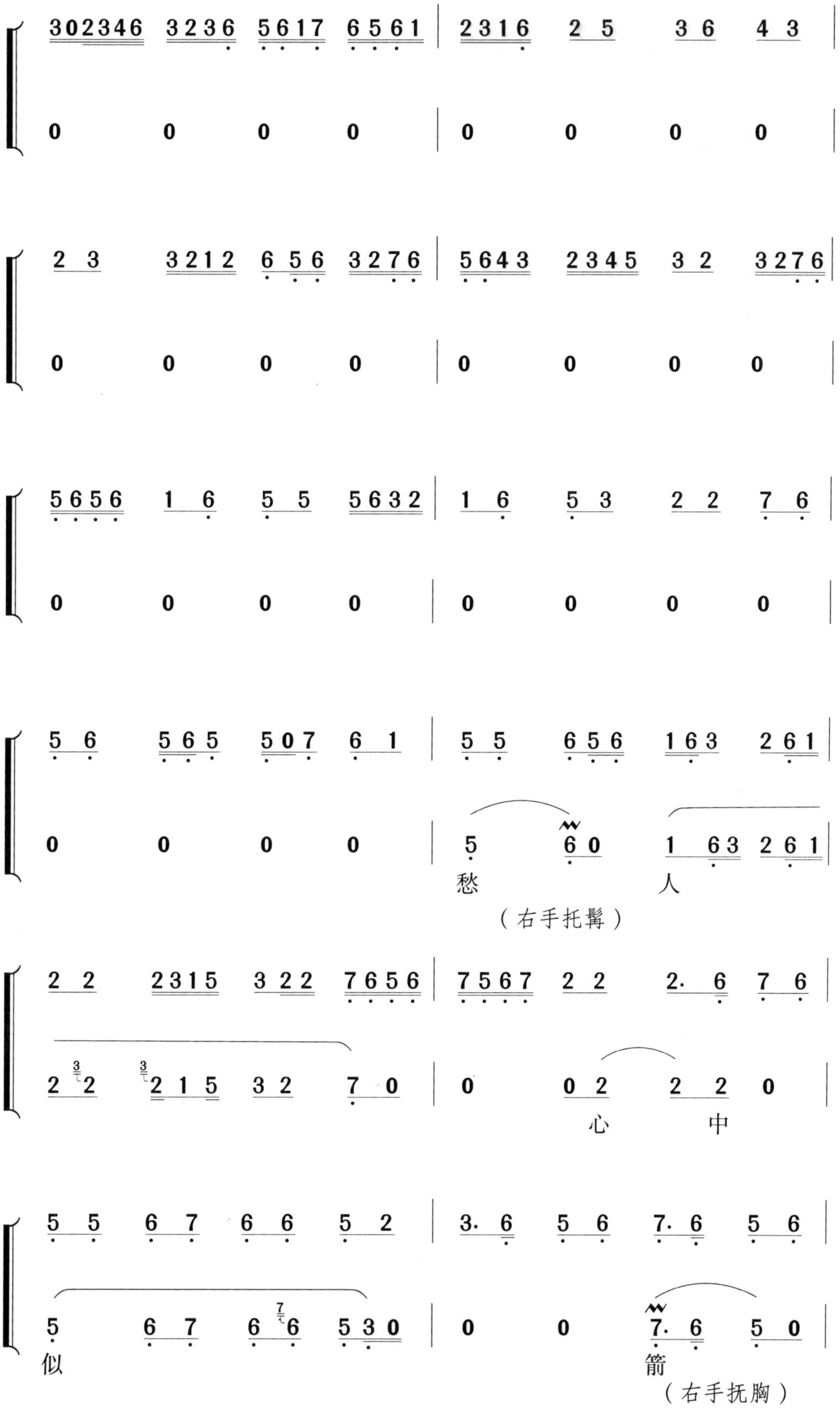
愁
人
（右手托髯）
心
中
似
箭
（右手抚胸）

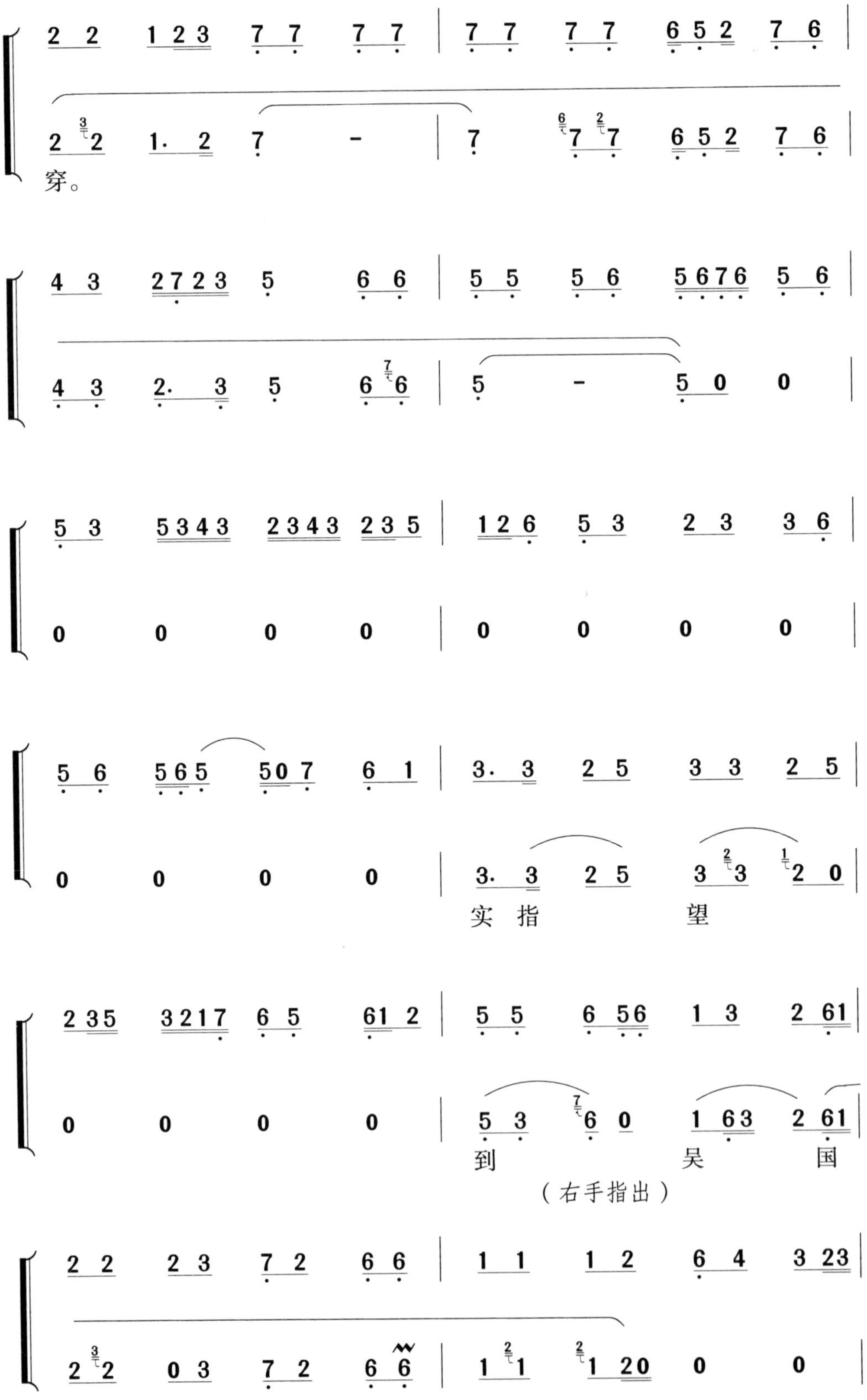
穿。
实 指 望
到 吴 国
（右手指出）

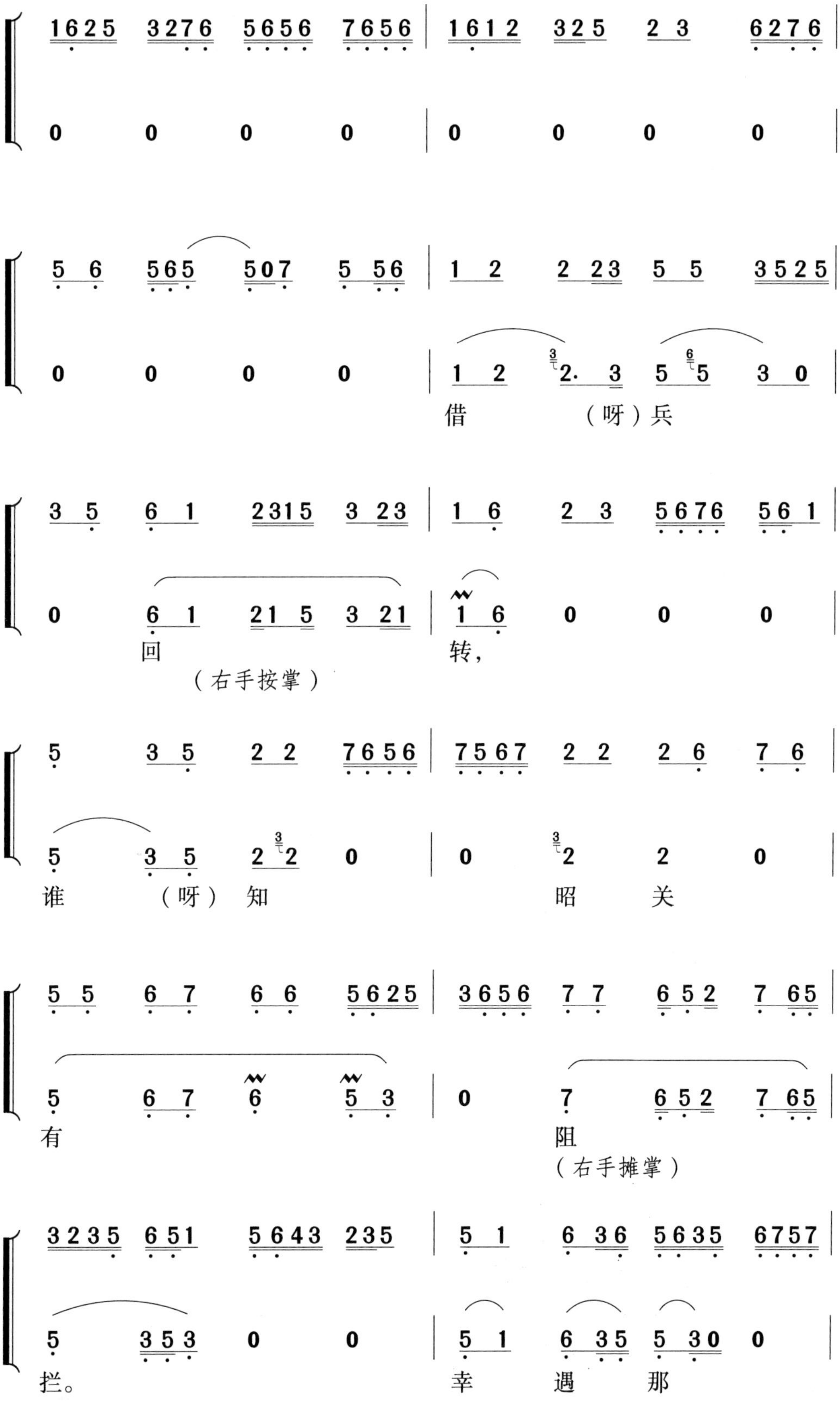
借 （呀）兵
回 转，
（右手按掌）
谁 （呀） 知 昭 关
有 阻
（右手摊掌）
拦。 幸 遇 那

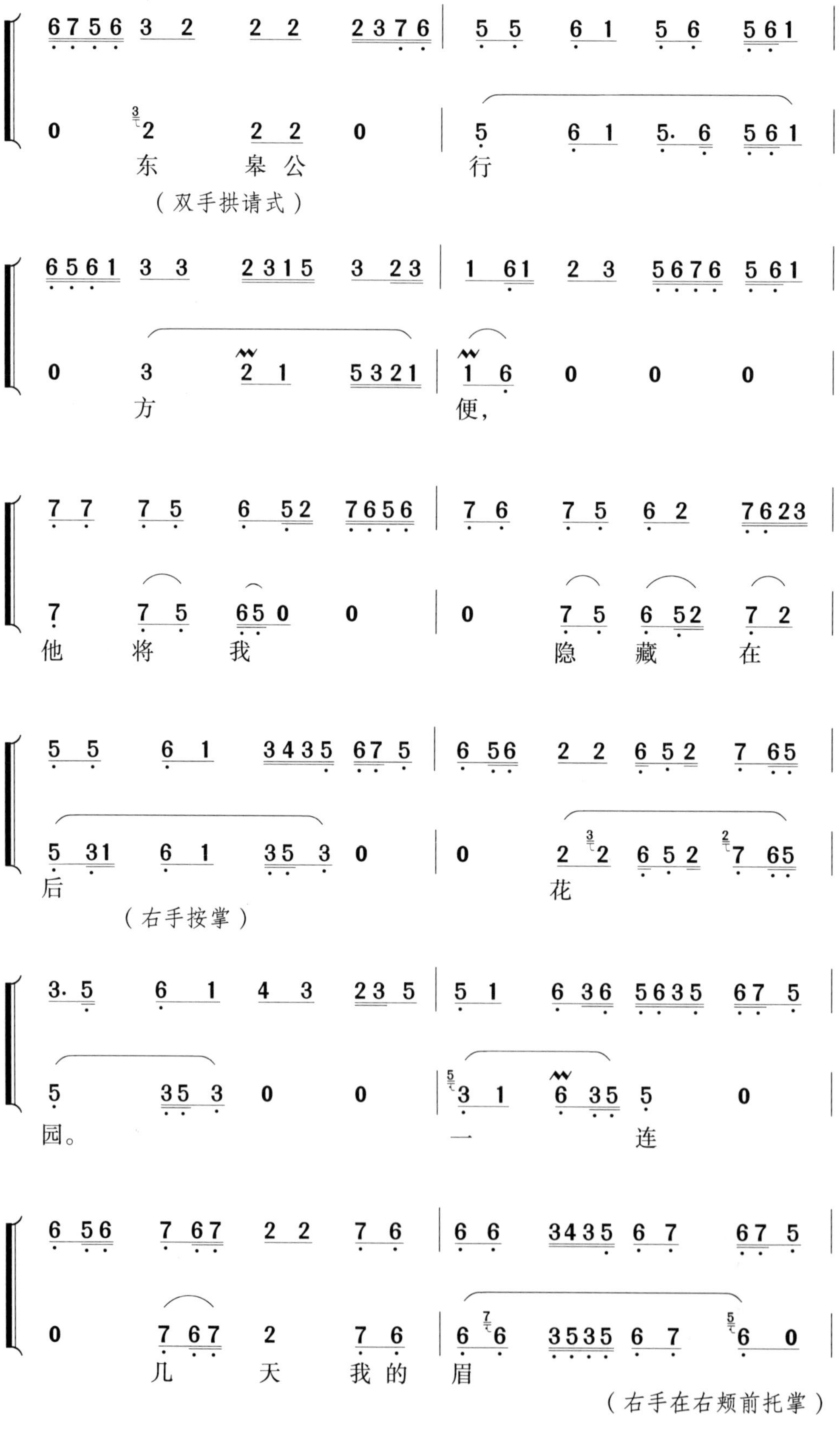
东 皋公 行
（双手拱请式）
方 便，
他 将 我 隐 藏 在
后 花
（右手按掌）
园。 一 连
几 天 我的 眉
（右手在右颊前托掌）

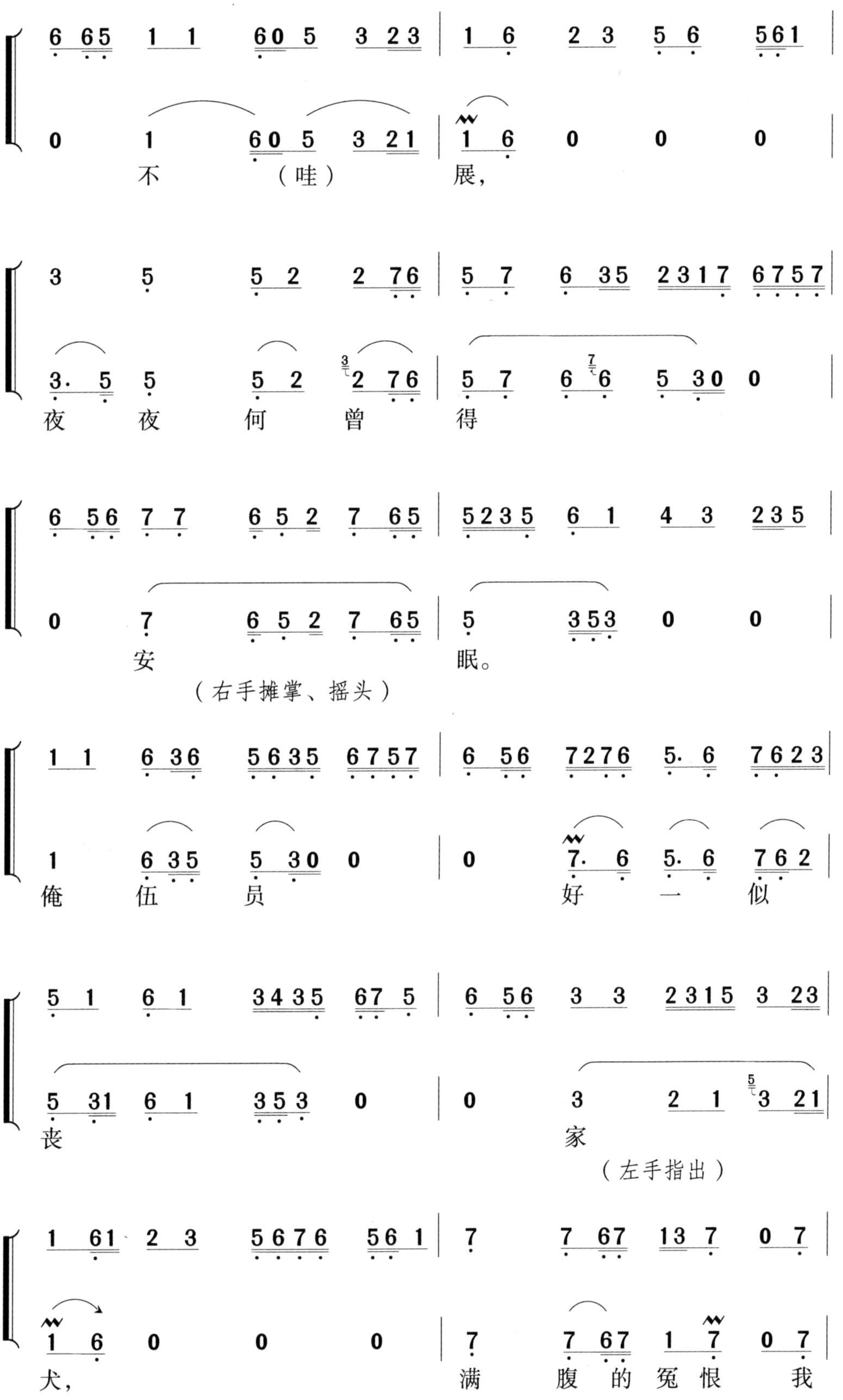
不 （哇） 展，
夜 夜 何 曾 得
安 眠。
（右手摊掌、摇头）
俺 伍 员 好 一 似
丧 家
（左手指出）
犬， 满 腹 的 冤 恨 我

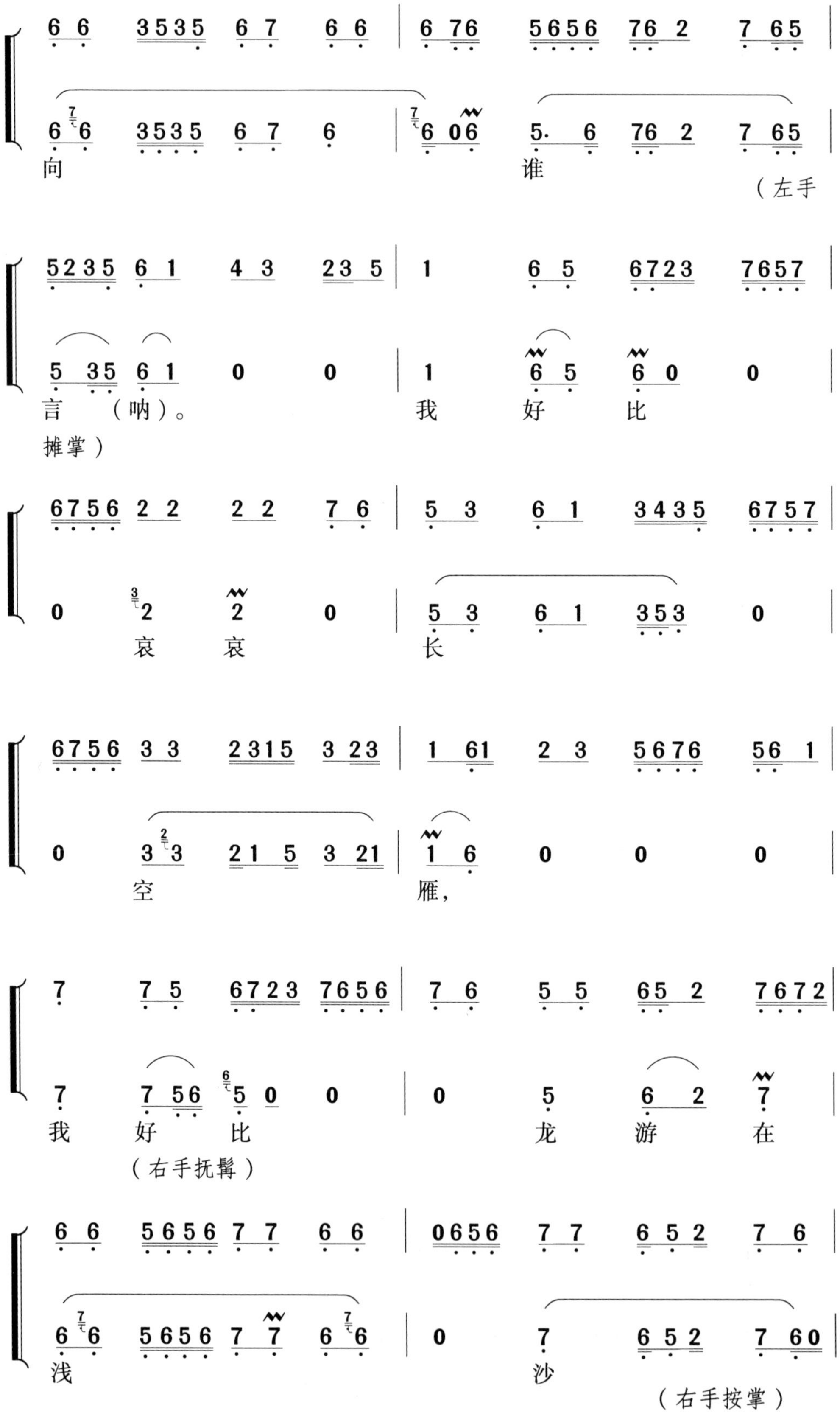
向 谁
（左手
言 （呐）。 我 好 比
摊掌）
哀 哀 长
空 雁，
我 好 比 龙 游 在
（右手抚髯）
浅 沙
（右手按掌）

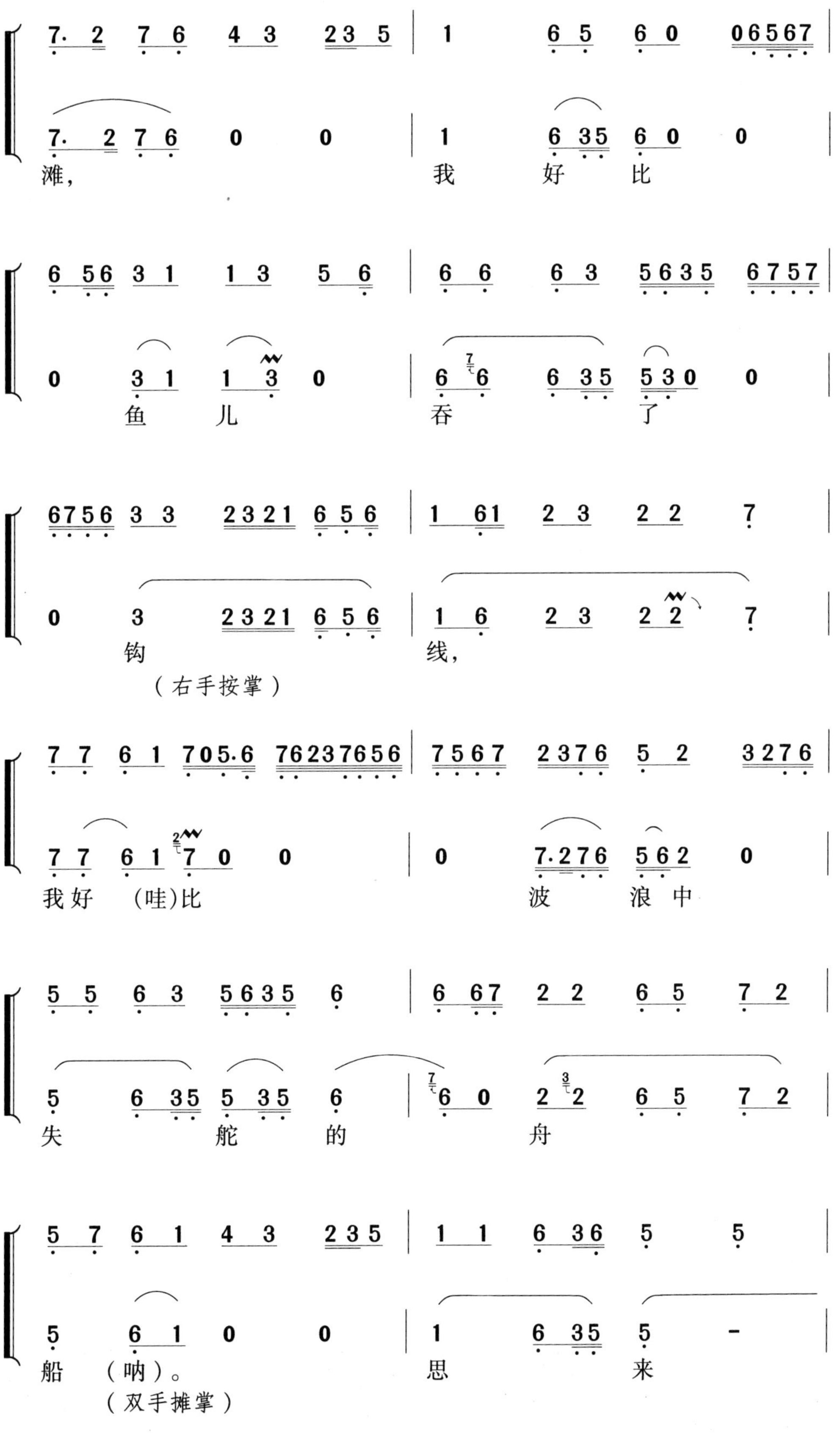
滩，
我 好 比
鱼 儿 吞 了
钩 线，
（右手按掌）
我好（哇）比 波 浪 中
失 舵 的 舟
船（呐）。思 来
（双手摊掌）

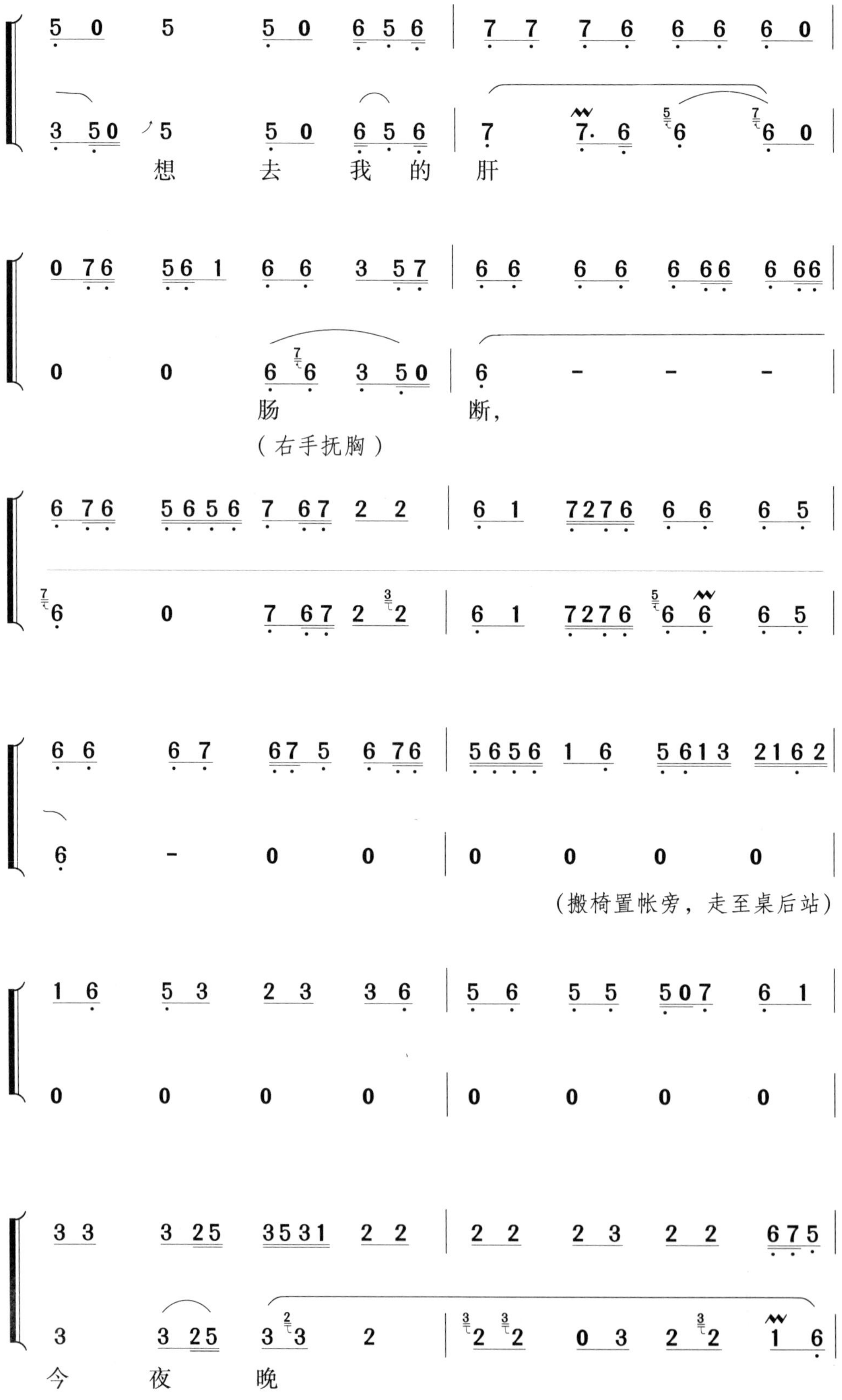
想去我的肝
肠断，
（右手抚胸）
（搬椅置帐旁，走至桌后站）
今夜晚

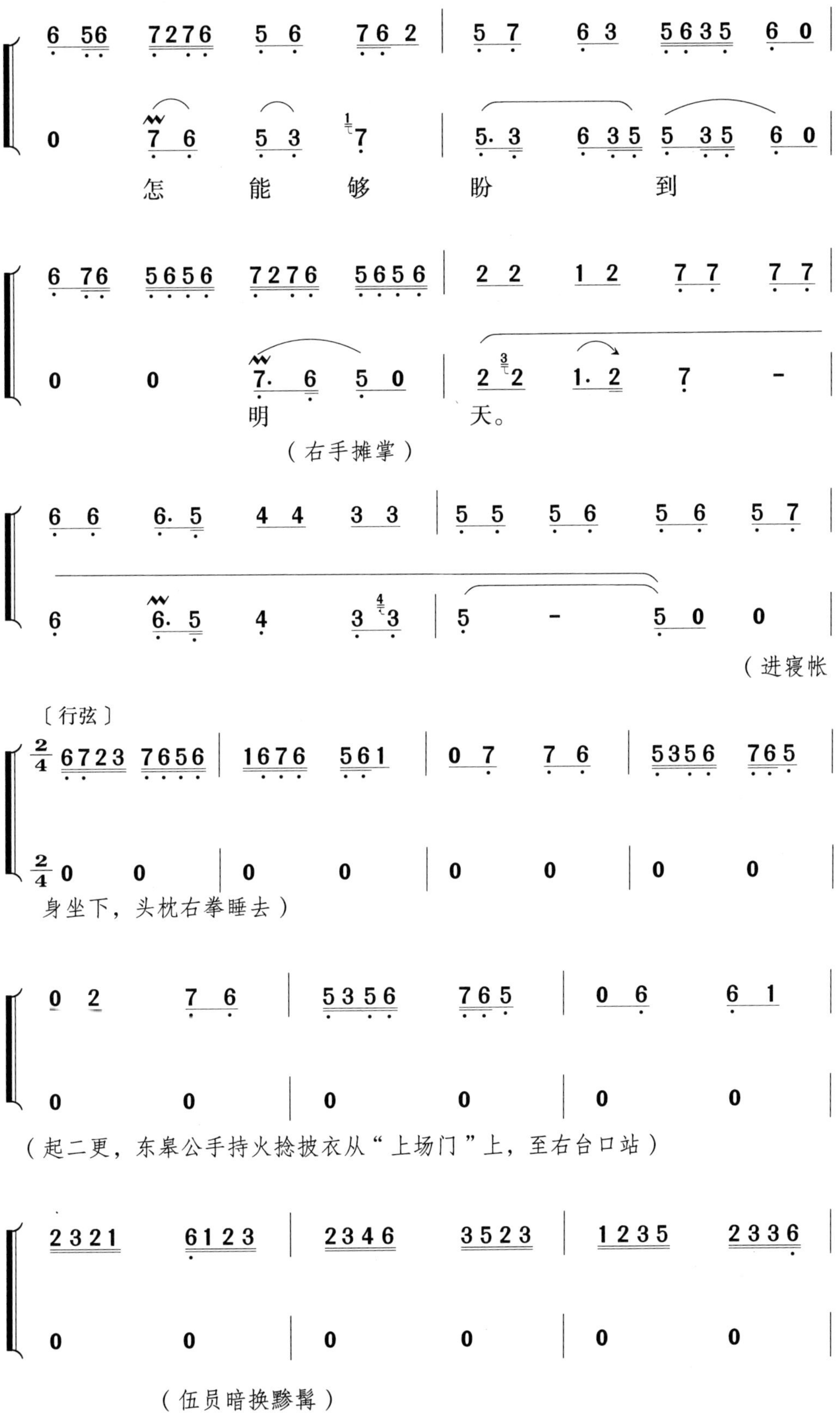

怎 能 够 盼 到
明 天。
（右手摊掌）
（进寝帐
〔行弦〕
身坐下，头枕右拳睡去）
（起二更，东皋公手持火捻披衣从“上场门”上，至右台口站）
（伍员暗换黪髯）

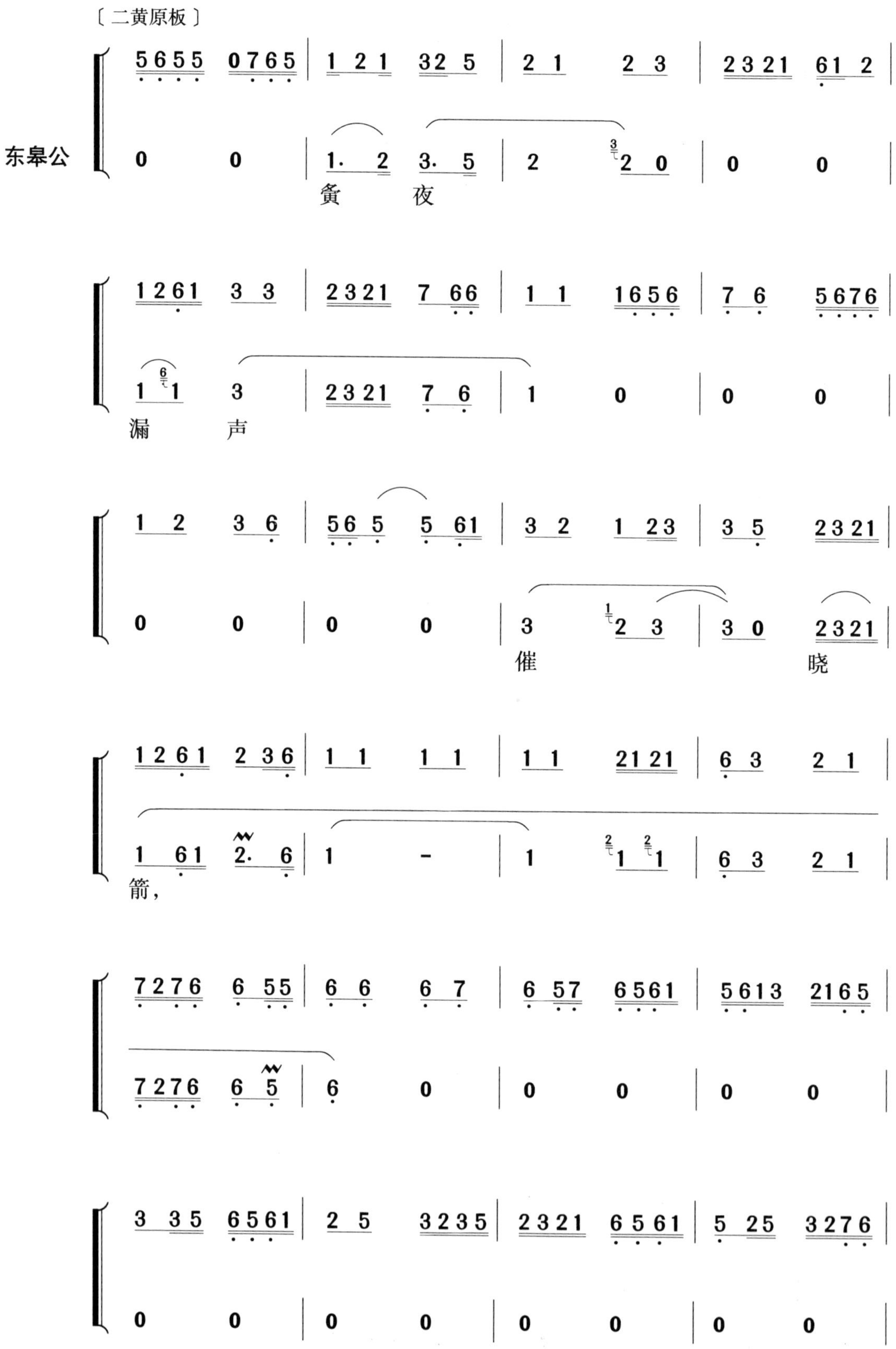
〔二黄原板〕
东皋公
夤 夜
漏 声
催 晓
箭，

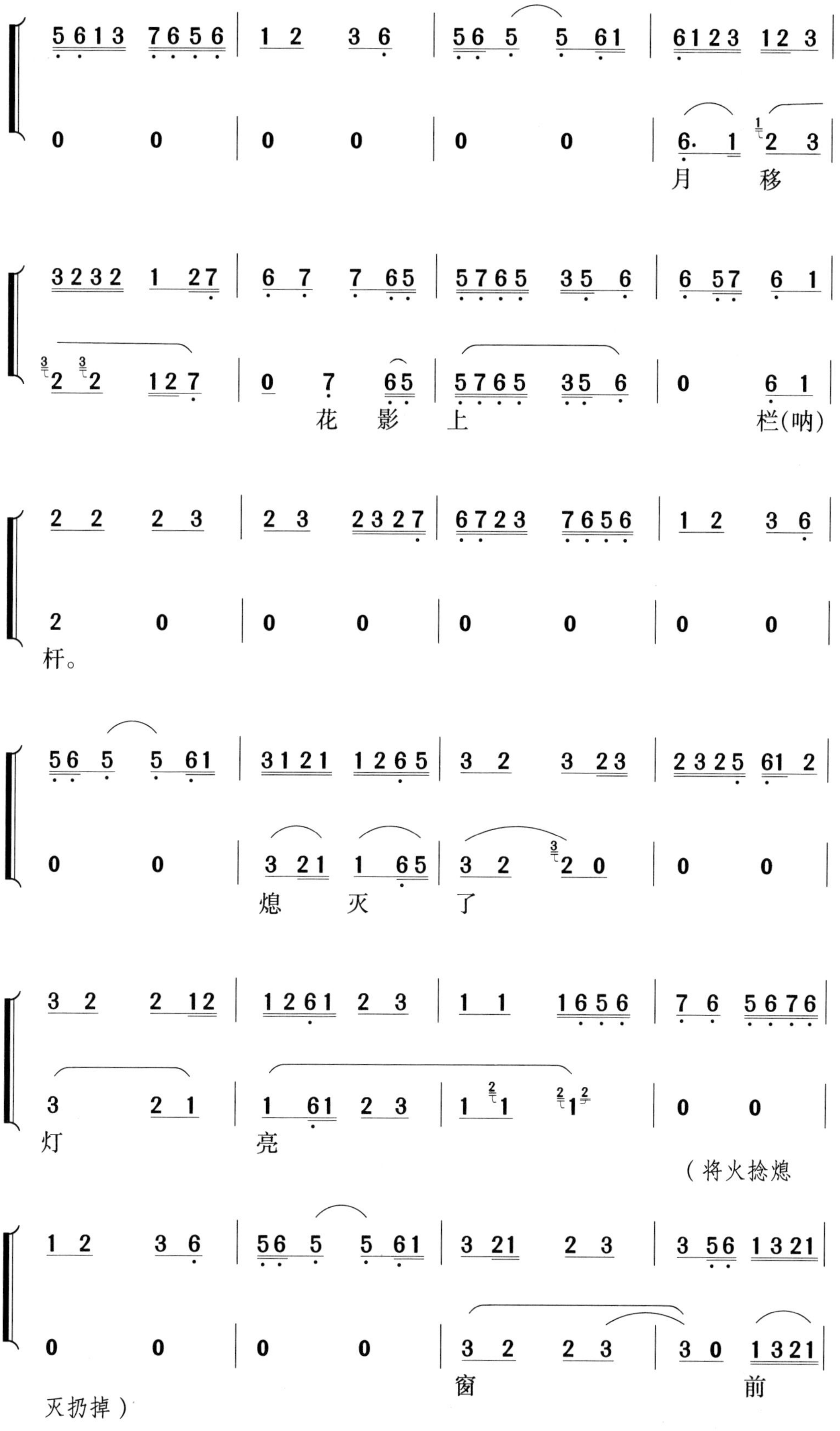
月 移
花 影 上 栏(呐)
杆。
熄 灭 了
灯 亮
（将火捻熄
灭扔掉）
窗 前

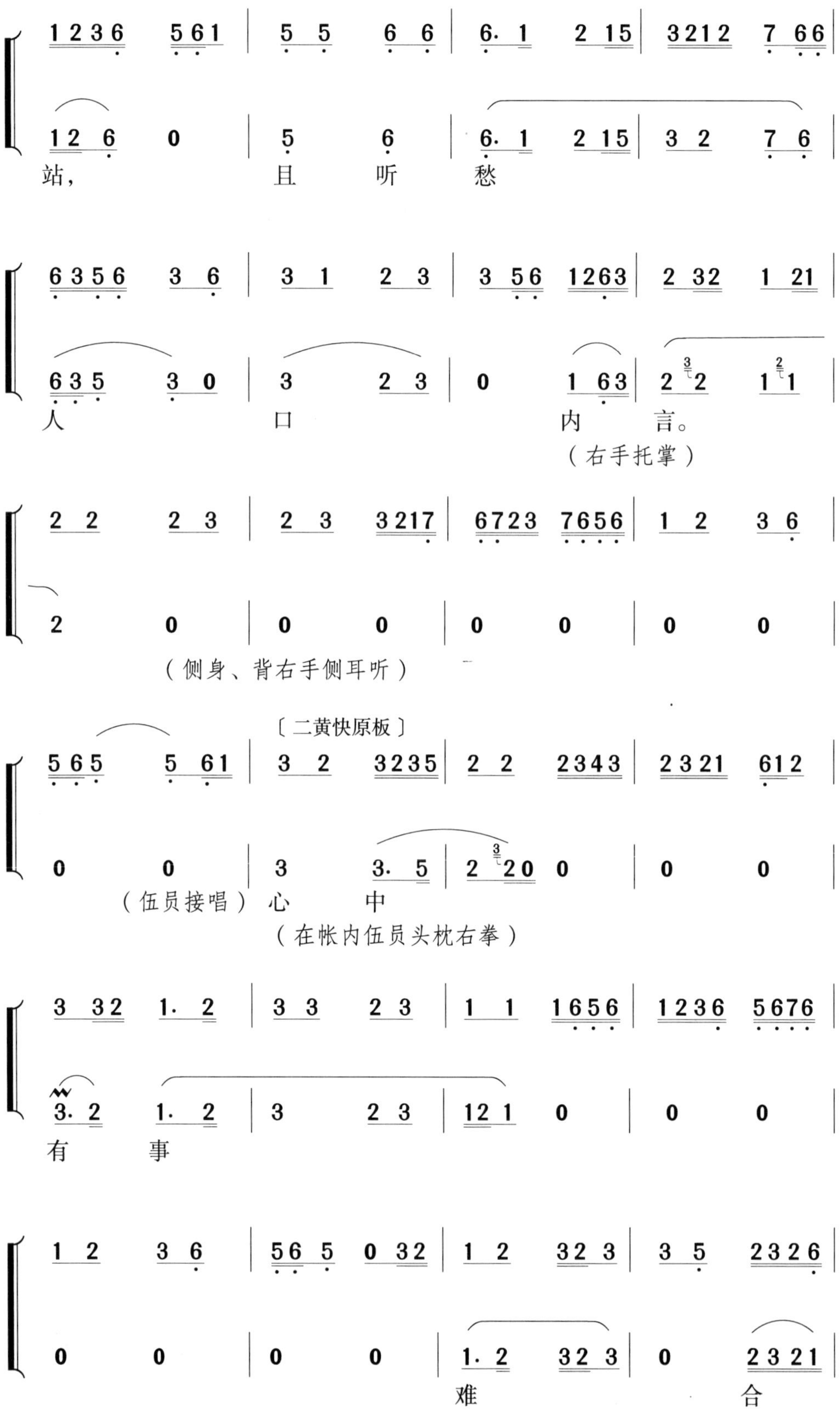
站， 且 听 愁
人 口 内 言。
（右手托掌）
（侧身、背右手侧耳听）
〔二黄快原板〕
（伍员接唱）心 中
（在帐内伍员头枕右拳）
有 事
难 合

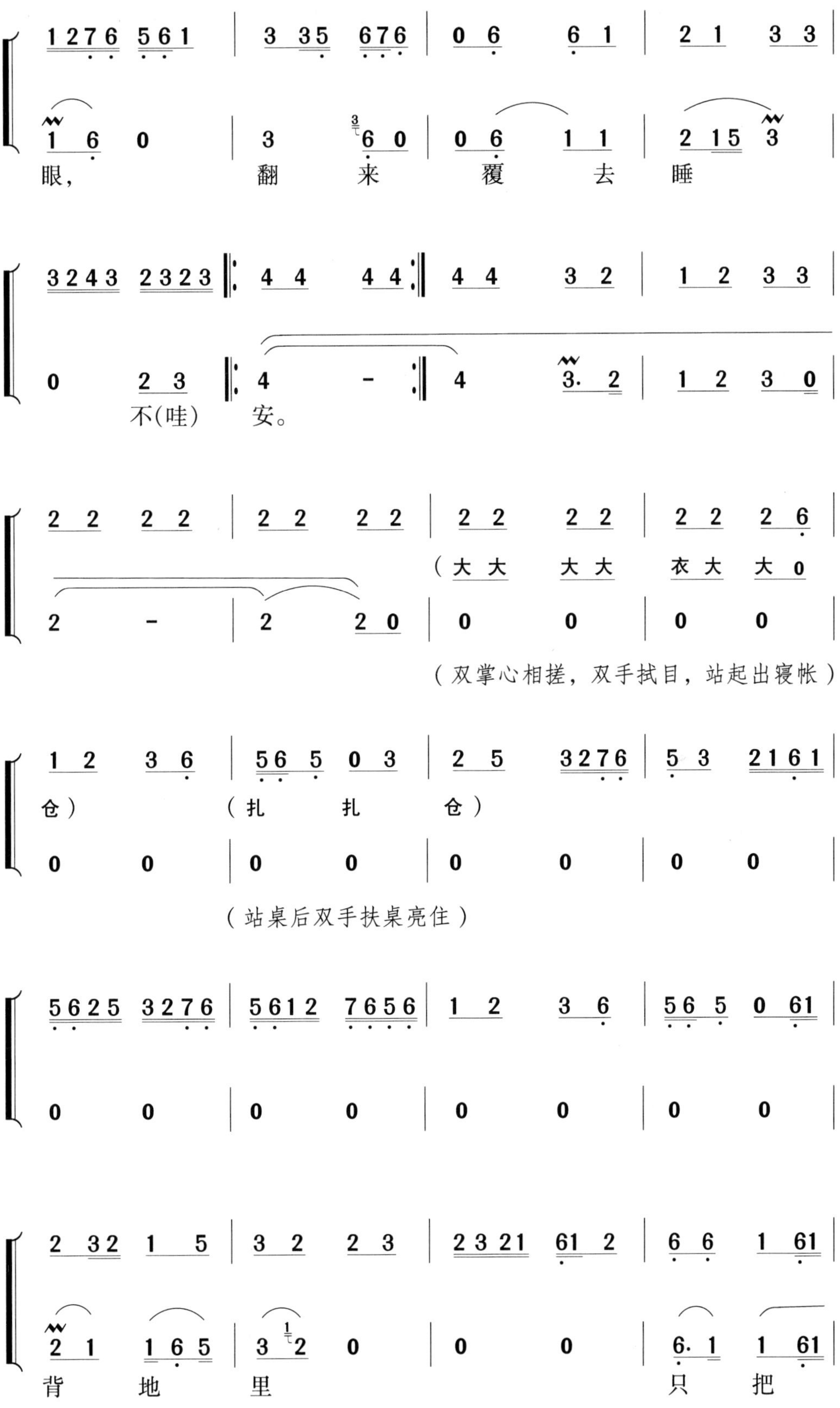
眼，翻来覆去睡
不(哇)安。
（大大 大大 衣大 大0
（双掌心相搓，双手拭目，站起出寝帐）
仓）（扎 扎 仓）
（站桌后双手扶桌亮住）
背地里
只把

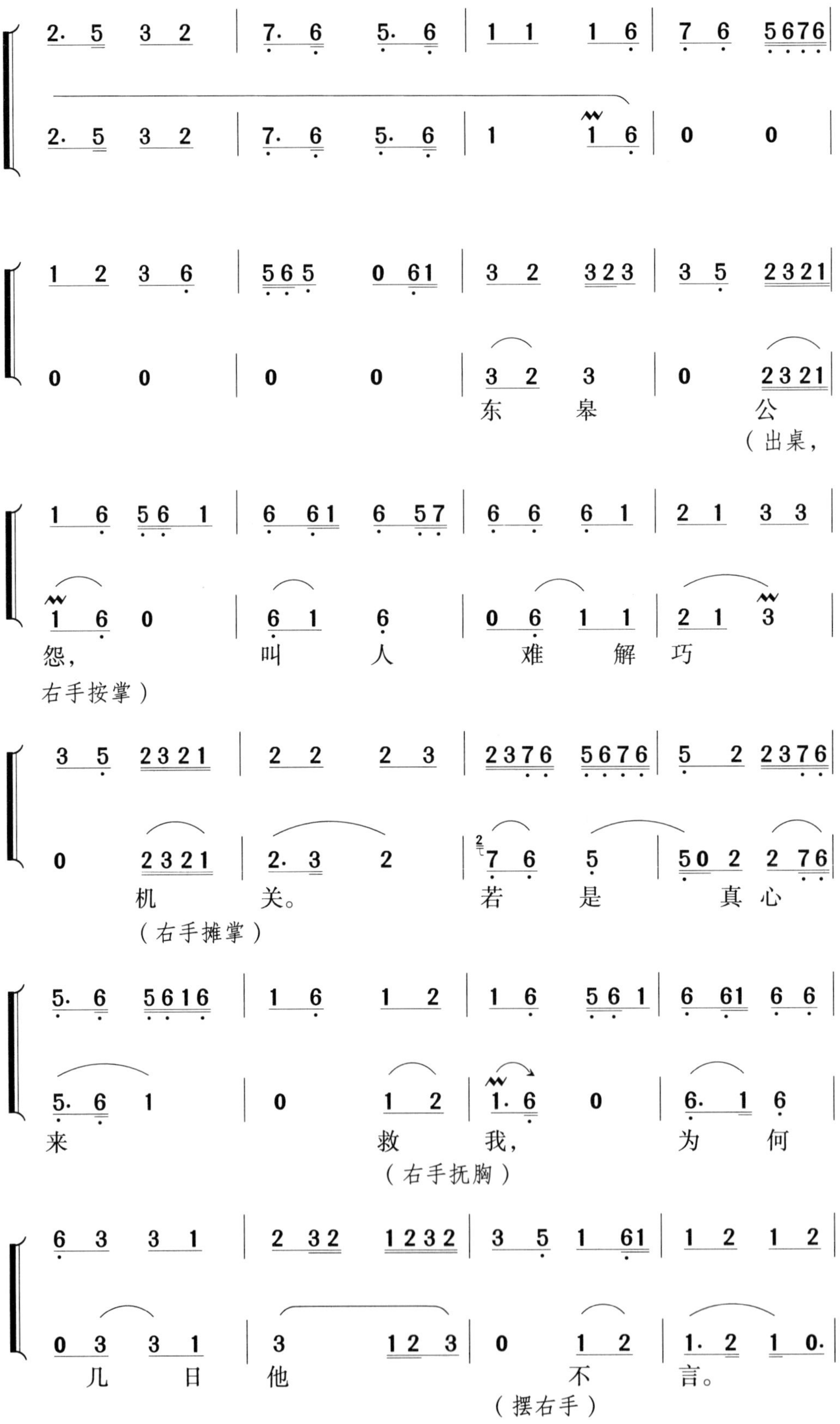
东　皋　公
（出桌，
怨，叫　人　难　解　巧
右手按掌）
机　关。若　是　真　心
（右手摊掌）
来　救　我，为　何
（右手抚胸）
几　日　他　不　言。
（摆右手）

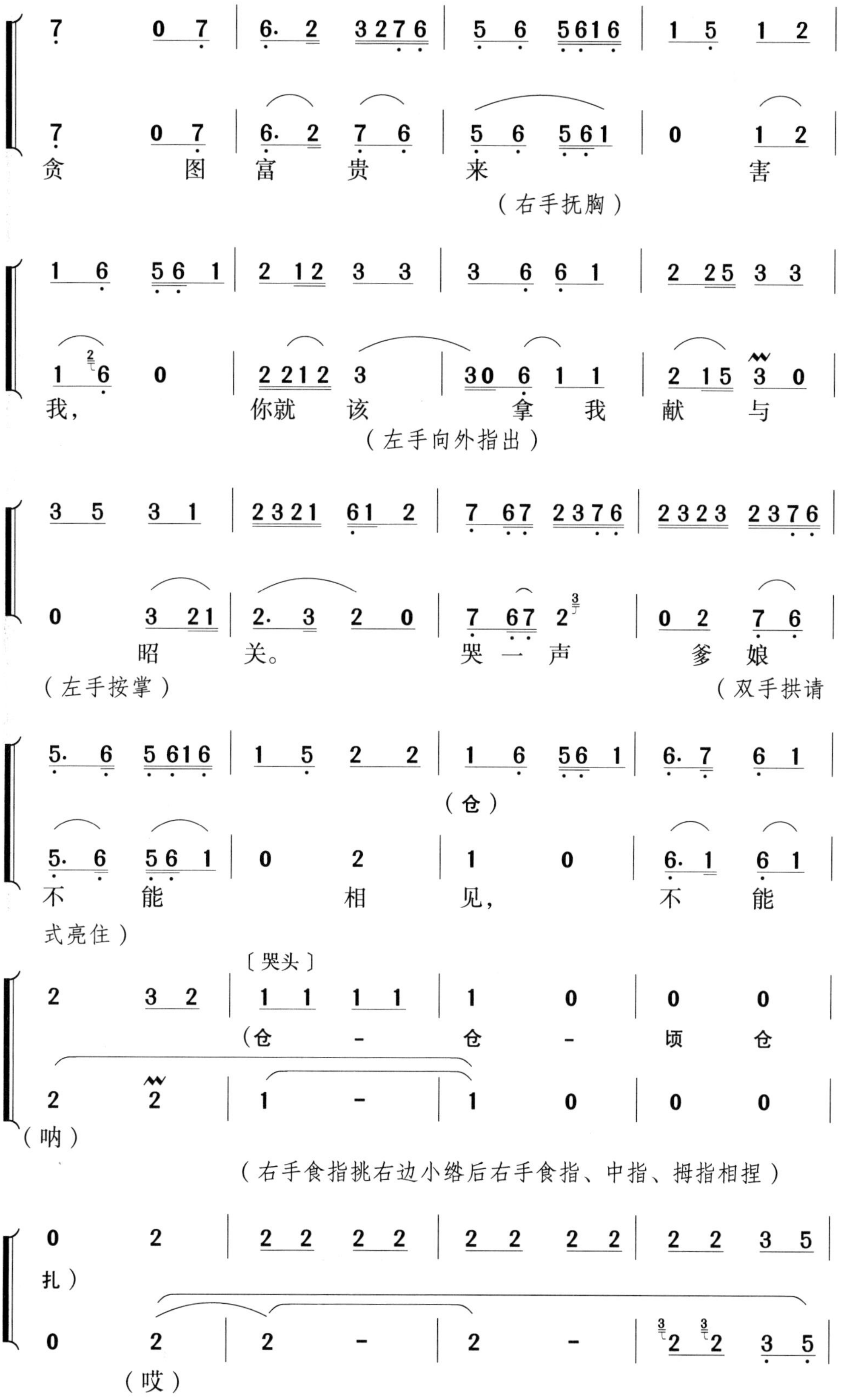
贪 图 富 贵 来 害
（右手抚胸）
我， 你就 该 拿 我 献 与
（左手向外指出）
昭 关。 哭 一 声 爹 娘
（左手按掌）
（双手拱请
（仓）
不 能 相 见， 不 能
式亮住）
〔哭头〕
（仓 - 仓 - 顷 仓
（呐）
（右手食指挑右边小绺后右手食指、中指、拇指相捏）
扎）
（哎）

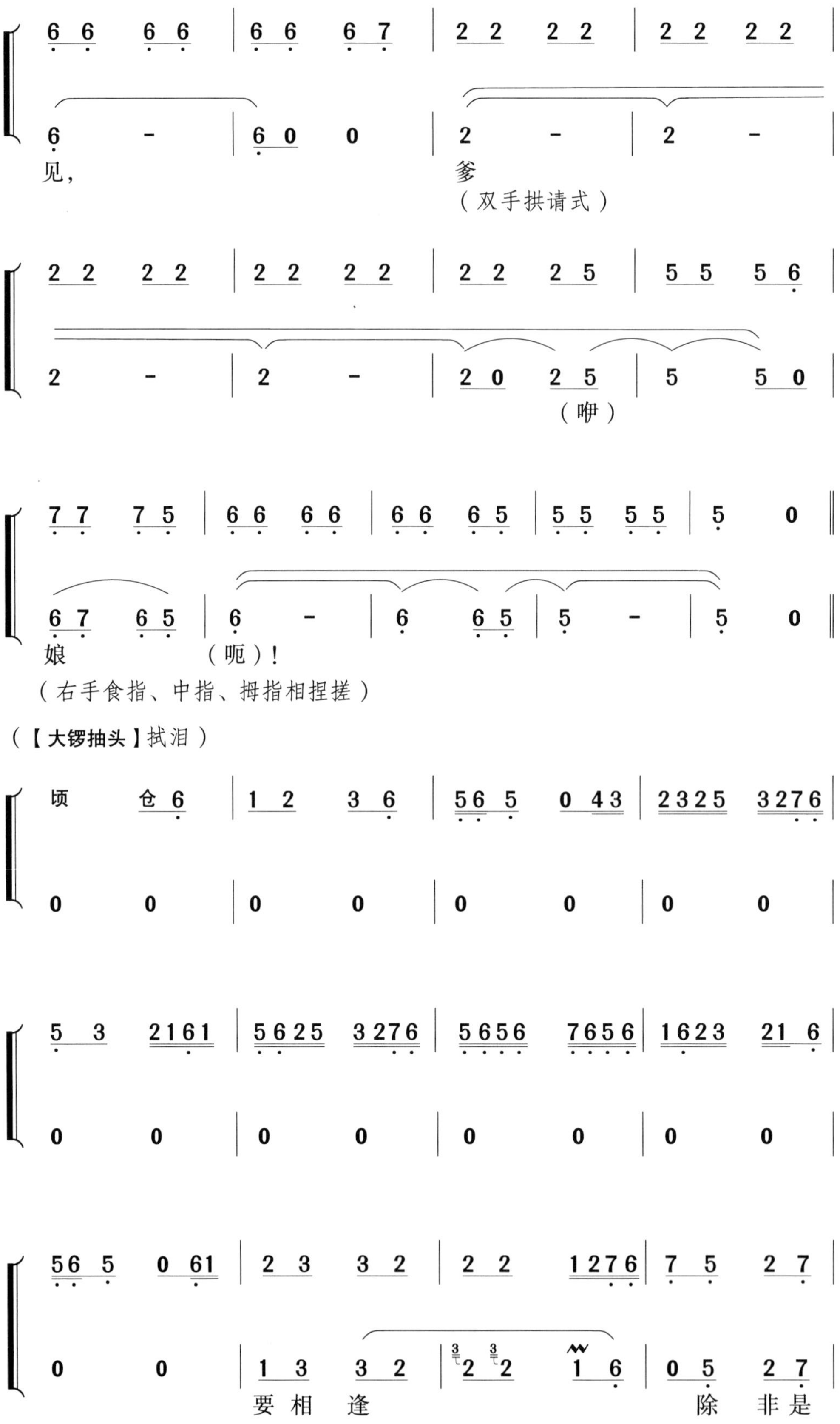
见，
爹
（双手拱请式）
（咿）
娘
（呃）！
（右手食指、中指、拇指相捏搓）
（【大锣抽头】拭泪）
顷
仓
要相逢
除非是

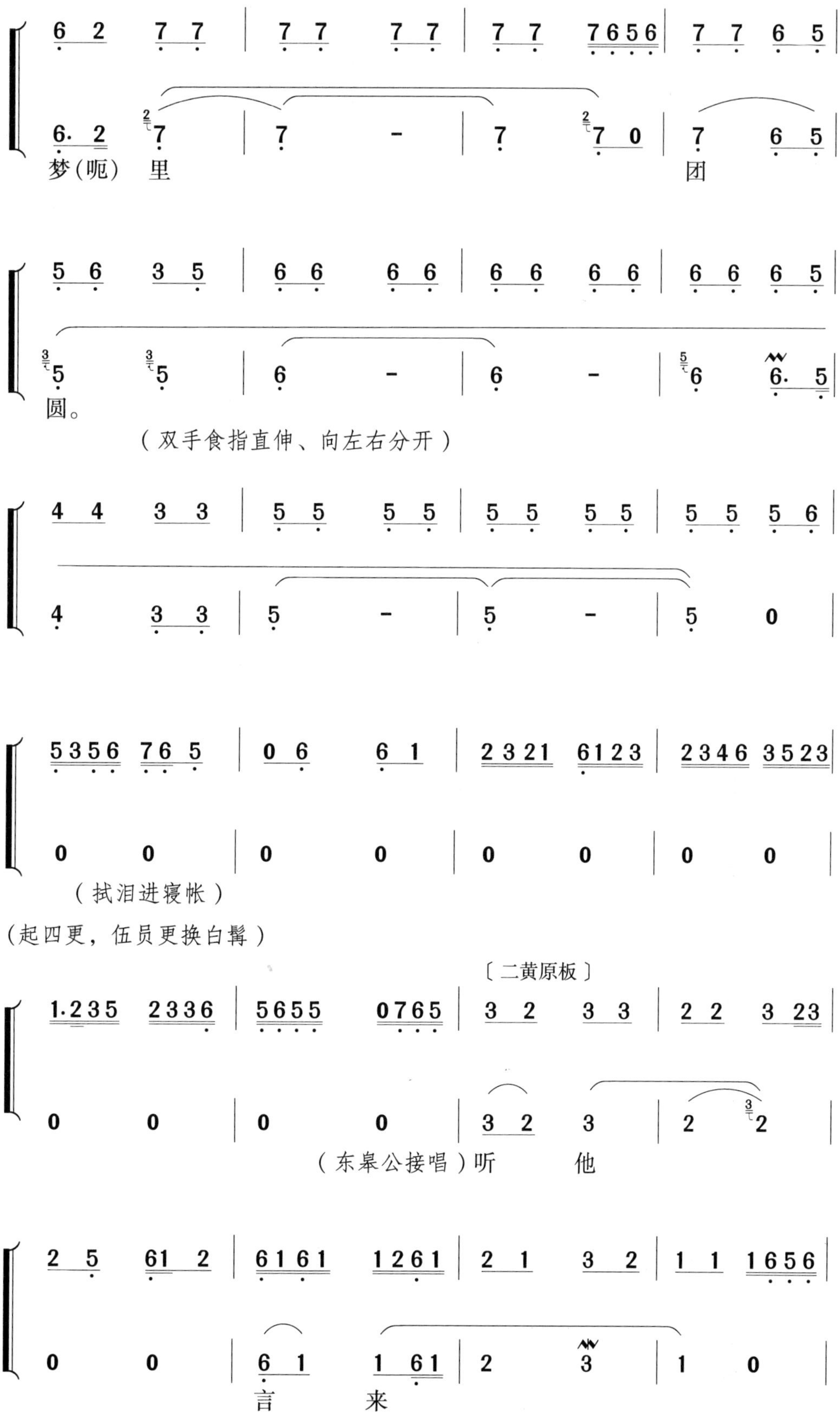
梦(呃) 里
团
圆。
（双手食指直伸、向左右分开）
（拭泪进寝帐）
(起四更，伍员更换白髯)
〔二黄原板〕
（东皋公接唱）听
他
言
来

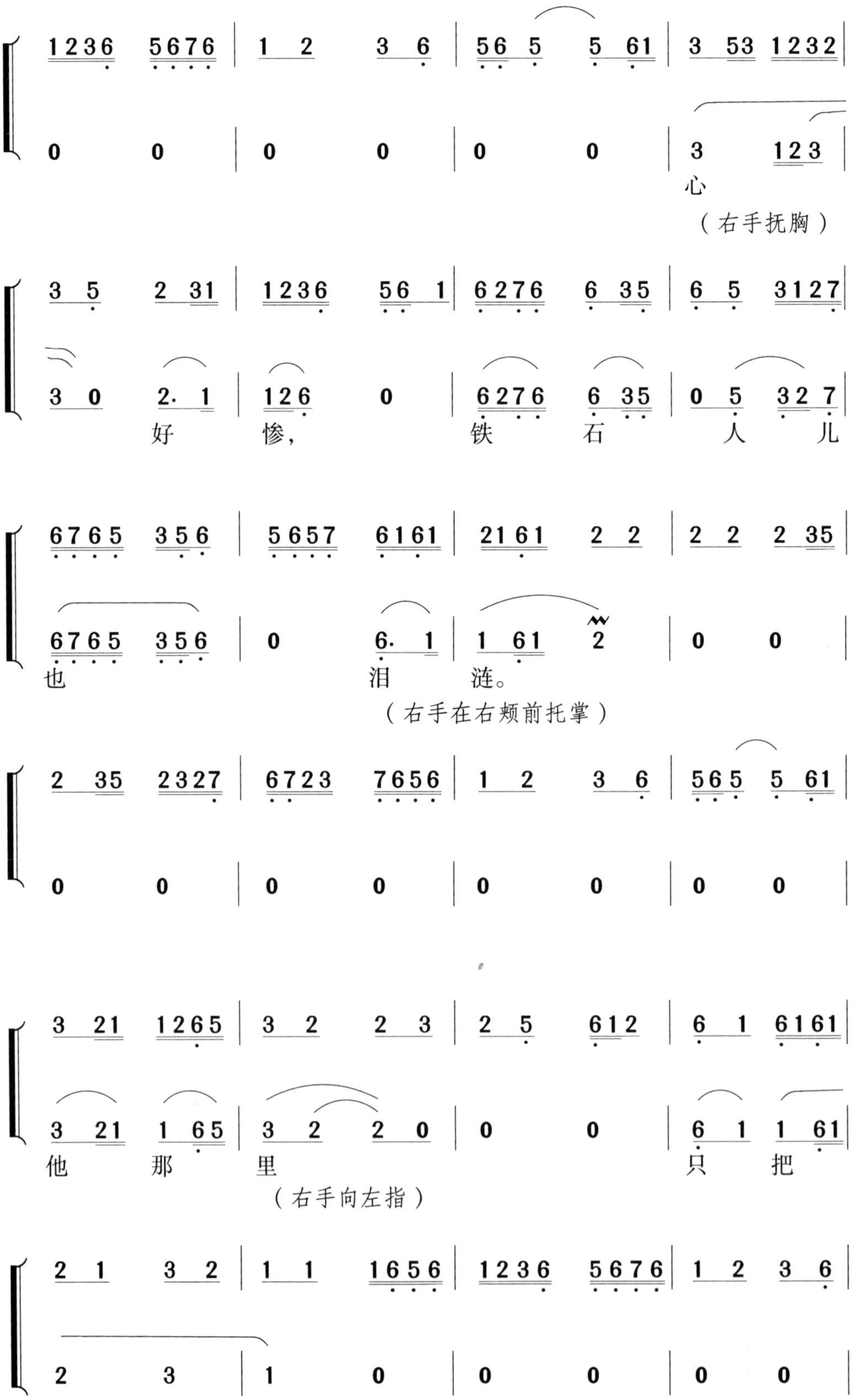
心
（右手抚胸）
好 惨，铁 石 人 儿
也 泪 涟。
（右手在右颊前托掌）
他 那 里
（右手向左指）
只 把

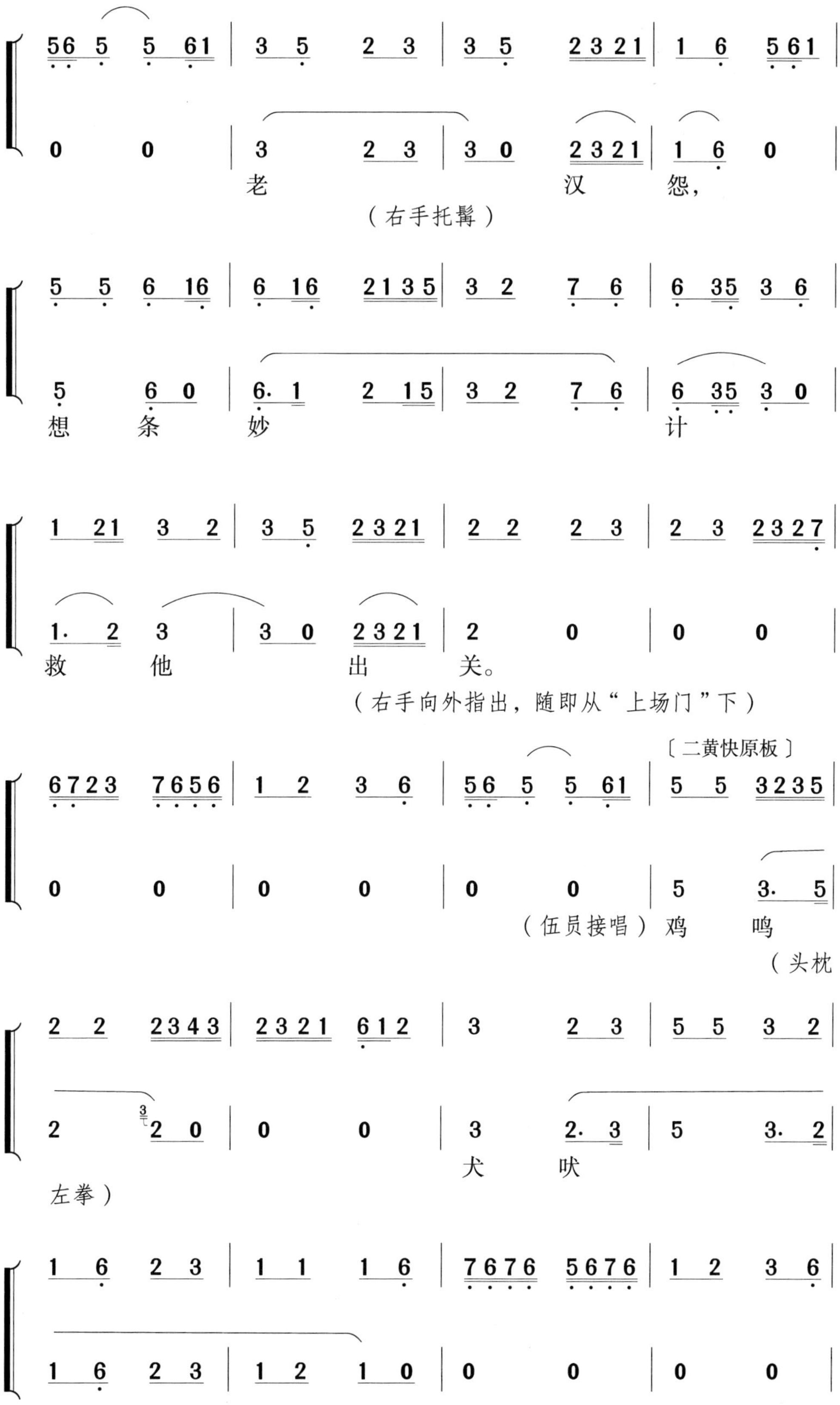
老 汉 怨，
（右手托髯）
想 条 妙 计
救 他 出 关。
（右手向外指出，随即从“上场门”下）
〔二黄快原板〕
（伍员接唱）鸡 鸣
（头枕
左拳）
犬 吠

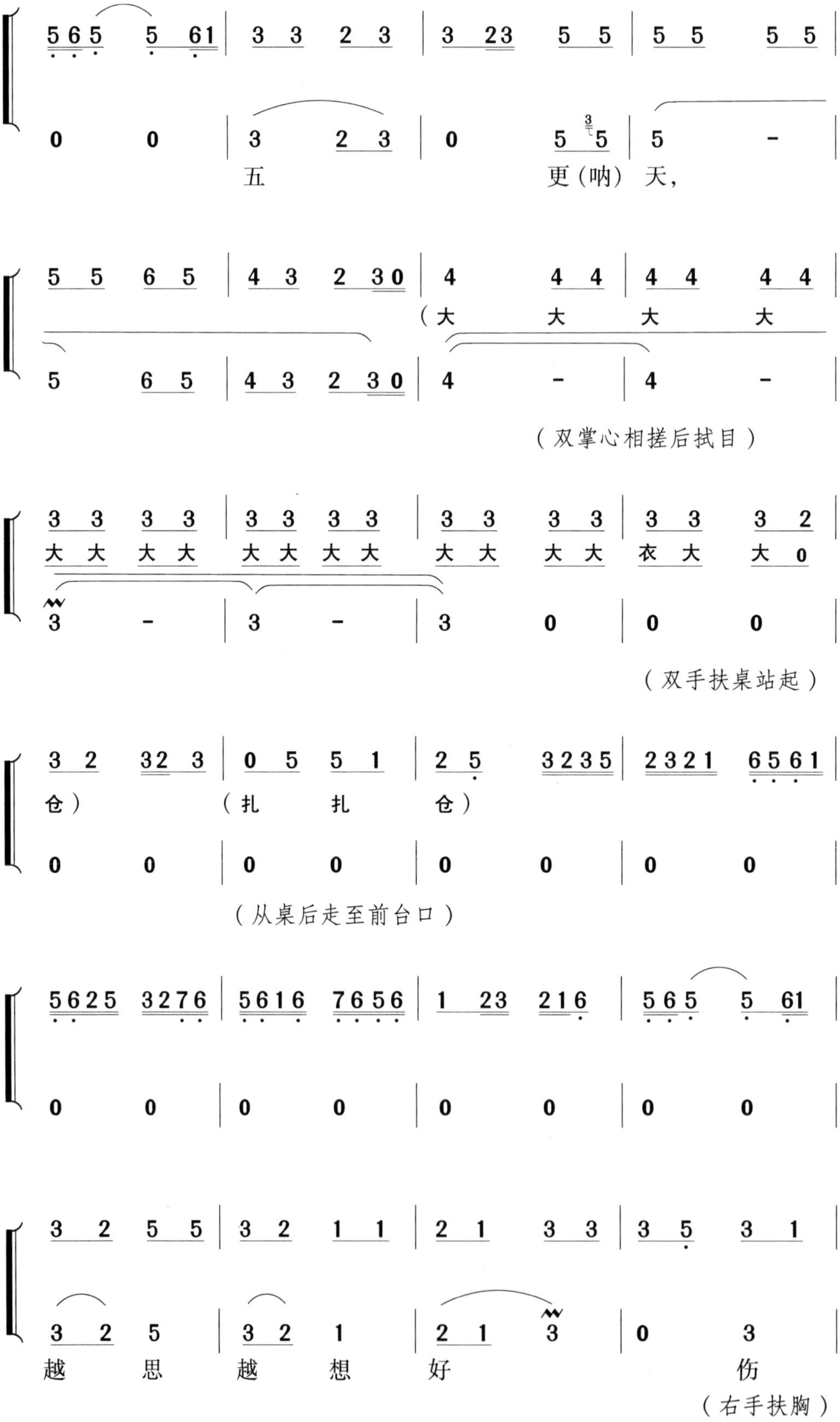
五
更（呐）天，
（大 大 大 大
（双掌心相搓后拭目）
大 大 大 大 大 大 大 大 大 大 大 大 衣 大 大 0
（双手扶桌站起）
仓）
（扎 扎 仓）
（从桌后走至前台口）
越 思 越 想 好 伤
（右手扶胸）

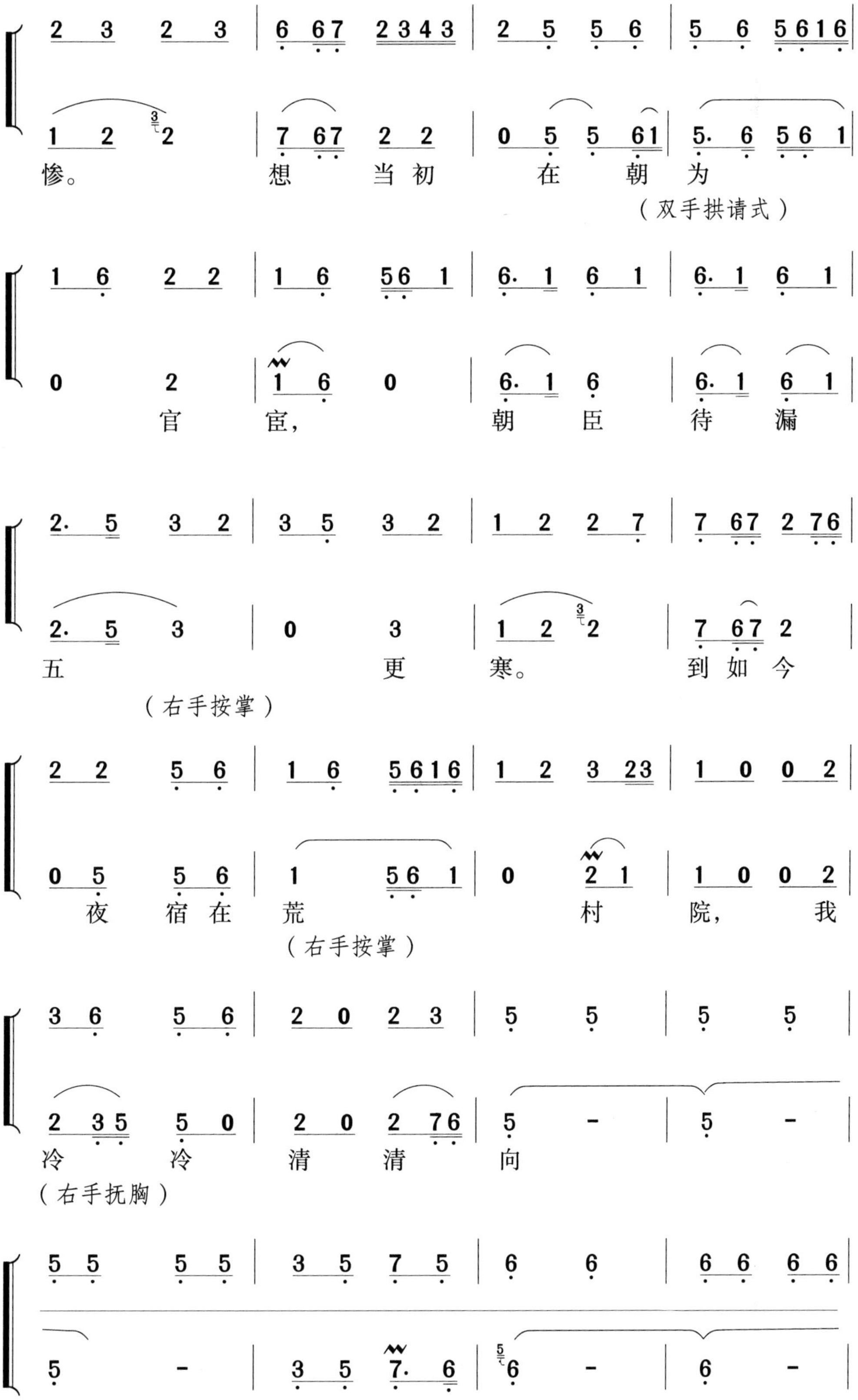
惨。想当初在朝为
（双手拱请式）
官宦，朝臣待漏
五更寒。到如今
（右手按掌）
夜宿在荒村院，我
（右手按掌）
冷冷清清向
（右手抚胸）

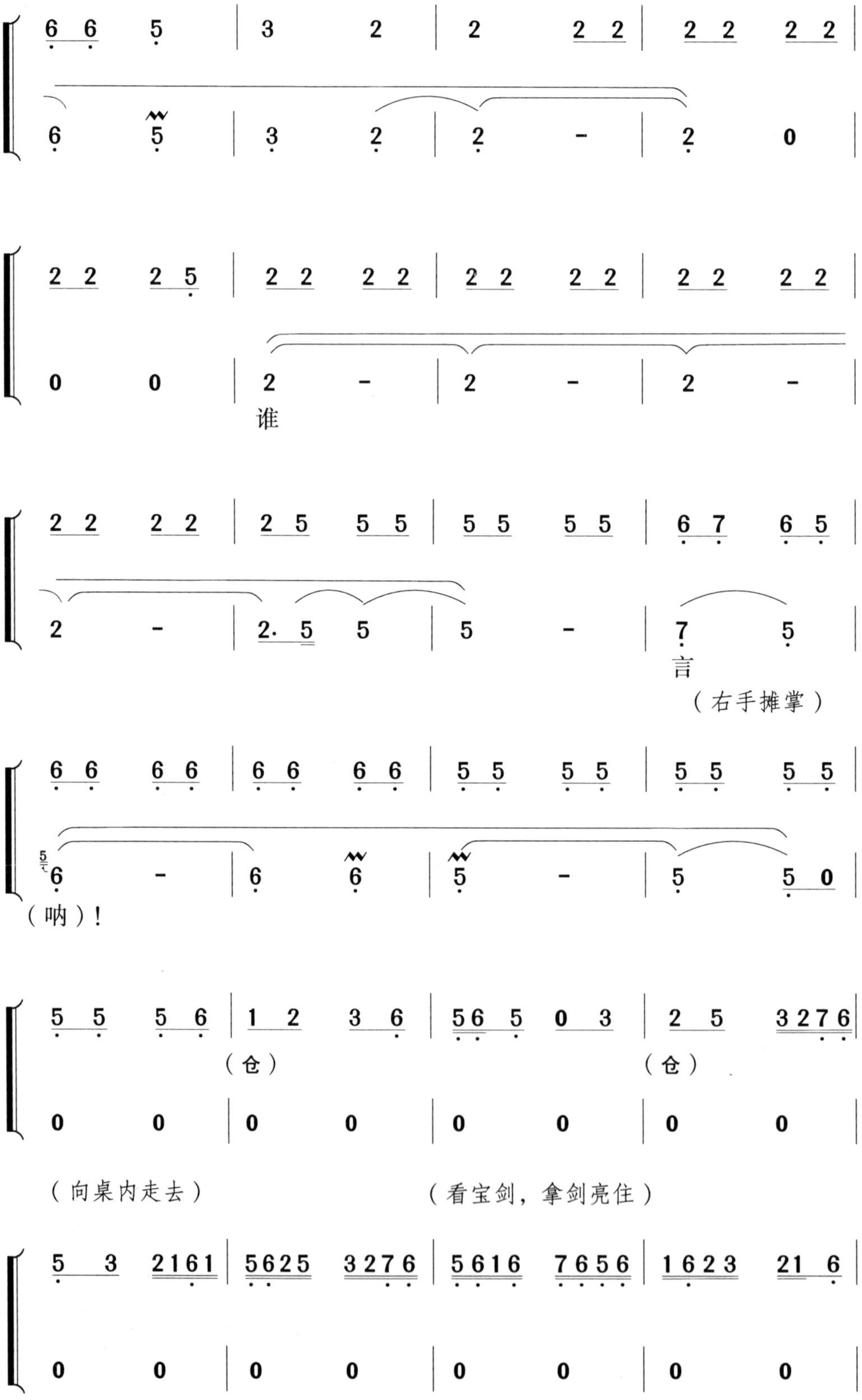
谁
言
（右手摊掌）
（呐）！
（仓）
（仓）
（向桌内走去）
（看宝剑，拿剑亮住）

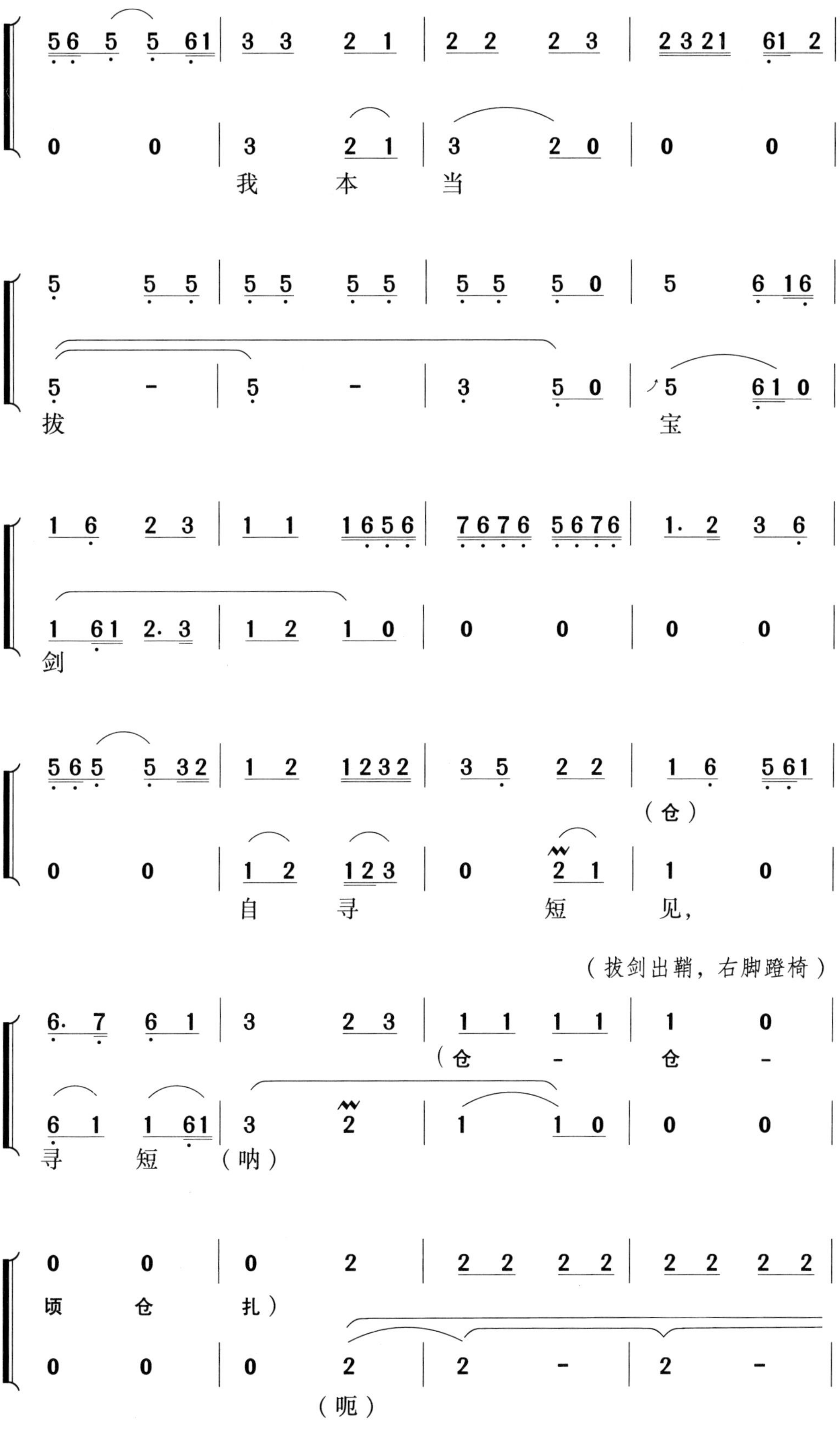
我 本 当
拔 宝
剑
(仓)
自 寻 短 见,
(拔剑出鞘,右脚蹬椅)
(仓 - 仓 -
寻 短 (呐)
顷 仓 扎)
(呃)

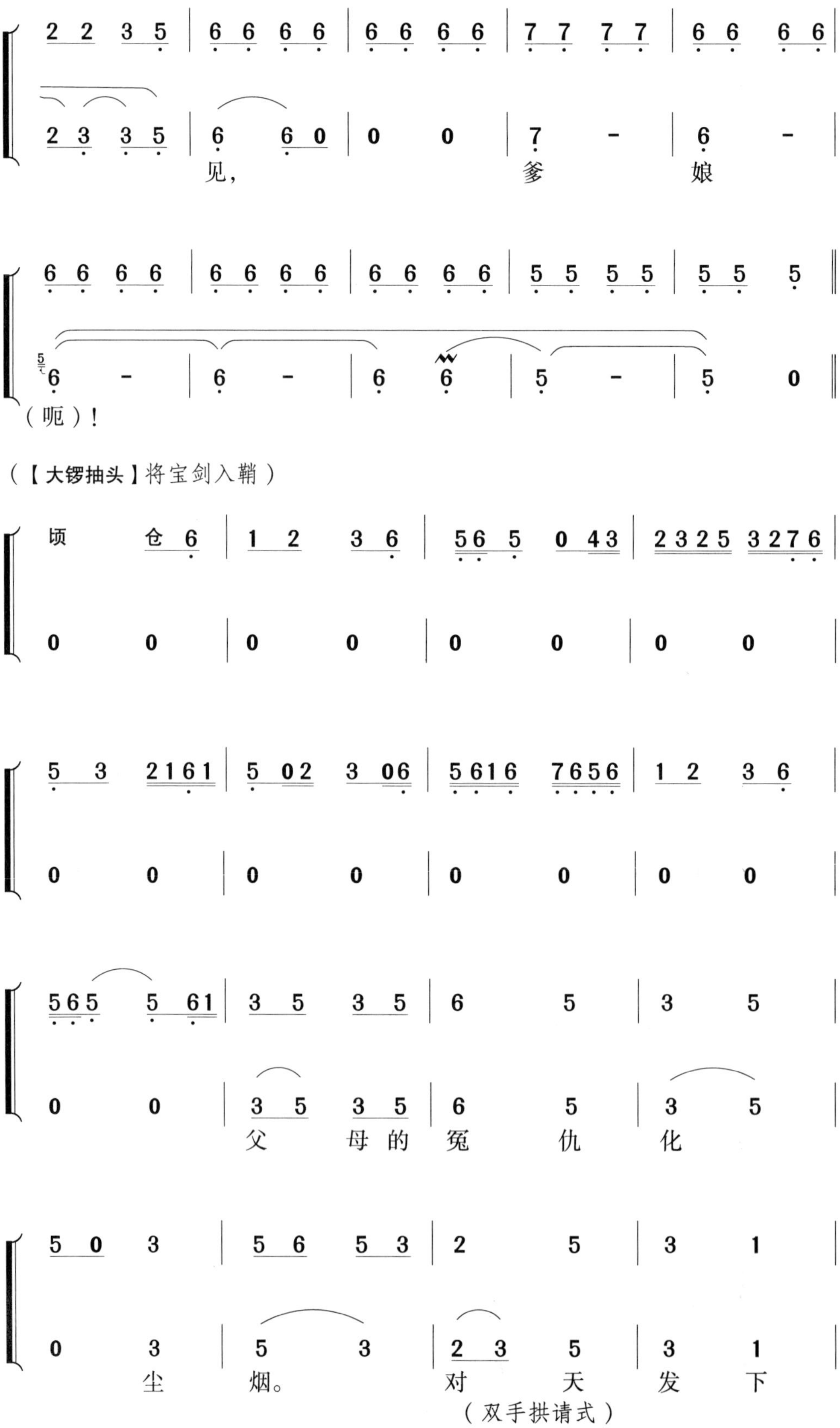
见，
爹
娘
（呃）！
（【大锣抽头】将宝剑入鞘）
顷
仓
父
母的
冤
仇
化
尘
烟。
对
天
发
下
（双手拱请式）

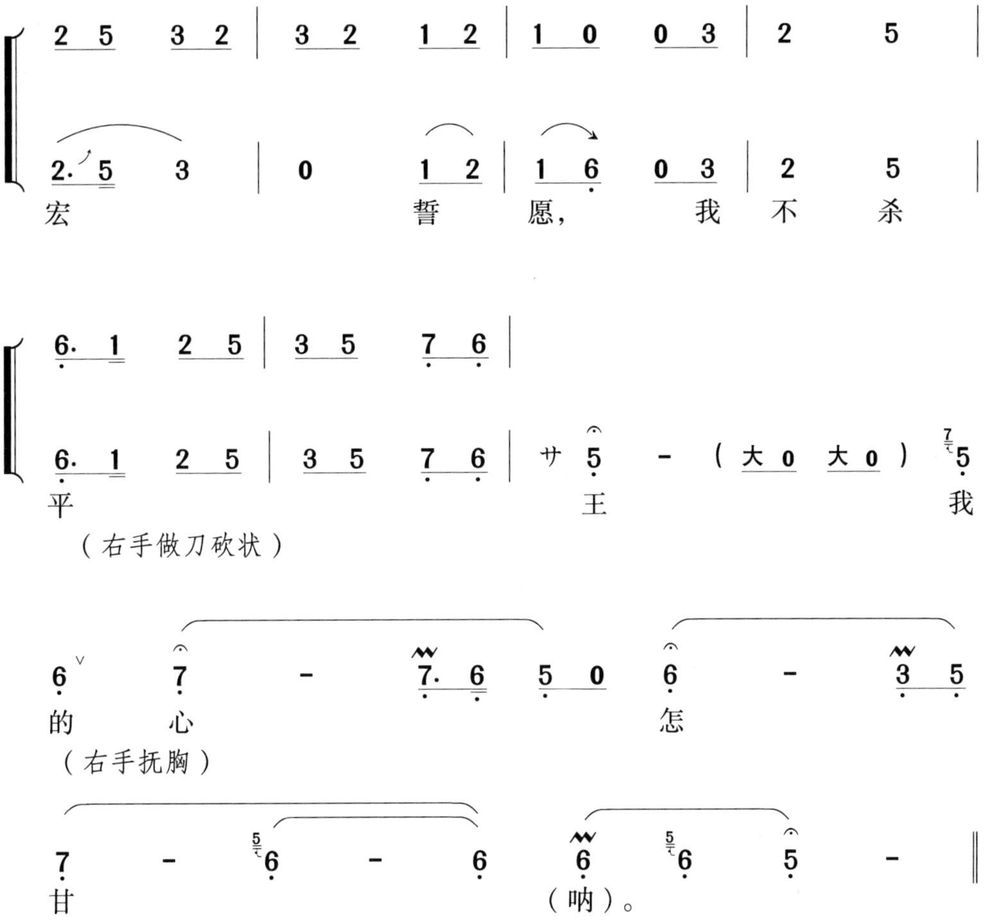

〔【大锣一击】伍员右手成拳捶桌后，头枕右拳睡介。亮更，【小锣抽头】书童引东皋公从“上场门”上，至右台口。

〔二黄摇板〕

东皋公

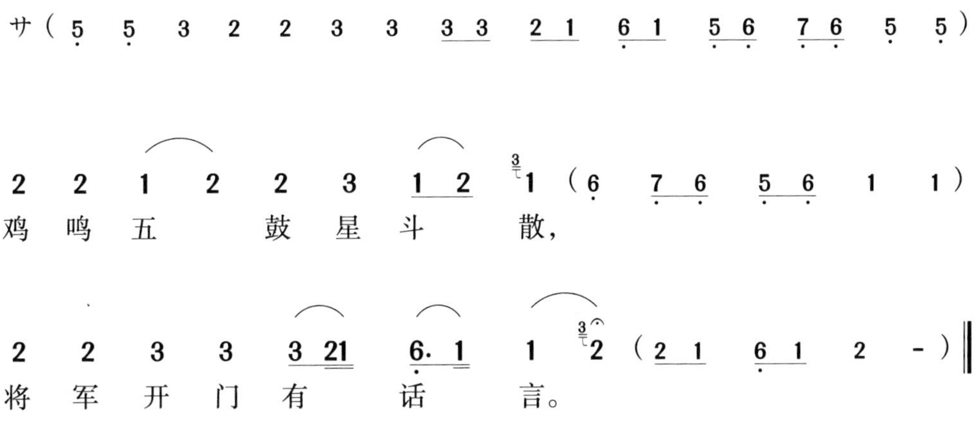

将军，开门来！（向前叩门）

〔【大锣导板头】伍员在帐内右枕拳。

〔二黄小导板〕

伍　员　（5 5　3 2　2　3 3　2· 1　6 6　5　－）2 1·　2　^{3}2 0

适才

^{3}2　3　3　1· 2　2　^{3}2　^{3}2　3　4　－　3　－

朦　胧　将　合　眼，

（**八大仓**）（出帐）

东皋公　将军开门来！

〔〔亮弦〕（6　1 12　3　－　－）【**快纽丝**】伍员急挎宝剑，走至桌前定神站立。

〔二黄散板〕

伍　员　サ（5　3 2　2· 1　6　6 6　5　－）2　2　1^{2}　2　3　2· 1　1^{2}

忽　听　门　外　有　人

1　2（5　6· 1　2）6^{1}　1　3　^{3}2　2 1　2 2　1　－

言。（仓）　用　手　开　门　来　观(呐)　看，

〔伍员拔剑，【**乱锤**】东皋公进门，伍员收剑。书童进门，主仆站“小边”，伍员站“大边”。【**大锣双楗凤点头**】东皋公惊讶望着伍员。

〔二黄散板〕

东皋公　（过门同前）2　2　3　3　2　2 1　1　^{3}2　－

将　军　为　何　白　了　髯？！

（双手拱请式）　（双手摊掌，仔细观看）

〔【**大锣住头**】伍员心中一惊。

伍　员　我却不信。（摆右手，摇头）

东皋公　将军请看。（右手指伍员）

〔【**撕边一击**】伍员双手托髯看。

伍　员　哎呀！（放髯）

〔二黄散板〕

【**快扭丝**】（过门同前）3　3　4　3　3　2 1　4　3（6

一　见　须　白　心　好　（哇）惨，

（右手抚胸）

1· 2　3　－）2　2　3　2　^{3}2　3　1　2（5

（仓）　点　点　珠　泪　洒　胸　前。

（右手托掌）

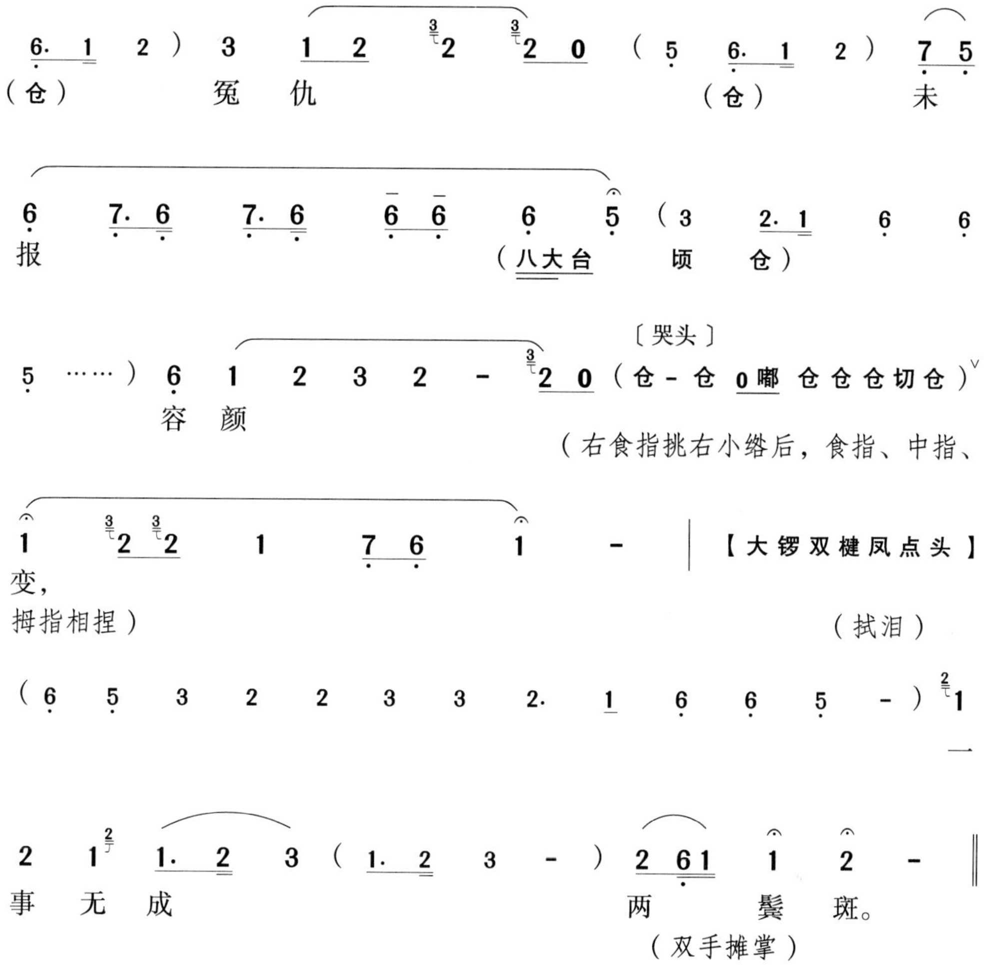

〔【大锣住头】伍员摇头叹气。

东皋公 恭喜将军，贺喜将军！（双手拱请式）

伍　员 喜从何来？（右手摊掌）

东皋公 将军须发皓然，可以过得昭关了（右手指出）。

伍　员 怎见得？（双手摊掌）

东皋公 那昭关上的图形，乃是青年壮士(右手指出)，如今将军须发皆白（左手托掌),与图形不同（摆左手)。老汉有一好友，名唤皇甫讷，与将军面貌相似(上下打量)。待我（右手托髯）约他前来，想一妙计，搭救将军（双手拱请式）过关就是。

伍　员 任凭老丈。（双手拱请式）

东皋公 来！

书　童 有。

东皋公 请皇甫官人过庄一叙。

书　童 遵命。

〔【小锣一击】书童出门从“上场门”下。

伍　员 老丈请上，受我一拜！

东皋公 不必拜了。

〔【**大锣单楗凤点头**】伍员施礼，东皋公还礼。

〔二黄摇板〕

伍　员 （5 5 3 2 2 3 3 3 3 2 1 6 1 5 6 7 6 5 －）

1 1 2 2 0（2 1 6 1 2）6· 1 1 2 2 1 6（5 6 7 6
但 愿 过 得昭关险，

1 6 5 3 2）3 2 2 2 3（3 －）1 6· 3 2 2 －‖
吴 国借兵 报 （哇）仇冤。
（右手指出）

〔【**大锣抽头**】伍员、东皋公从“下场门”下。

第五场

〔【**小锣抽头**】书童引皇甫讷从“上场门”上，至右台口。

〔二黄摇板〕

皇甫讷 （5 5 2 3 3 2 1 6 1 5 6 7 6 5 －）2 2
皋 公

1 2 1 2 1 1 2 1（6 7 6 5 6 7 6 1 －）1
有 事 把 我 请， 急

2 1 2 3 1 2 2 －（2 1 6 1 2 －）‖
忙 向 前 问 分 明。

〔书童进门，向“下场门”施礼。

书　童 有请家爷！

〔【**小锣一击**】东皋公从“下场门”上。

东皋公 何事？

书　童 皇甫官人到。

东皋公 说我出迎。

书　童 （出门）家爷出迎。（双手拱请式）

| 文 昭 关 |

东皋公 （出门）皇甫贤弟！（在“大边”双手拱请式）

皇甫讷 东皋公！（双手拱请式）

［【小锣五击】皇甫讷进门“挖”至“大边”；东皋公进门归“小边”，书童在一旁侍立。

东皋公 请坐。（礼让）

皇甫讷 有座。

［【小锣一击】二人归坐，皇甫讷坐“大边”，东皋公坐“小边”，呈八字形。

东皋公 这几日为何不到庄中叙谈？（右手摊掌）

皇甫讷 俗事累身，少来问候。（拱手）

东皋公 岂敢。

皇甫讷 相邀小弟，为了何事？

东皋公 邀请贤弟，非为别事，只因伍子胥逃难至此……（右手按掌）

皇甫讷 伍员今在何处？（双手摊掌）

东皋公 现在后园。

皇甫讷 快快请来（双手拱请式）相见。

东皋公 请少待。（站起至正台口）有请伍将军！（双手拱请式）

［【小锣原场】伍员从“下场门”上，站左台口。

伍　员 （念）父母冤仇恨，（双手拱请式）

　　常挂一片心。（右手抚胸）

老丈何事？（右手摊掌）

东皋公 皇甫官人来了。

［皇甫讷站起走至“小边”，伍员向前走至“大边”。

伍　员 **皇甫讷**	（同）	皇甫兄 伍将军	在哪里？	皇甫兄…… 伍将军……	（同时双手拱请式）

伍　员
皇甫讷 （同）请坐。

［【小锣住头】伍员坐“大边”；皇甫讷坐“小边”，东皋公坐“小边”外首，书童侍立。

皇甫讷 久闻将军大名（双手拱请式），如雷贯耳，今日一见，真乃名不虚传（赞美指）。

伍　员 愚下犹如丧家之犬，何劳皇甫兄称赞（双手拱请式）。啊老丈，皇甫兄到此，有何妙计救我出关？（右手摊掌）

东皋公 事到如今，并无别计，看你二人面貌相似（右手在右颊前托掌），就把衣巾调换。皇甫贤弟扮作伍将军模样，前去叫关，把关之人必定将他拿获，那时乘乱之际，将军岂不混出了昭关。（右手指出）

伍　员 只是连累皇甫兄受惊。（右手按掌）

皇甫讷 受惊事小，只怕难免一顿暴打。（右手指）

东皋公 不妨，我来（右手托髯）救你。

皇甫讷 你要来呀！

东皋公 那个自然。是要来的，就请二位下面更衣去吧。

［【长锤】二人从“下场门”下，更衣复上。皇甫讷站“小边”，伍员站“大边”。

东皋公 （一看）扮的倒像。

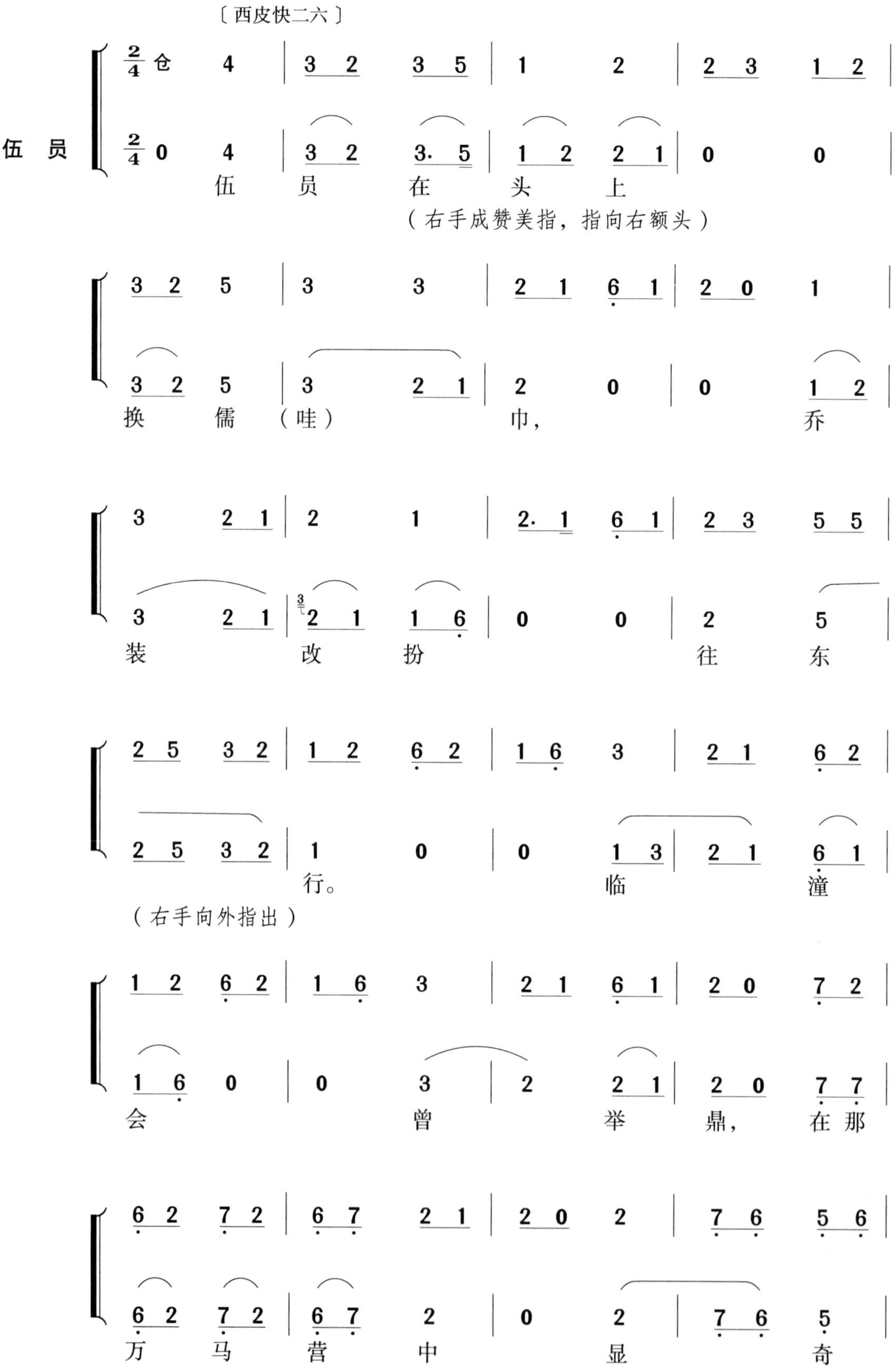
〔西皮快二六〕
伍员
伍员在头上
（右手成赞美指，指向右额头）
换儒（哇）巾，乔
装改扮往东
行。临潼
（右手向外指出）
会曾举鼎，在那
万马营中显奇

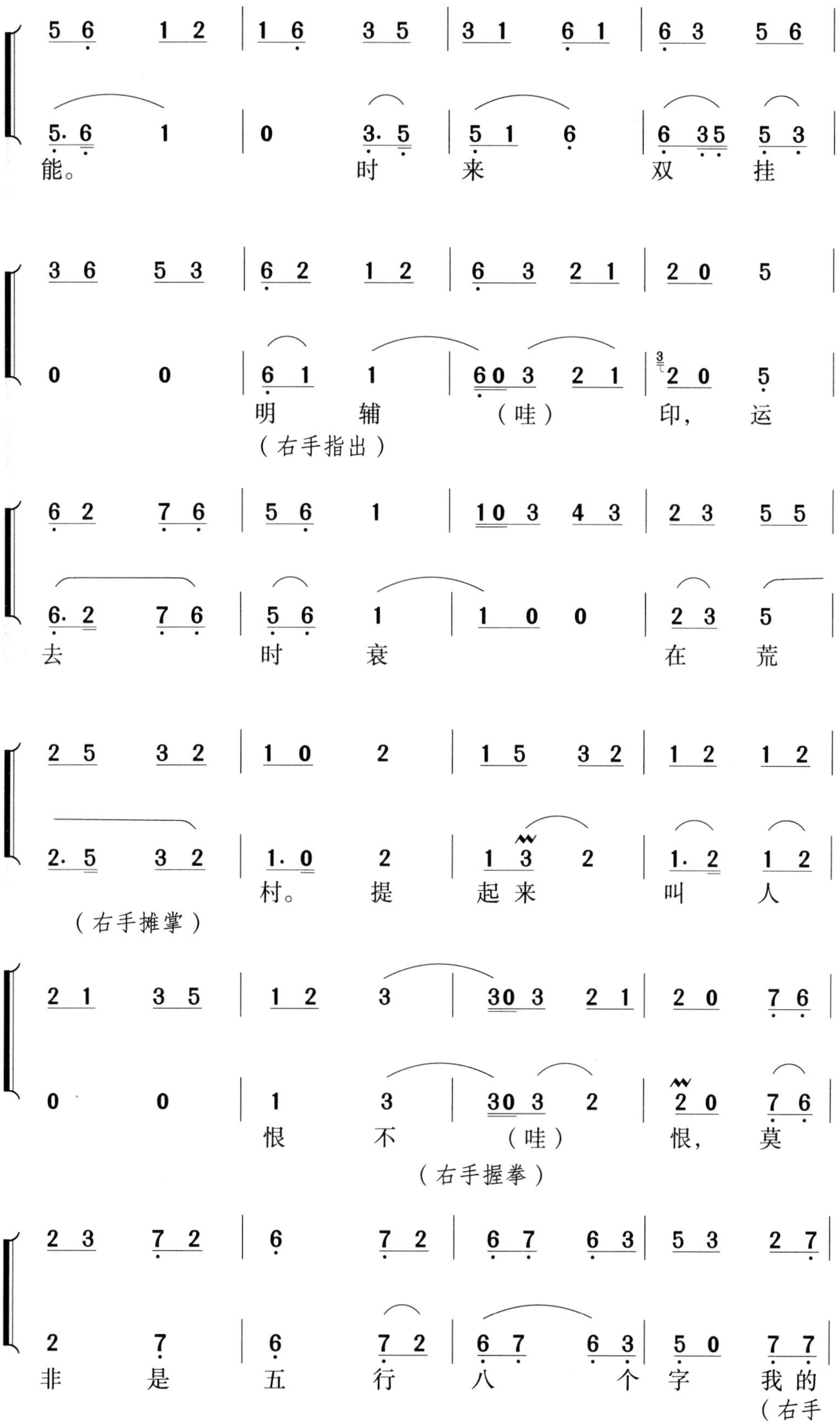
能。 时 来 双 挂
明 辅 （哇） 印，运
（右手指出）
去 时 衰 在 荒
村。 提 起 来 叫 人
（右手摊掌）
恨 不 （哇） 恨，莫
（右手握拳）
非 是 五 行 八 个 字 我 的
（右手

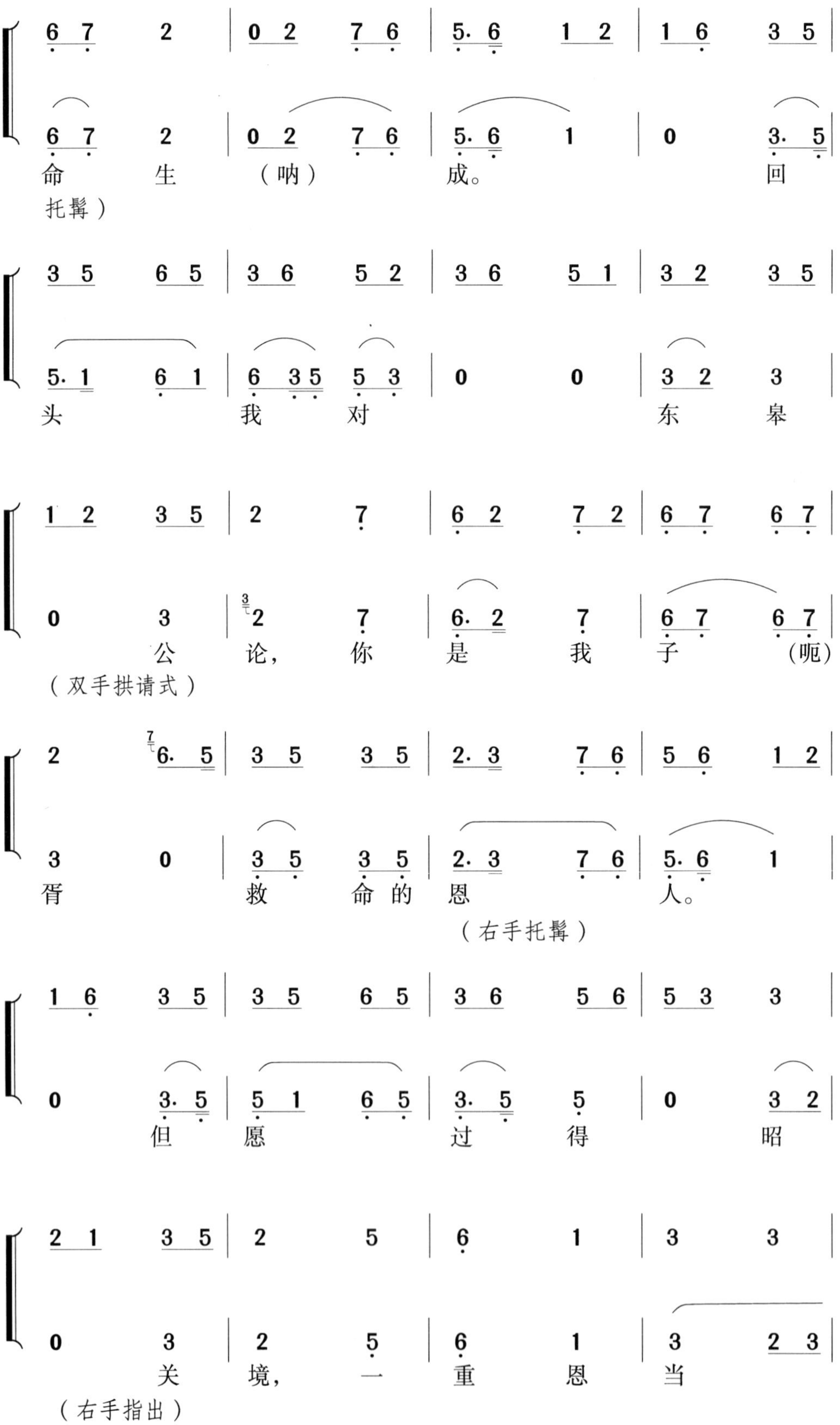
命 生 （呐） 成。 回
托髯）
头 我 对 东 皋
公 论， 你 是 我 子 (呃)
（双手拱请式）
胥 救 命 的 恩 人。
（右手托髯）
但 愿 过 得 昭
关 境， 一 重 恩 当
（右手指出）

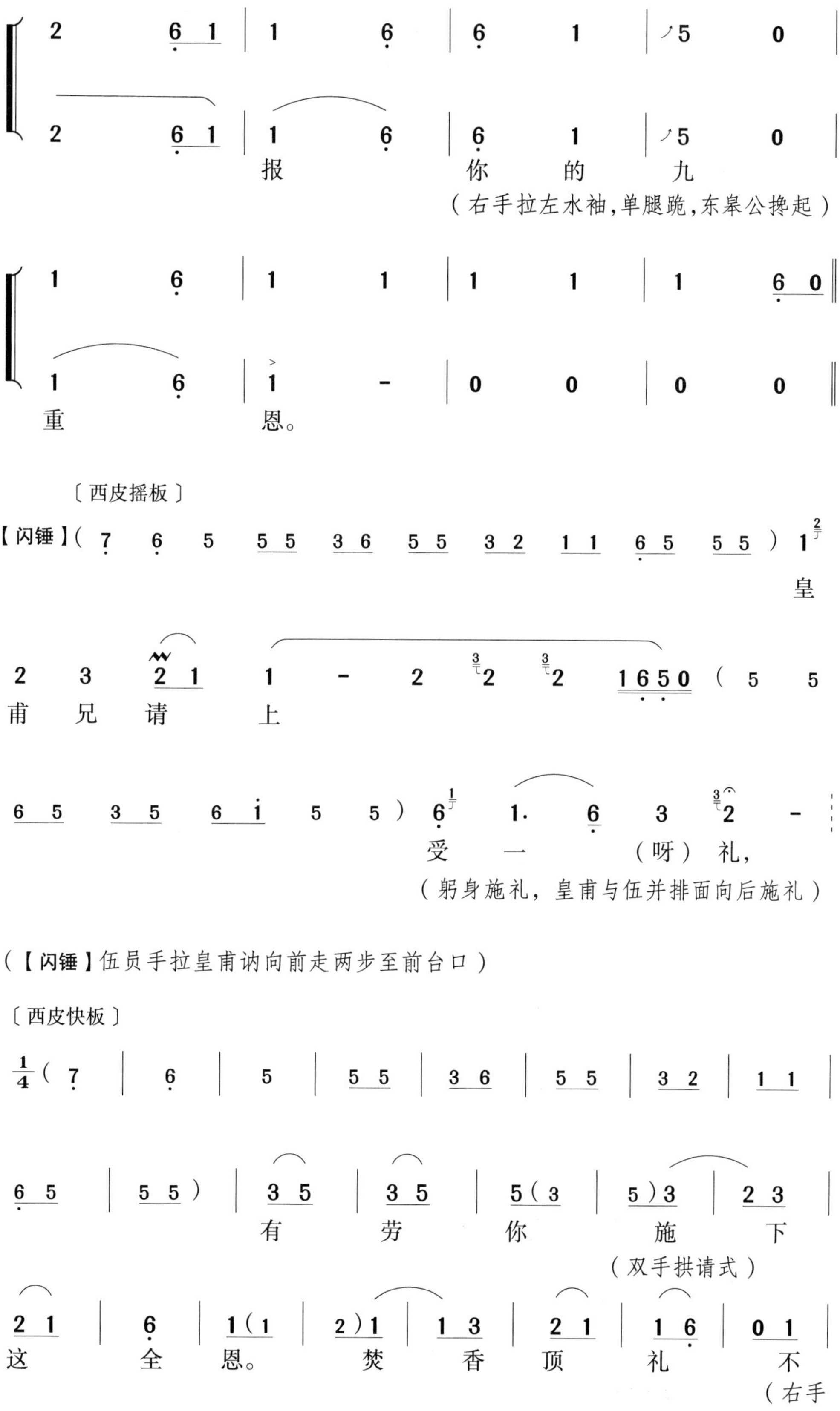

报　你　的　九
（右手拉左水袖，单腿跪，东皋公搀起）
重　恩。
〔西皮摇板〕
【闪锤】
皇
甫　兄　请　上
受　一　（呀）礼，
（躬身施礼，皇甫与伍并排面向后施礼）
（【闪锤】伍员手拉皇甫讷向前走两步至前台口）
〔西皮快板〕
有　劳　你　施　下
（双手拱请式）
这　全　恩。　焚　香　顶　礼　不
（右手

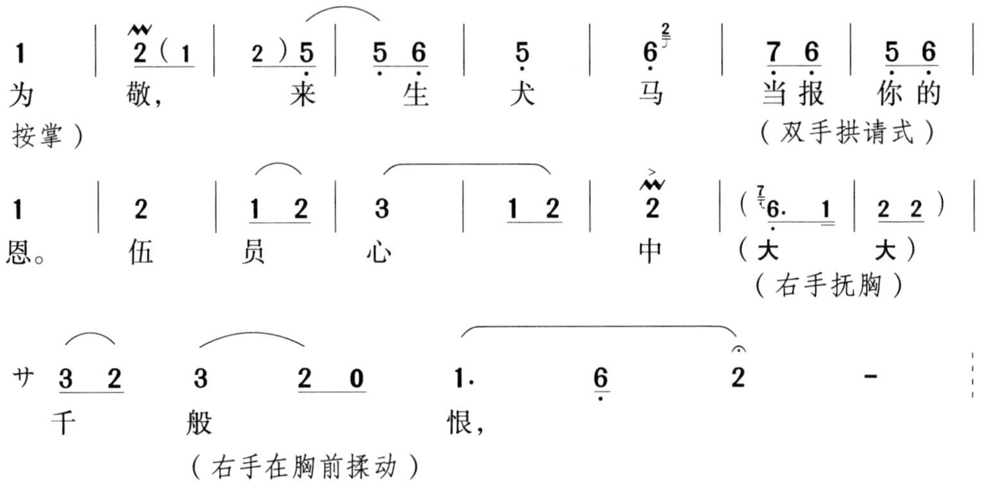

〡【快长锤】伍员向东皋公、皇甫讷揖别。皇甫讷出门，拉马从“下场门”下。伍员出门，走至左台口，向右转身站定。

〔西皮摇板〕

伍 员

〡(八大仓)伍员向右转身,右折袖拱请式亮相；东皋公拱手揖别。伍员从“下场门”下。

〡【闪锤】东皋公右手抖袖。

〔西皮摇板〕

东皋公

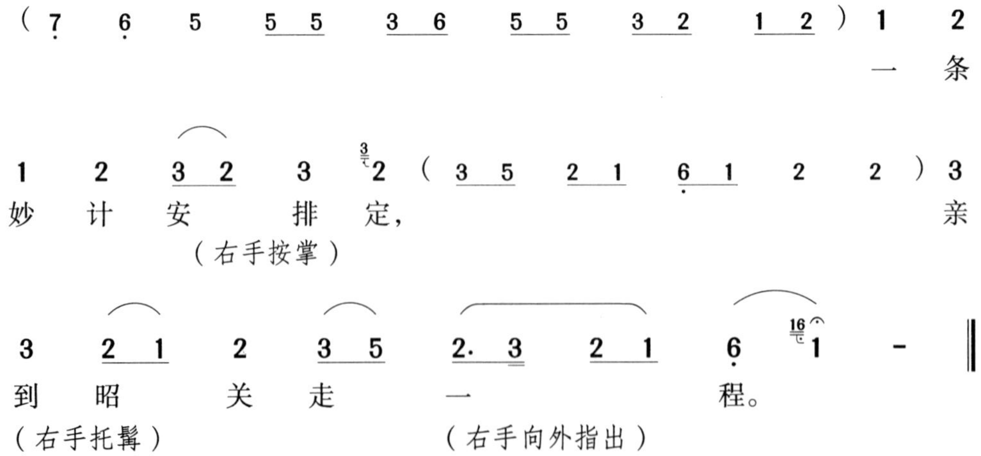

〡【大锣原场】东皋公、书童从“下场门”下。【冲头】

| 文 昭 关 |

第 六 场

〔【大锣原场】四军士、二衙役从“上场门”上，“站门”，米南适举马鞭从“上场门”上，至台中站，勒马。

米南适 众将军！

四军士 有。

米南适 昭关去者。

〔【大锣水底鱼】四军士、二衙役“插门”领起来走一圆场，米南适随走，四军士、二衙役“挖门”、“站门”，米南适归台中站。

四军士 来到昭关。

米南适 将图形挂起。

〔【大锣住头】一衙役将图形挂在城门口，米南适下马。

米南适 有过关之人，速报我知。

〔【大锣水底鱼】四军士、二衙役在城门口“八字站”。米南适站“大边”军士前，同时，皇甫讷抱剑、伍员拉马从“上场门”上，至右台口站。

皇甫讷 待我前去叫关。

伍　员 小心了。（皇将剑交伍）

皇甫讷 呔！差官！

米南适 做什么的？

皇甫讷 过关的。

〔【撕边一击】米南适看皇甫讷。

〔【撕边一击】米南适看挂图。

米南适 来！将他绑了！（右手指皇）

〔【冲头】四军士向前绑皇甫讷，伍员趁乱混出关从“下场门”下。

〔【大锣水底鱼】闭二幕，撤城片、设吊杆。四军士领走一圆场，开二幕。四兵士“挖门”，米南适站台中，皇甫讷站左台口。

米南适 呔！（仓）胆大伍子胥（左手指），你乃叛逆之臣，见了本帅为何不跪！

皇甫讷 住了！（仓）为何将我绑了？

米南适 你可是伍子胥？

皇甫讷 我哪里晓得什么伍子胥呀？我乃庶民皇甫讷。

米南适 哼！量你也不敢招认，来！吊起来打！（右手指皇）

〔【快纽丝】二军士将皇甫讷吊在“大边”的吊杆之上。东皋公疾步从“上场门”上，至右台口。

〔西皮散板〕

东皋公 サ（6 5 i 3 2 7 6· 2 1 1）6 2 1

袖 内

3 2 3 1 2 $\overset{3}{}$2 ($\underset{\cdot}{7}$ $\underset{\cdot}{6}$· $\underline{1}$ 2 2)
机 关 安 排 定， (仓)
(右手食指直伸向下划圈)

$\underline{\underset{\cdot}{6}\ 2}$ 1 2 2 3 $\underline{2\ 1}$ $\underset{\cdot}{6}$ $\overset{16}{}$1 ‖【大锣住头】
且 到 昭 关 走 一 程。
(右手指出)

东皋公 门上哪位在?

〔从“下场门”上一衙役。

东皋公 东皋公求见。

衙　役 候着。(向里)东皋公求见。

〔米南适“下场门”上。

米南适 说我出迎。

〔【大锣五击】东皋公进门，见米南适二人拱手，东皋公站“小边”，米南适站“大边”。

东皋公 恭喜将军，贺喜将军!

米南适 喜从何来?

东皋公 听说将军拿住了伍子胥，我是特来贺喜呀!

米南适 他说他不是伍子胥，是什么庶民皇甫讷。

东皋公 啊!皇甫讷乃是我的(右手托髯)好友，今在何处?(右手摊掌)待我看来!(右手捋髯看)

〔【撕边一击】东皋公向“大边”走去，见皇甫讷;米南适至“小边”站。皇甫讷看东皋公急叫。

皇甫讷 东皋兄，你要救我一救啊!

东皋公 啊，果然是我的好友。(向米说)

米南适 既然是先生的好友，快快放了下来。

〔【冲头】二军士为皇甫讷松绑。

皇甫讷 嘟!(仓)把守关口胡乱抓人，走走走，(至“小边”抓米南适手)平王驾前辩理。

〔【大锣一击】东皋公从中劝开。

东皋公 (向皇)看在我的面上，不知者不怪罪呀!(示意走)

皇甫讷 若不看在东皋公的份上，(向“大边”走去)定不与你甘休!

〔【大锣一击】皇甫讷右手指米。

东皋公 请回去吧!

米南适 冒犯先生，请勿见怪。(拱手施礼)

皇甫讷 哼!岂有此理。

〔【大锣五击】皇甫讷从“下场门”下。

东皋公 啊将军，这里来，从今以后把守关口，须要小心(右手按掌)。切莫要让那真的伍子胥糊里糊涂地混出了昭关哪!哈哈哈……

「【冲头】东皋公从“下场门”下。

米南适 （忙应）是是是！（拱手送东皋公下）嘟！（仓）（朝向军士）叫你们拿伍子胥，哪个叫你们拿皇甫讷！嘿！(双手一摊）带马回衙！

「【大锣打下】一军士带马，米南适上马，四军士等“插门”从“下场门”下，米南适随下。

浣纱河

第一场

〔【冲头】【大锣水底鱼】伍员左手扶剑柄、右手举马鞭从“上场门”上，走至台中。【大锣叫头】

伍　员　且住！【大锣四击】前有长江，后有追兵，如何是好？（垂马鞭、双手摊掌）

〔【撕边一击】握马鞭向“下场门”一望。

〔渔丈人内唱：“打鱼哟！”

〔【撕边一击】面向前方，马鞭左指。

伍　员　那厢有一老渔翁，不免叫他将我（以马鞭托髯）渡过江去。啊船家，将船摇过来！

〔【小锣抽头】渔丈人摇船从“下场门”上。

〔西皮摇板〕

渔丈人　（7 6 5 55 36 55 32 11 65 55 36 55）1 3
捕 鱼
（摇桨）

2 1 1 3 2 3 2 （35 21 61 2 2）1 2 3 21
为 业 身 安 乐， 壮 士 呼

2 2 3 5 2 1 6 1 （1 1 6. 2 1 6）‖
唤 却 为 何？
（看伍员）

唤我做甚？

伍　员　烦劳老丈（双手拱请式）渡我过江。

渔丈人　渔船不渡人。（摇头）

伍　员　啊老丈，我是避难之人，行个方便吧。

渔丈人　哦，（看伍）避难的？（一想）老汉虽在渔家，颇行方便，来来来，待我与你搭了扶手。

伍　员　有劳了。（双手拱请式）

〔【水声】渔丈人搭桨，伍员拉马上船。【水声】渔丈人摇桨离岸，伍员从左台口甩至“下场门”方向，二人成面向右台口的“斜一字”。

伍　员　就请老丈快快催舟。

渔丈人　好！（点头）待我扯起篷来哟！（放桨，双手扯篷后再拿桨、摇桨）

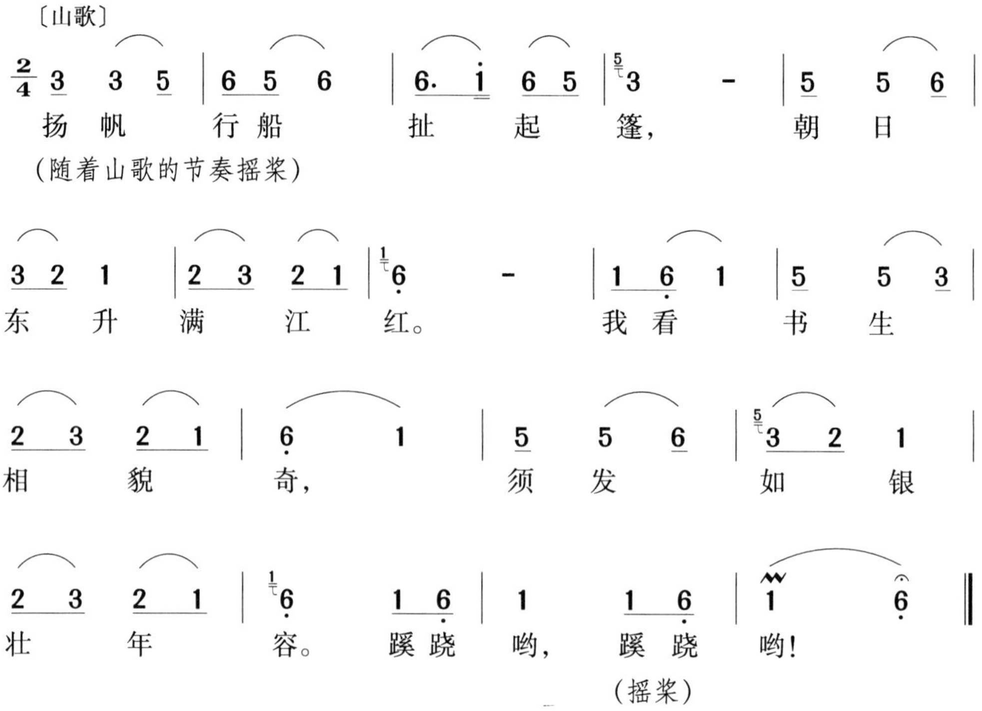

伍　员　啊老丈，何言蹊跷二字？

渔丈人　实不相瞒，我看壮士，相貌堂堂，正在壮年，为何须发苍白，请问壮士尊姓大名？

〔**【小锣一击】**伍员略思。

伍　员　说出我的真名，千万不可走漏风声。

渔丈人　你看船行半江，就是你我（回头看下伍），但讲何妨呢？（摇桨）

伍　员　在下姓伍名员，字子胥，乃楚国监利人也。

渔丈人　哦，原来是明辅将军。失敬了！

伍　员　岂敢。

渔丈人　船已抵岸，请上路吧。

伍　员　搭了扶手。

〔**【水声】**渔丈人搭桨，伍员拉马从左台口登岸。**【水声】**渔丈人放桨，随之上岸，系缆绳。伍员站"大边"，渔丈人站"小边"。

伍　员　多蒙老丈将某渡过江来，无物可敬，我这里有宝剑一口，上有七星，价值千金，送与老丈以为渡江之资。（欲取剑）

渔丈人　（阻拦）慢来，慢来！（摆双手）我以子含冤负屈，故而渡你过江，子以厚报啖我，非丈夫也！况那平王下有榜文，有人拿获将军者，官封万户（右手按掌），立赏千金。那封赏（右手指出）我俱不贪（摆右手），纵然是要了你（左手指伍）的宝剑也是无用啊！（双手摊掌）且"君子无剑不游"，将军（双手拱请式）请佩带身边作为护身之宝（右手按掌），以防不测。

伍　员　老丈既不肯收受，请问老丈尊姓大名（双手拱请式），日后也好答报。

渔丈人　老汉舟楫活计，波浪生涯（右手撒掌），纵然对你讲了名姓，你到哪里寻我？（右手托髯）**【小锣一击】**（双手摊掌看伍员）也罢，日后相逢，我称你（右手指伍）

“芦中人”，你呼我（右手指鼻）“渔丈人”，也就是了。

伍　员　如此“渔丈人”！（双手拱请式）

渔丈人　芦中人！（双手拱请式）

伍　员
渔丈人　（同）啊（互视）哈哈哈……

〔西皮流水〕

伍　员　【闪锤】 1/4（7 | 6 | 5 | 5 5 | 3 6 | 5 5 | 3 2 | 1 1 |

6 5 | 5 5 | 3 6 | 5 5）| 4 | 353 | 0 3 | 3 3 |
多　蒙　老　丈
（双手拱请式）

3 2 | 4 | 3（5 | 3）1 | 1 1 | 2 | 2 | 3 |
渡　江　河，　日　后　相　逢　当
（右手按

1 2 | 1 | サ 2 2 2 3. 1 2 2 2 12 3 2 – ⁝
报　德。　临　行　与　你　拱　拱　（呃）手，
掌）　（双手拱请式）

〖【快长锤】伍员拉马从“下场门”下。

〖〔亮弦〕（7 6. 1 2 2）【小锣凤点头】

〔西皮摇板〕

渔丈人　（3 6 5 5 3 2 1 2 6 5 5 5 3 6 5 5）6 2
可

1 3 2 1 2 3 2 1 6 1（3 5 2 1 6 2
叹　忠　良　受　折　磨。
（右手按掌）

1 1）1 2 3 2 1 2 2 1 3 2 – ⁝
老　汉　上　船　忙　摇　舵，
（解缆上船，向右台口摇）

〖【快长锤】为伍员拉马从“下场门”上，拴马。

伍　员

〔【大锣住头】渔丈人停桨看伍。

渔丈人　壮士为何去而复转？（放桨）

伍　员　非是我去而复转，倘若追兵至此（右手下指），千万莫说我打此经过。

渔丈人　哎呀且住！【小锣一击】（左手平抬，右手向左指）我好意渡他过江，反倒疑心于我（右手托髯一想）。也罢，不免假意投江一死，免他疑心（右手指伍）。啊芦中人（抬右手），那旁楚兵来了！（左手向“下场门”指）

伍　员　（回头看）在哪里？

〔【水声】渔丈人“投江”从“上场门”下。

伍　员　（惊看）哎呀！不好了！（双手摊掌）【大锣扑灯蛾】

（念）老丈投江河，投江河，（左手指右侧）

叫人珠泪落，珠泪落。（拭泪）

（【大锣叫头】右手抬起）

且住呃！老丈投江一死，我不免将船损坏，提防追兵至此！

〔【大锣硬三击】伍员砍三剑，见船已损，【水声】用剑将残船推远。

〔【扫头】伍员拉马，上马。【冲头】伍员望江落泪，拭泪，左转身打马从“下场门”下。

第二场

〔【撤锣】【小锣夺头】浣纱女左手提篮从“上场门”上。

〔西皮慢板〕

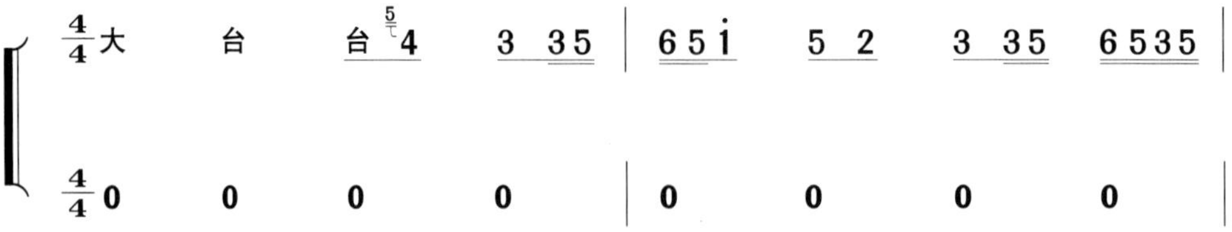

（左手提篮，右手扶篮亮住相）

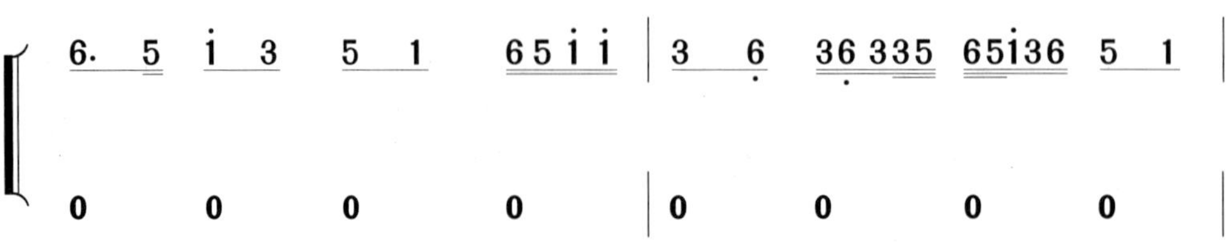

浣 纱 河

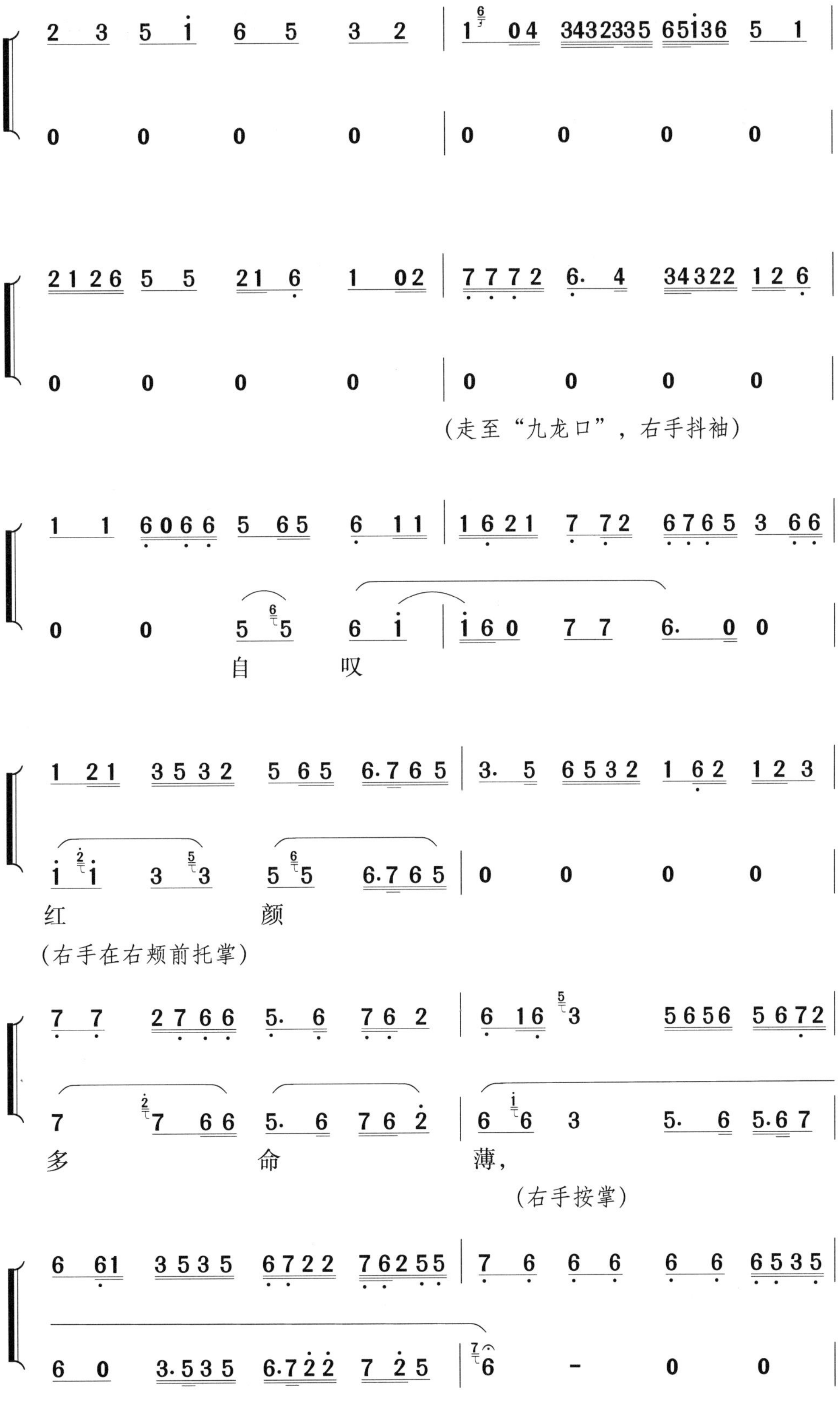

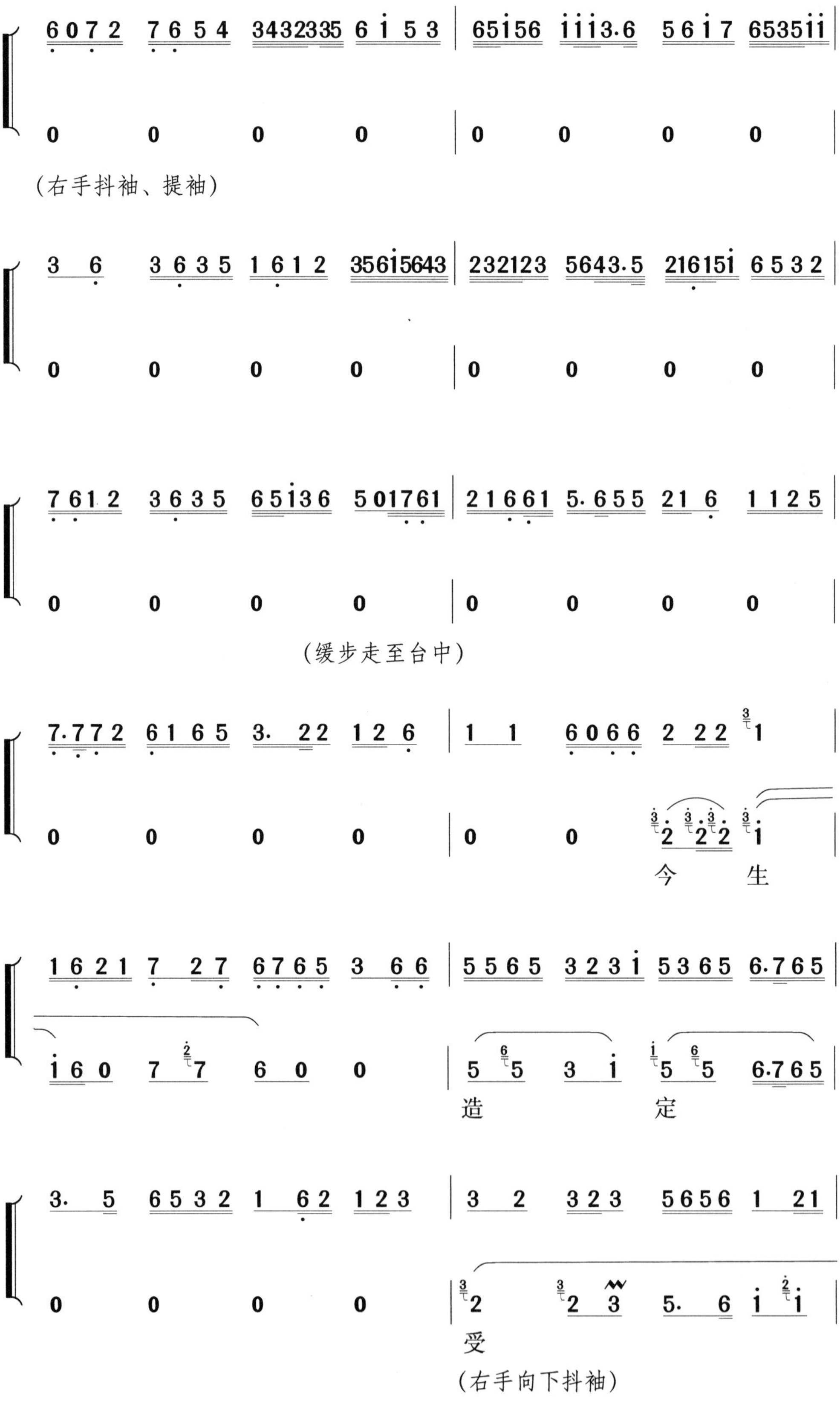
（右手抖袖、提袖）
（缓步走至台中）
今 生
造 定
受
（右手向下抖袖）

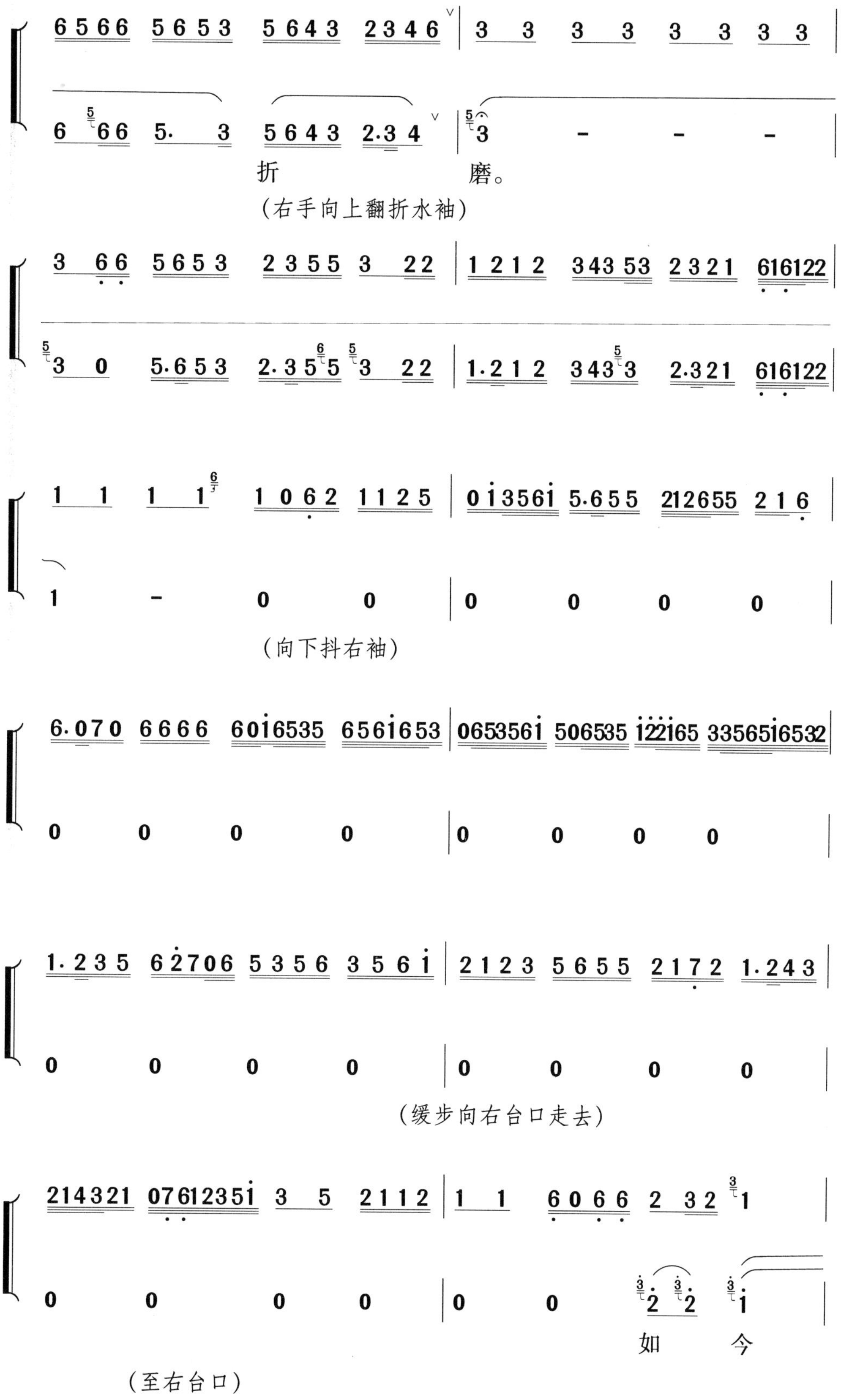

折 磨。
（右手向上翻折水袖）
（向下抖右袖）
（缓步向右台口走去）
如 今
（至右台口）

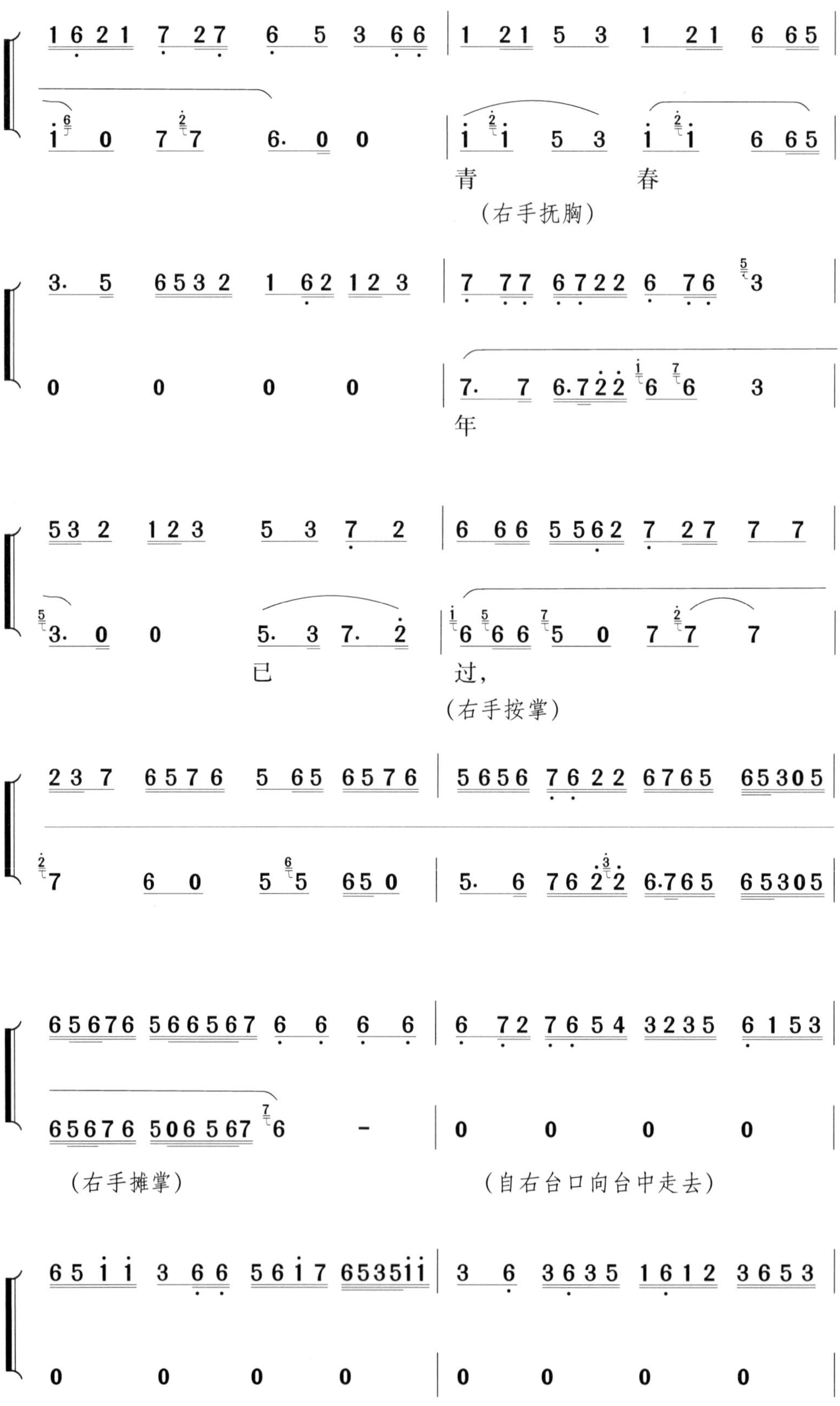
青
春
（右手抚胸）
年
已
过，
（右手按掌）
（右手摊掌）
（自右台口向台中走去）

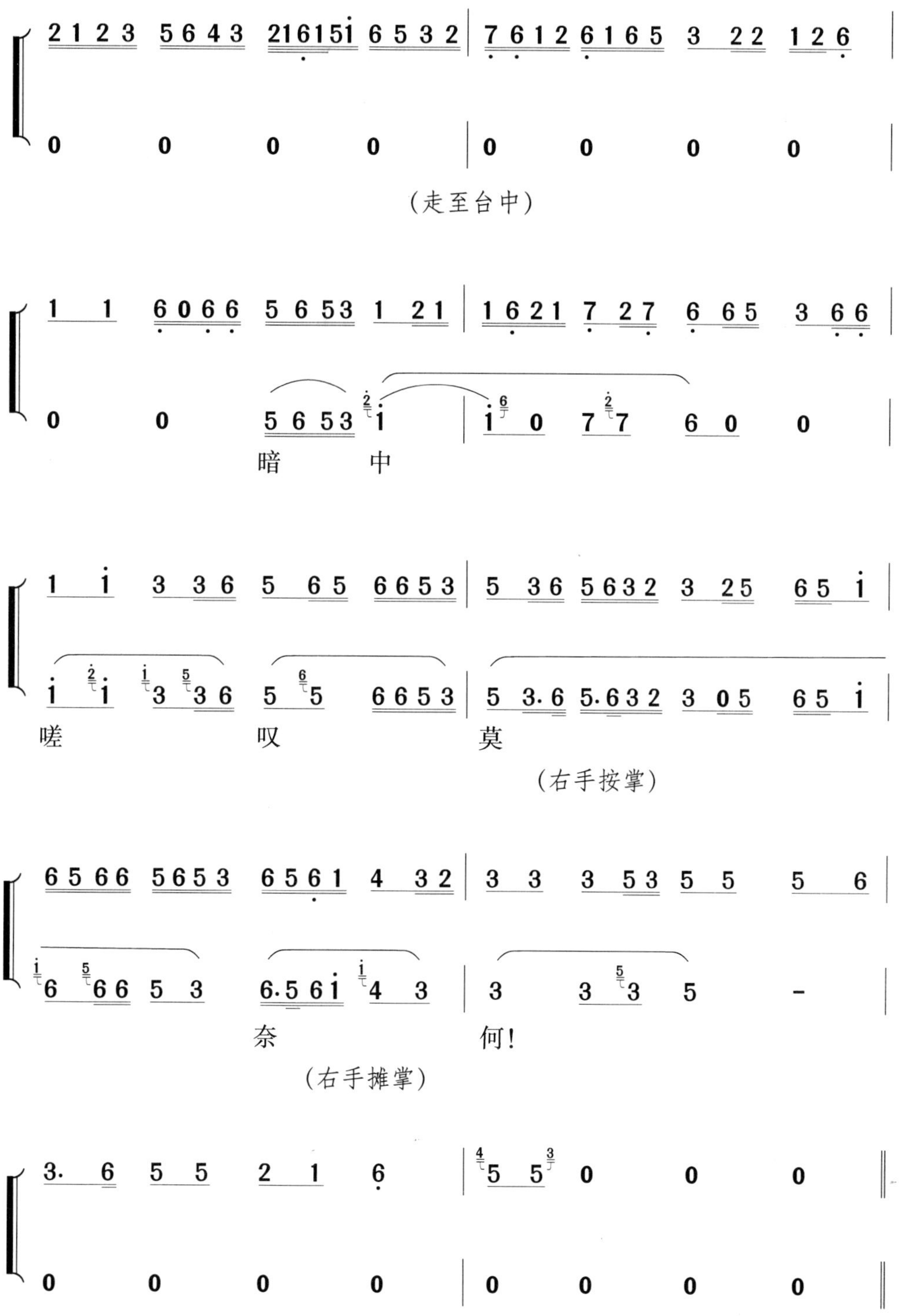

奴家溧阳史氏。（扎）三十未嫁（右手摊掌），每日在溪边浣纱（右手指篮），奉养老母度日。看今日（右手扶鬓看）天气晴和，不免去往溪边浣纱便了。

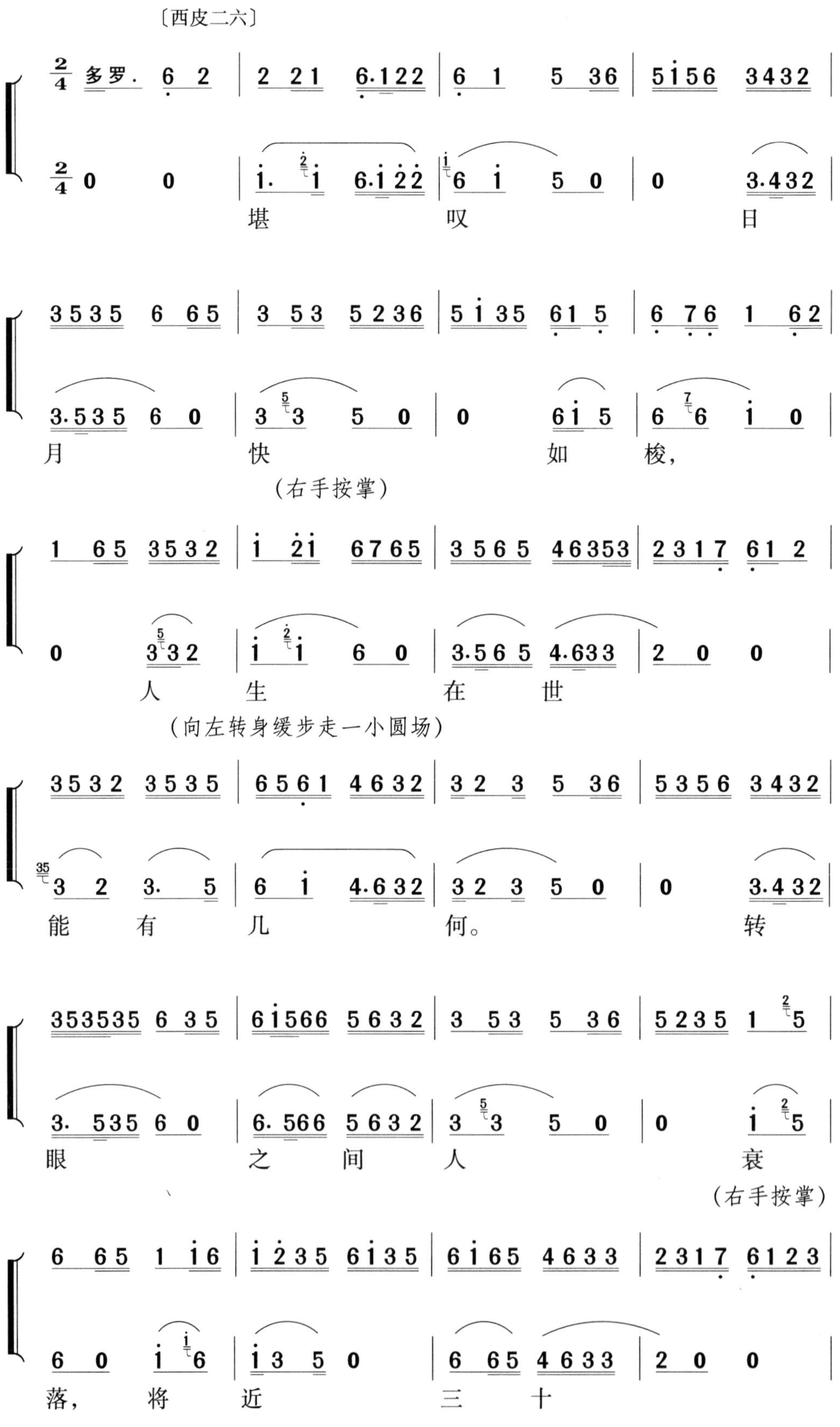
〔西皮二六〕
多罗.
堪 叹 日
月 快 如 梭，
(右手按掌)
人 生 在 世
(向左转身缓步走一小圆场)
能 有 几 何。 转
眼 之 间 人 衰
(右手按掌)
落， 将 近 三 十

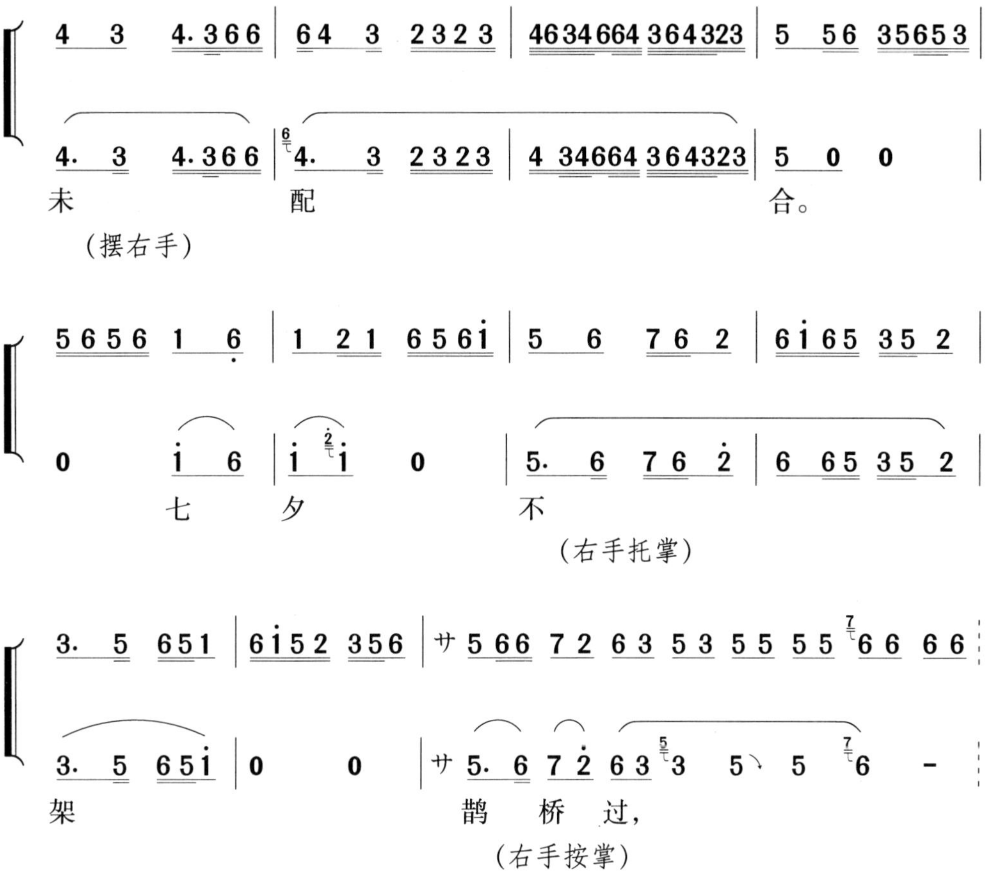

（【小锣抽头】由台中向左台口下台阶至河边）

〔西皮摇板〕

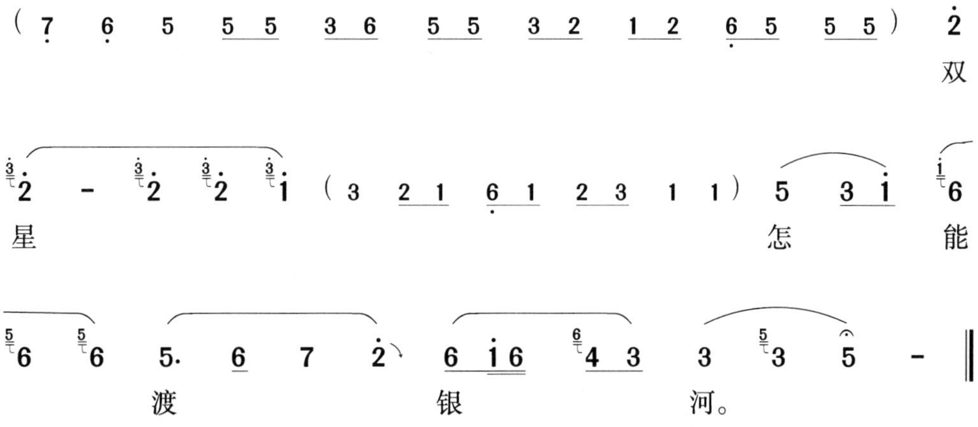

⌈浣纱女将篮放在左台口，将水袖挽起，从篮中取出白纱，在河中漂洗。

⌈ **【大锣导板头】**

⌈伍员内唱。

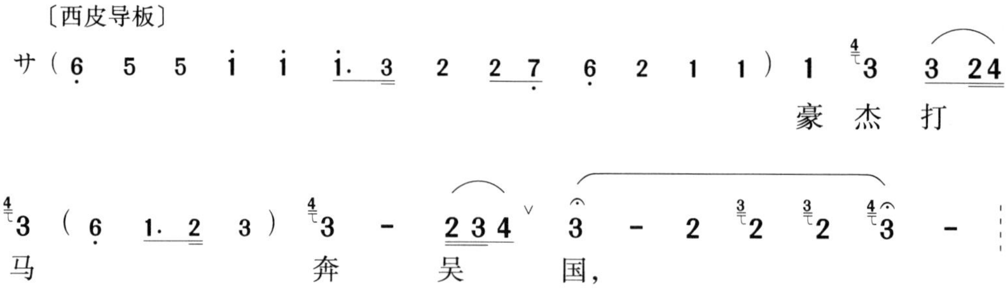

〔【快长锤】伍员右手举马鞭从“上场门”上，至台中。

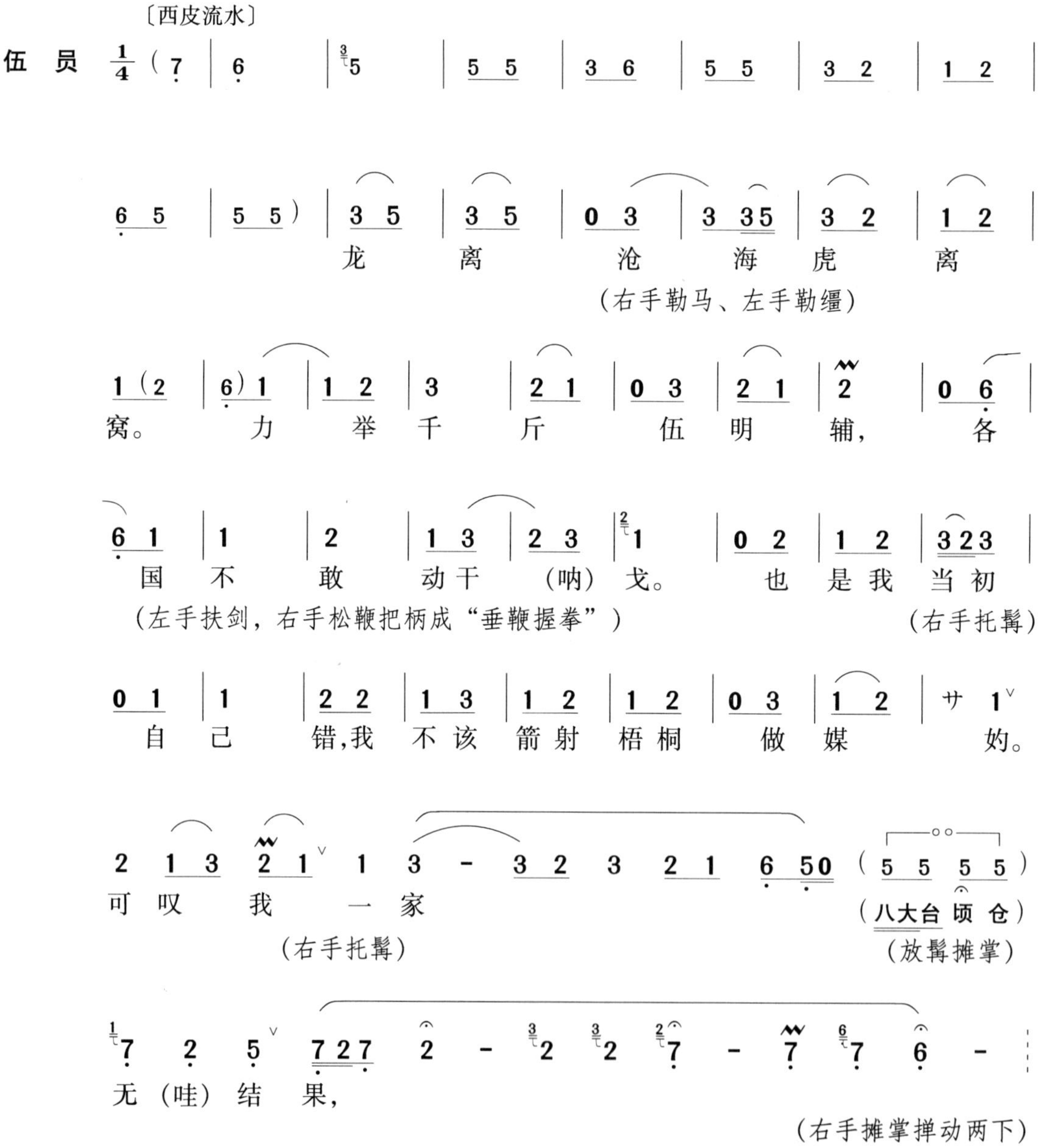

〔亮弦〕

〔【大锣一击】伍员看见浣纱女浣纱。（5 3. 5 6 6 - - ）看见浣纱女身边的篮子。

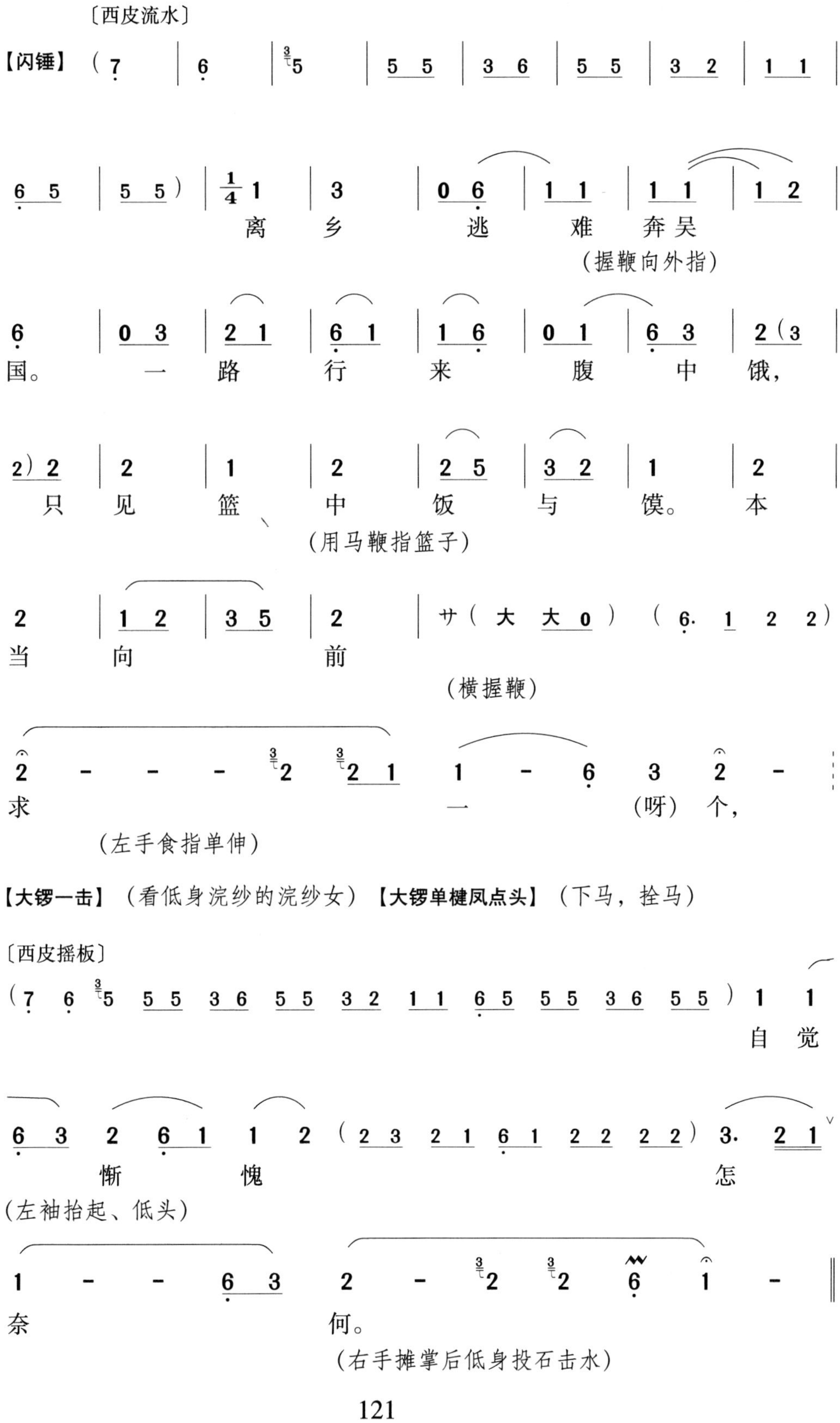
〔西皮流水〕
【闪锤】
离乡逃难奔吴
(握鞭向外指)
国。一路行来腹中饿,
只见篮中饭与馍。本
(用马鞭指篮子)
当向前
(横握鞭)
求一(呀)个,
(左手食指单伸)
【大锣一击】(看低身浣纱的浣纱女)【大锣单楗凤点头】(下马,拴马)
〔西皮摇板〕
自觉
惭愧怎
(左袖抬起、低头)
奈何。
(右手摊掌后低身投石击水)

〔【水声】【小锣一击】浣纱女放纱，站起，右手扶鬓看伍员。

浣纱女 呀！【小锣凤点头】

〔西皮流水〕

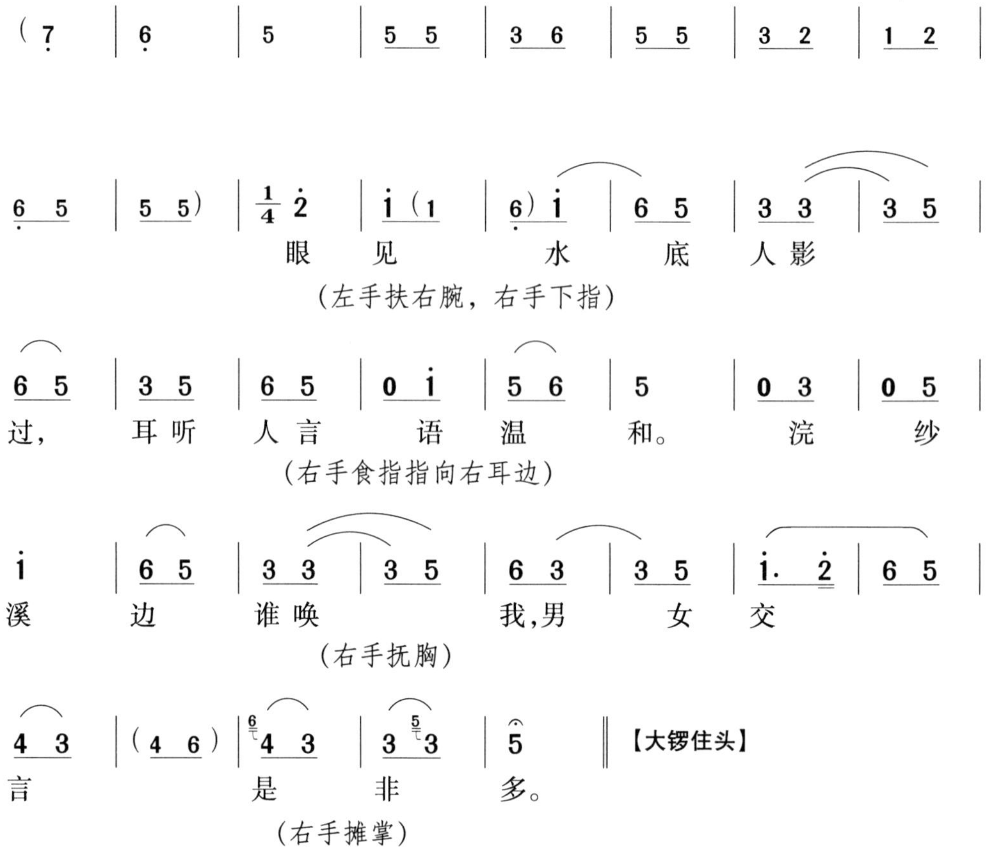

伍　员 娘行请了。（面向后台口施礼）

浣纱女 还礼。（施礼）敢是失迷路途的？（右手摊掌）

伍　员 并非失迷路途（摆左手），我乃落难之人，行至此间腹中饥饿（右手扶胸窝），只见娘行篮中有饭（右手指篮），不知可肯赠与否？（右手摊掌）

浣纱女 听壮士之言不像本地人氏，家乡住处对我说明（右手抚胸），一饭之微又当如何？

伍　员 唉！娘行听了。（双手拱请式）

〔西皮二六〕

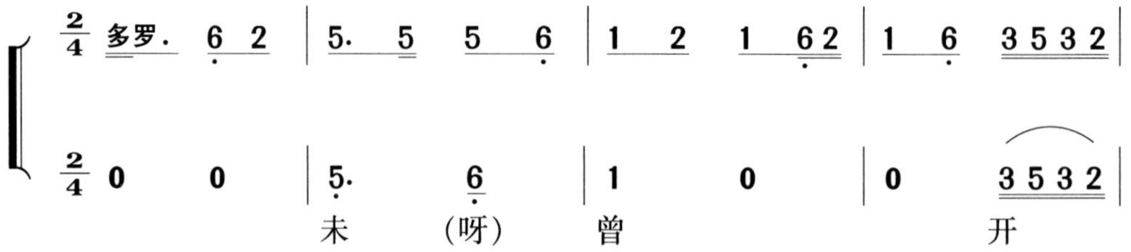

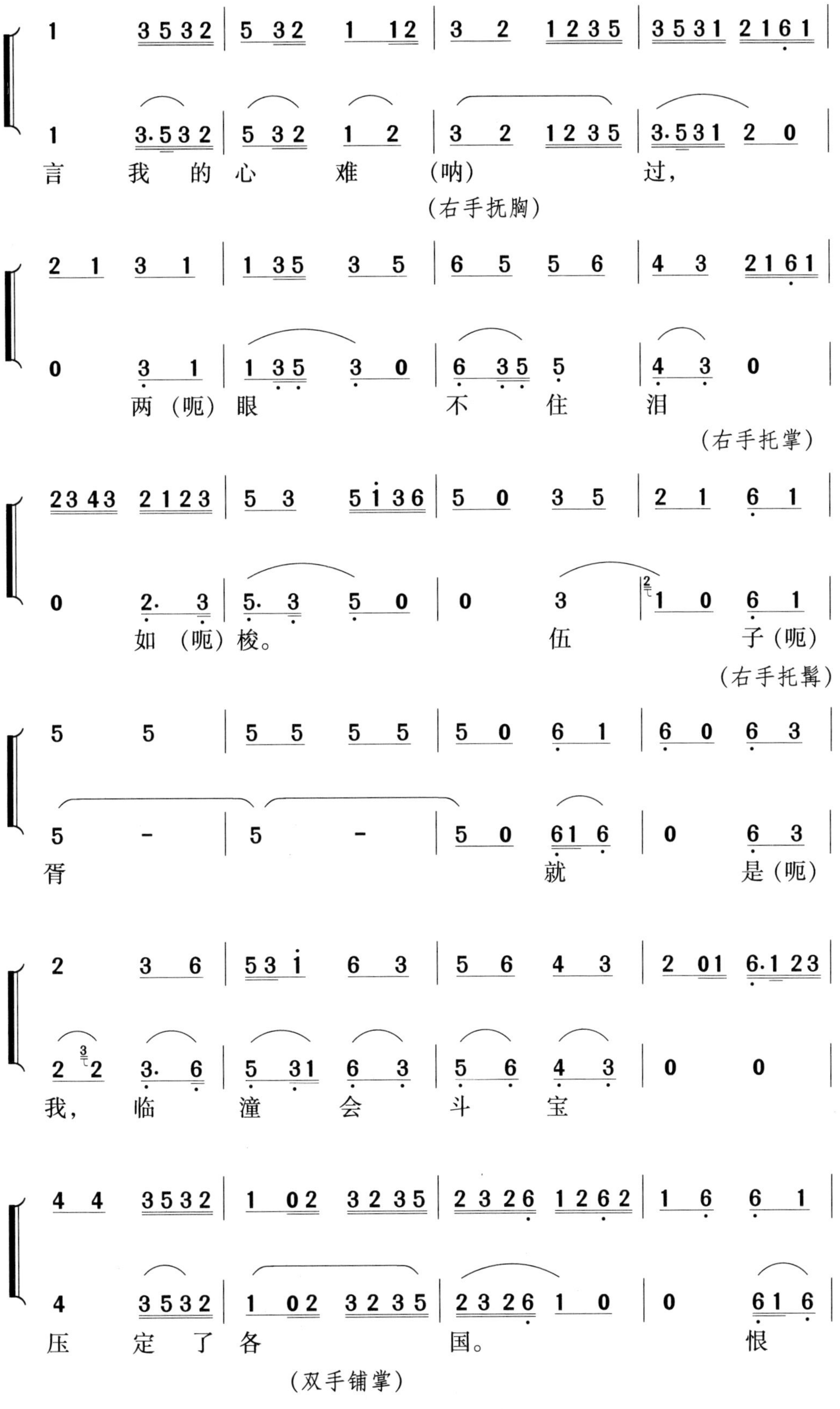
言 我 的 心 难 (呐) 过，
(右手抚胸)
两 (呃) 眼 不 住 泪
(右手托掌)
如 (呃) 梭。 伍 子 (呃)
(右手托髯)
胥 就 是 (呃)
我， 临 潼 会 斗 宝
压 定 了 各 国。 恨
(双手铺掌)

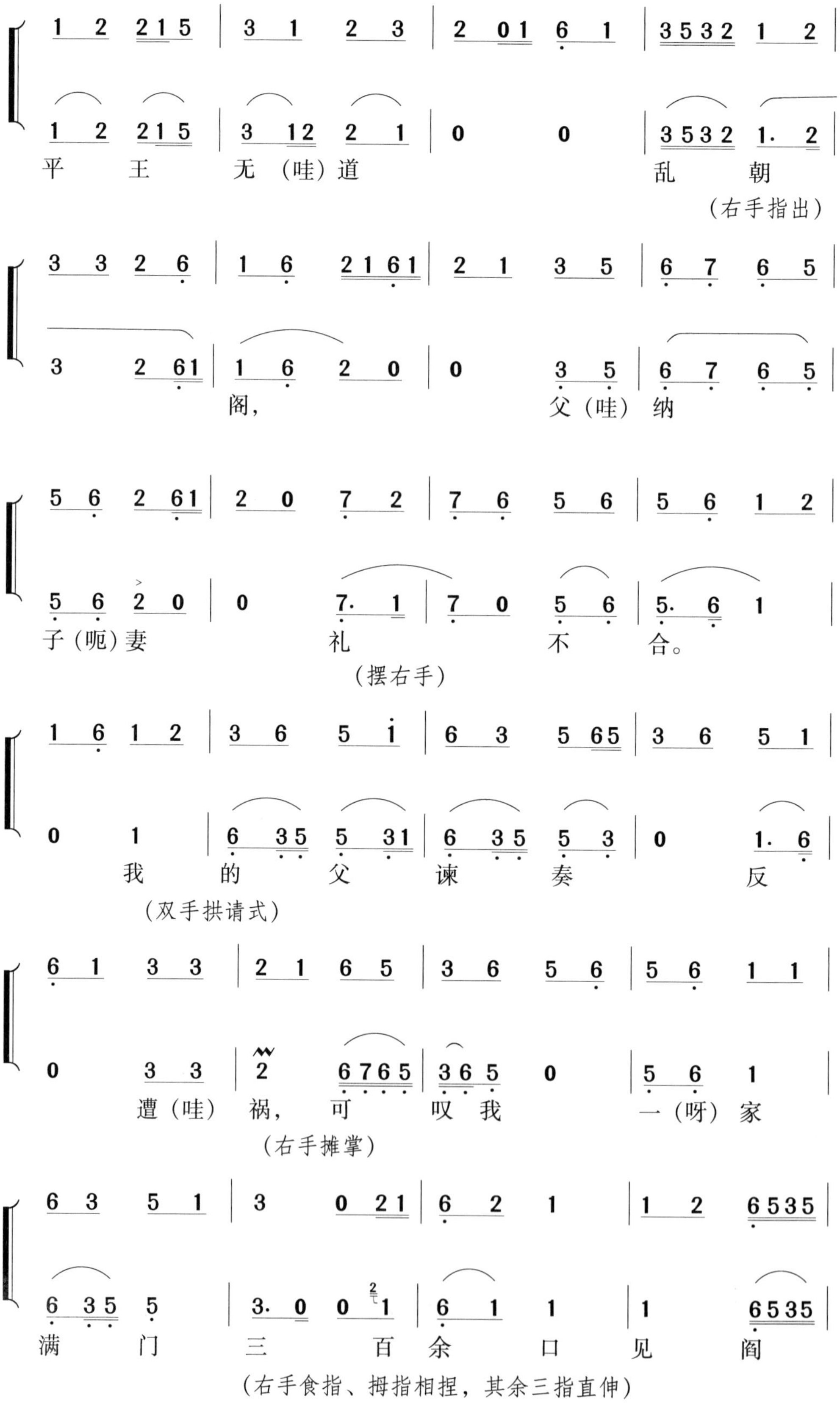

平 王 无（哇）道 乱 朝
（右手指出）
阁， 父（哇）纳
子（呃）妻 礼 不 合。
（摆右手）
我 的 父 谏 奏 反
（双手拱请式）
遭（哇） 祸， 可 叹 我 一（呀）家
（右手摊掌）
满 门 三 百 余 口 见 阎
（右手食指、拇指相捏，其余三指直伸）

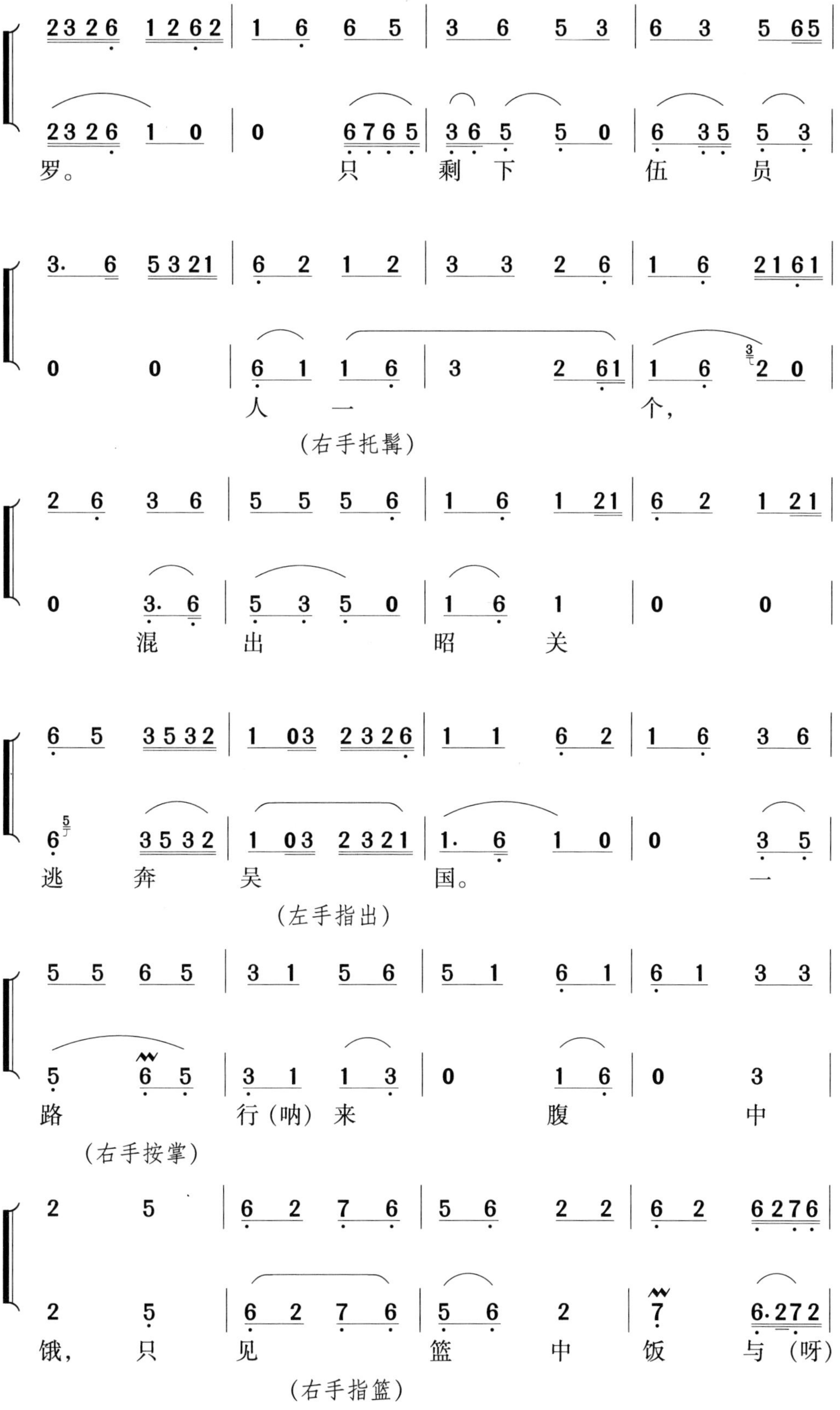
罗。只剩下伍员
人一个，
（右手托髯）
混出昭关
逃奔吴国。一
（左手指出）
路行（呐）来腹中
（右手按掌）
饿，只见篮中饭与（呀）
（右手指篮）

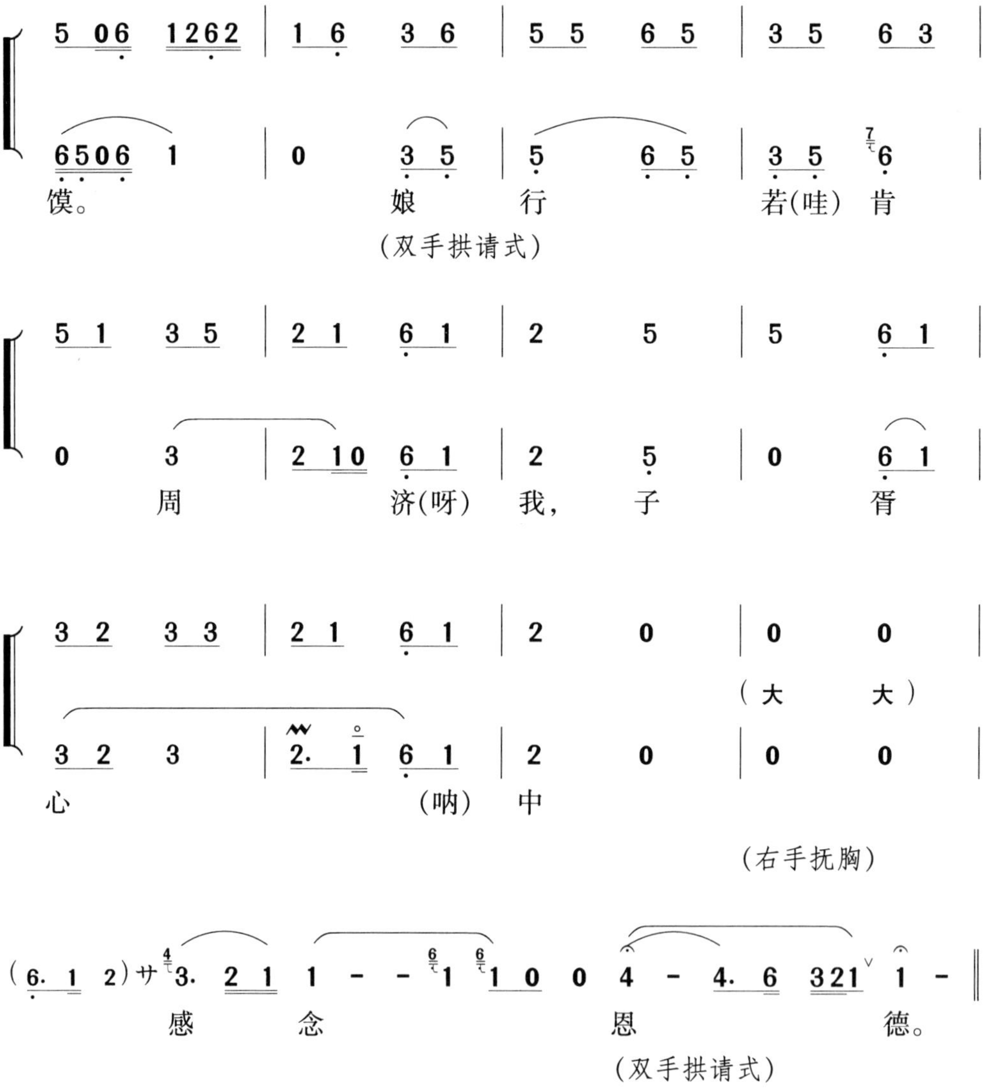

浣纱女 呀！（左手扶鬓看）**【闪锤】**（右手抖袖，提袖）

〔西皮流水〕

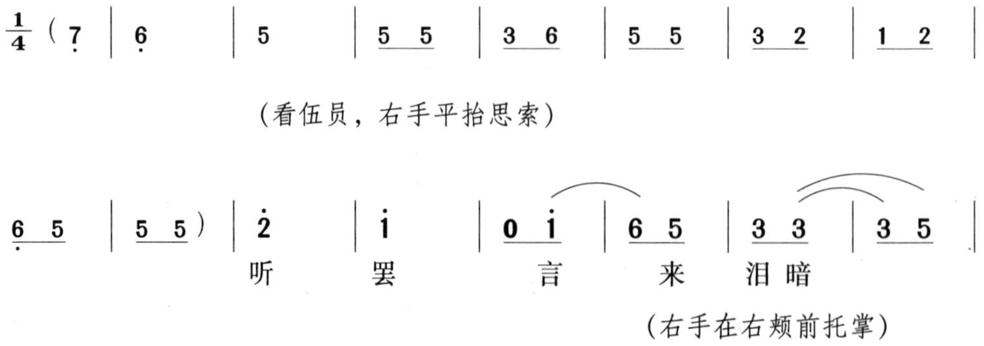

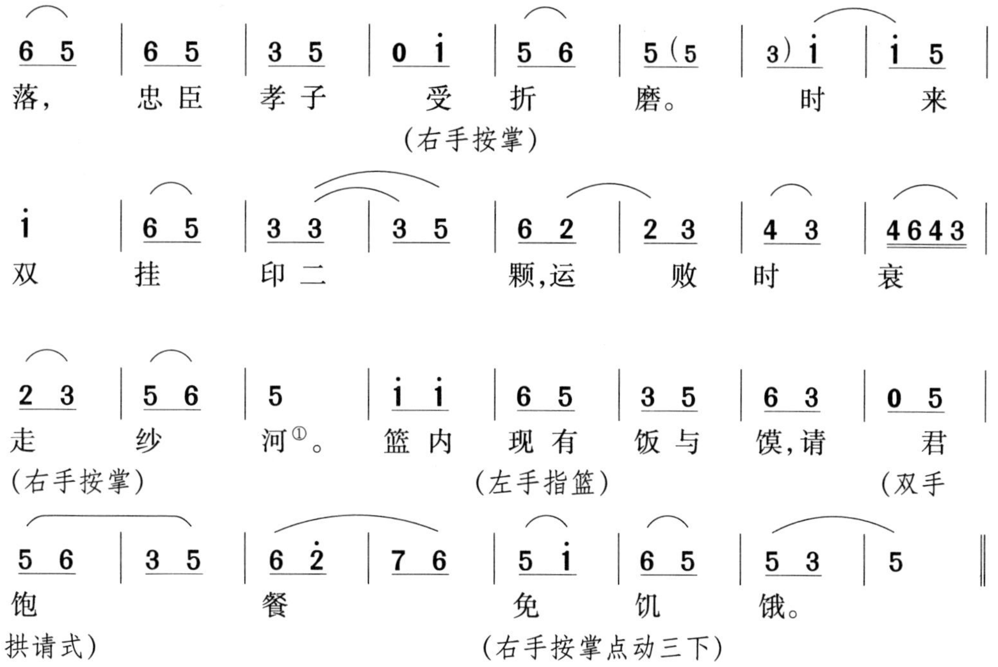

〔【闪锤】浣纱女将碗筷置于前台口。

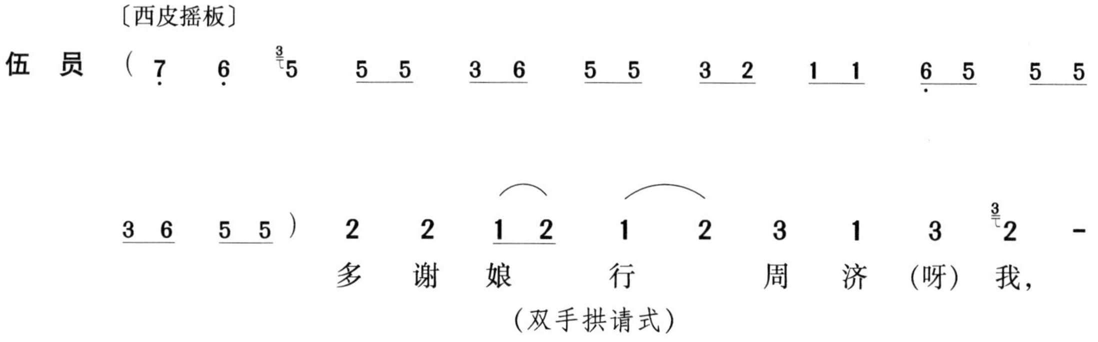

〔【快长锤】伍员俯身拾起碗筷，转身面向后台口用饭，吃毕回身将碗筷放回原地。浣纱女将碗筷收入篮中。

① 濑河：此句原词为“运败时衰走纱河”，“纱河”不确，《东周列国志》第七十三回述伍员“行至溧阳、馁而乞食。遇一女子，方浣纱于濑水之上”。故改为“濑河”。

〔【大锣单楗凤点头】浣纱女摆手示意不必相谢。

〔西皮流水〕

1/4 (7 | 6 | 5 | 55 | 36 | 55 | 32 | 12 |

浣纱女 65 | 55) | 2 | i(1 | 2)i | 65 | 33 | 35 | 65 |
将 军 不 必 言谢 我，
(双手拱请式)

65 | 35 | 0i | 56 | 5 | ii | 65 | 35 | 63 |
粗饭 一碗 值 儿 何? 阳关 路上 是非 多,请
(右手摊掌) (右手按掌)

05 | 65 | 35 | 6. 5 | 6i | 5i | 65 | 353 | 5 ‖
君早 早 离 此 河。
(双手拱请式) (右手按掌点动两下再指出)

〔【闪锤】浣纱女俯身提篮。

〔西皮摇板〕

伍 员 (过门同前) $^{1}6$ 1 $^{1}6$ 1 2 13 $^{3}2$ (3 21 61 21)
娘 行 一 言 提 醒 我，
(左手平抬，右手向左指)

$^{1}6$ 1 2 1 2 3 $^{2}1$ (3 21 62 12 65
男 女 交 言 是 非 多。
(右手摊掌)

55) 2 1 3 12 2 32 323 1 6 $^{3}2$ -
伍 员 拉 马 溪 边 过，

〔【快长锤】伍员拉马从“下场门”下。浣纱女归台中站。

浣纱女 (过门同前) 36 5 6 6 5 65 3 $^{5}3$ 5
明 辅 将 军 受 折 磨。

浣 纱 河

（6 5　3 6　5 5　3 2　1 2）3 6　5　7　7　5
浣　纱　已　毕

6（6 5　3 5　6　6）7　6 3　5　5　6　-
溪　边　坐，

［【快长锤】浣纱女欲要找地方坐，向左回头，见伍员拉马从“下场门”复上。

〔西皮摇板〕

伍　员（过门同前）1　1　1　2　1　3 21　1　-
忘　却　嘱　咐　女　娇　娥。

（在左台口拴马）

浣纱女　将军为何去而复转？（右手摊掌）

伍　员　非是我去而复转，倘若有追兵至此，千万莫说我打此经过。（右手下指）

浣纱女　这个……（扶鬓看伍员，**【大锣叫头】**右手翻折水袖成举袖；背左袖）且住！**【大锣四击头】**（右手抖袖提袖，左手平抬起）我好意周济与他（右手向左指），谁知将军反疑心于我，（右手抚胸，一想）也罢！**【大锣五击头】**（抖右袖下决心）不免抱石投江一死（仓），以免将军疑心便了。**【快纽丝】**

〔西皮散板〕

サ（6　5　i　3　2　7　6. 2　1　1）i　5　7　7　5　6
男　女　交　言

5　6　3　5　6（2　3.　5　6　6）i　5 3　i　6 5
已　有　错，（仓）谁　知　将　军
（双手摊掌）（左手平抬，右手指伍员）

4 3　2 3　5（2　3　6　5）2　i　i　2 3　7　6
疑　心　多。（仓）抱　石

（衣大　大　仓）i　i　6　6　5　3　3　2　2（嘟　八大
投　江
（抖右袖）（右袖向上撑

〔哭头〕

台 顷 仓） 6 6 5 6 i （仓 – 仓 0嘟 仓 仓 仓 切 仓）

免 羞

起，左手指出） （抖右袖，抖左袖，右手向上撑袖，左手

i – 2 2 2 7 6 6 5 6 7 7 6 6 5 – ‖

辱，

翻折水袖成端袖） （向下抖右袖）

啊将军，那旁有人来了！（左手指出）**【扫头】**（俯身抱石投江从“上场门”下）

伍 员 哎呀！（惊看）**【乱锤】**（跪蹉步至台中）

〔西皮散板〕

【快纽丝】 3 5 – （嘟 – 仓） 3 3 3 2 3 3 23 5

一 见 浣 纱 女 子 投 江

（右手指出）

1 （0大 仓） 1 1 2 6 1 1 3 2 1 2 2 1

河。 可 叹 你 为 我 投 江 （呃）

〔哭头〕

（仓 – 仓 0嘟 仓 仓 仓 切 仓） 3 2 5 3. 2 i –

死，

（右手食指挑右小绺）

2 2 7. 6 5 6 6 – 3 5 6 6 5 –

娘 行 （呃）！

（双手拱请式） （拭泪）

【快纽丝】（站起）

（7 6 6 5 i i i 3 2 7 6. 2 1 1）

6 1 2 61 1 1 2 1 6 i – ‖

留 下 美 名 万 （呐） 古 播。

（右手搂髯，左手指出）

【大锣叫头】（右手翻折水袖）
且住！娘行为我投江一死，我不免拉马走去，投奔吴国便了！（右手指出）
「**【扫头】**伍员左台口解缰绳拉马，向左转身。**【大锣原场】**疾步从“下场门”下。

鱼 肠 剑

第一场

〖【冲头】切住。

〖伍员内白：“马来！”

〖【快长锤】伍员右手持马鞭从“上场门”上，至“九龙口”站。

〔西皮摇板〕

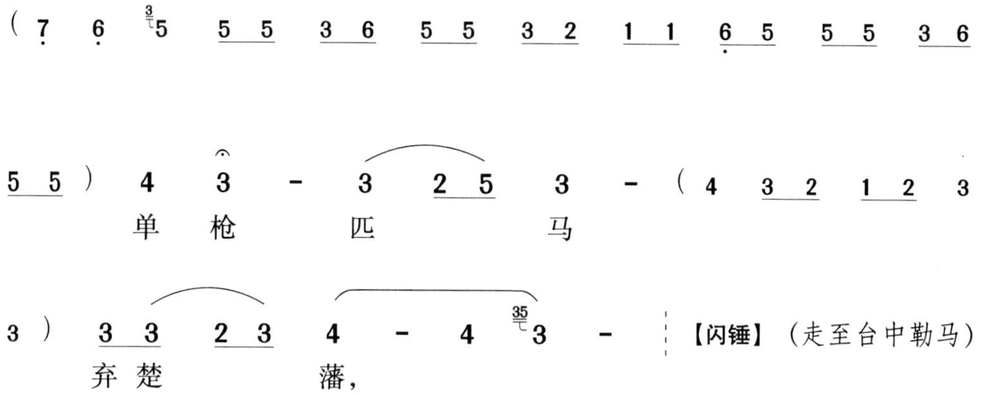

〔西皮快板〕

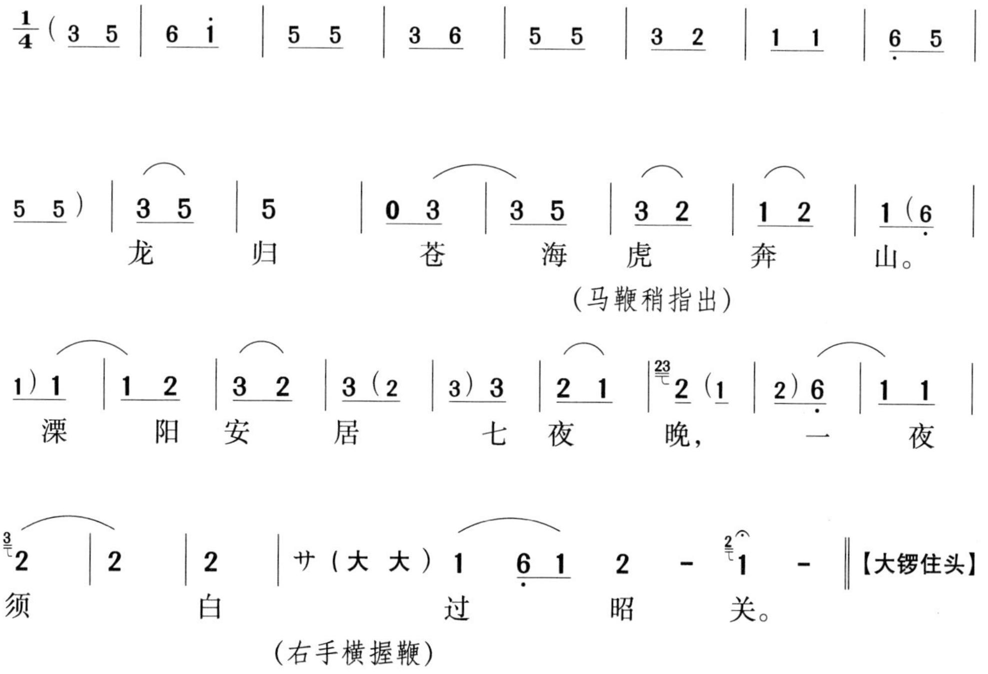

伍　员　俺伍员。（**仓匝**）多蒙东皋公、皇甫讷设计救我出关。看前面离吴国不远，就此马上加鞭。**【长锤】【夺头】**

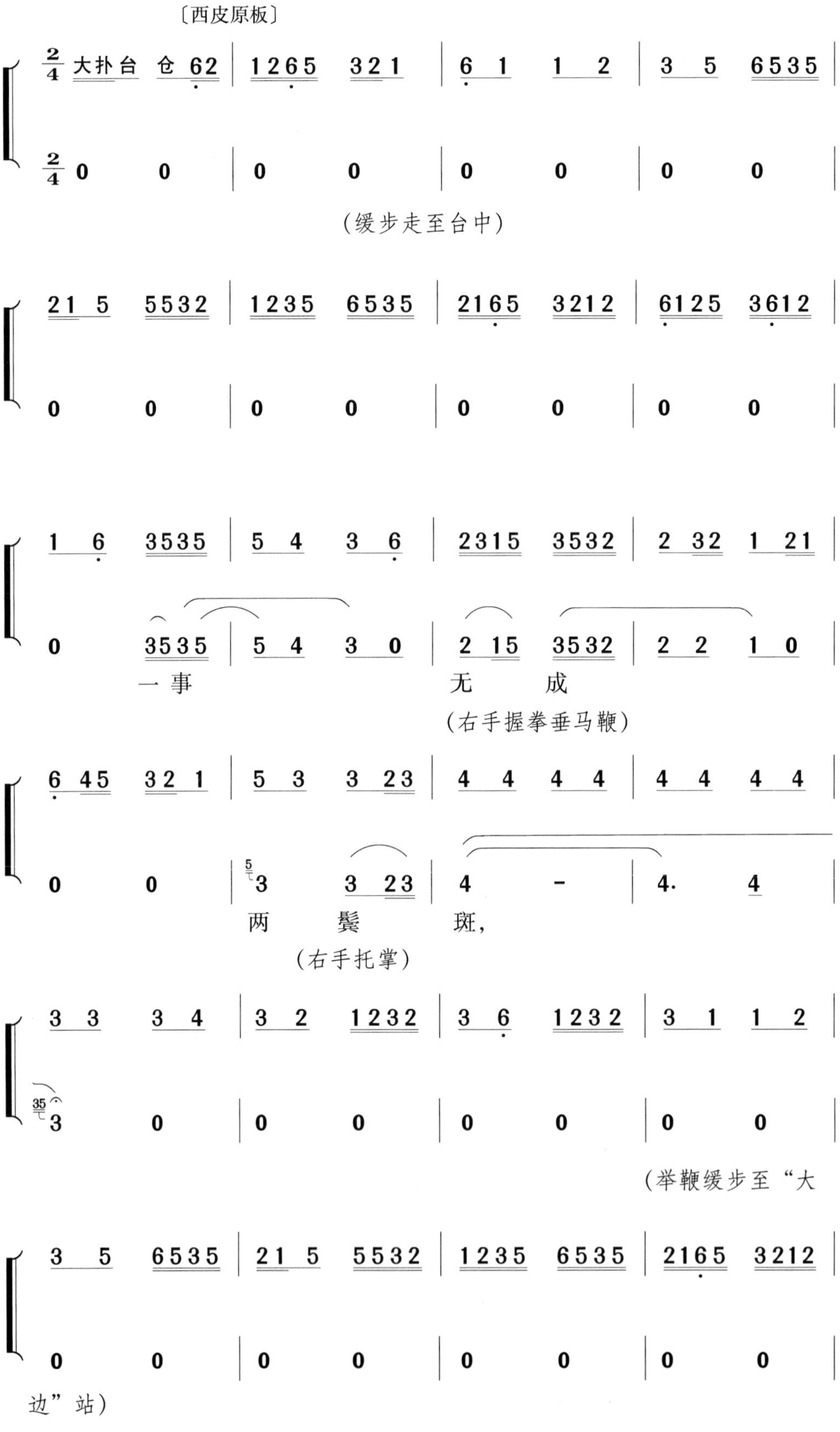
〔西皮原板〕
大扑台 仓
（缓步走至台中）
一 事
无 成
（右手握拳垂马鞭）
两 鬓 斑，
（右手托掌）
（举鞭缓步至“大
边”站）

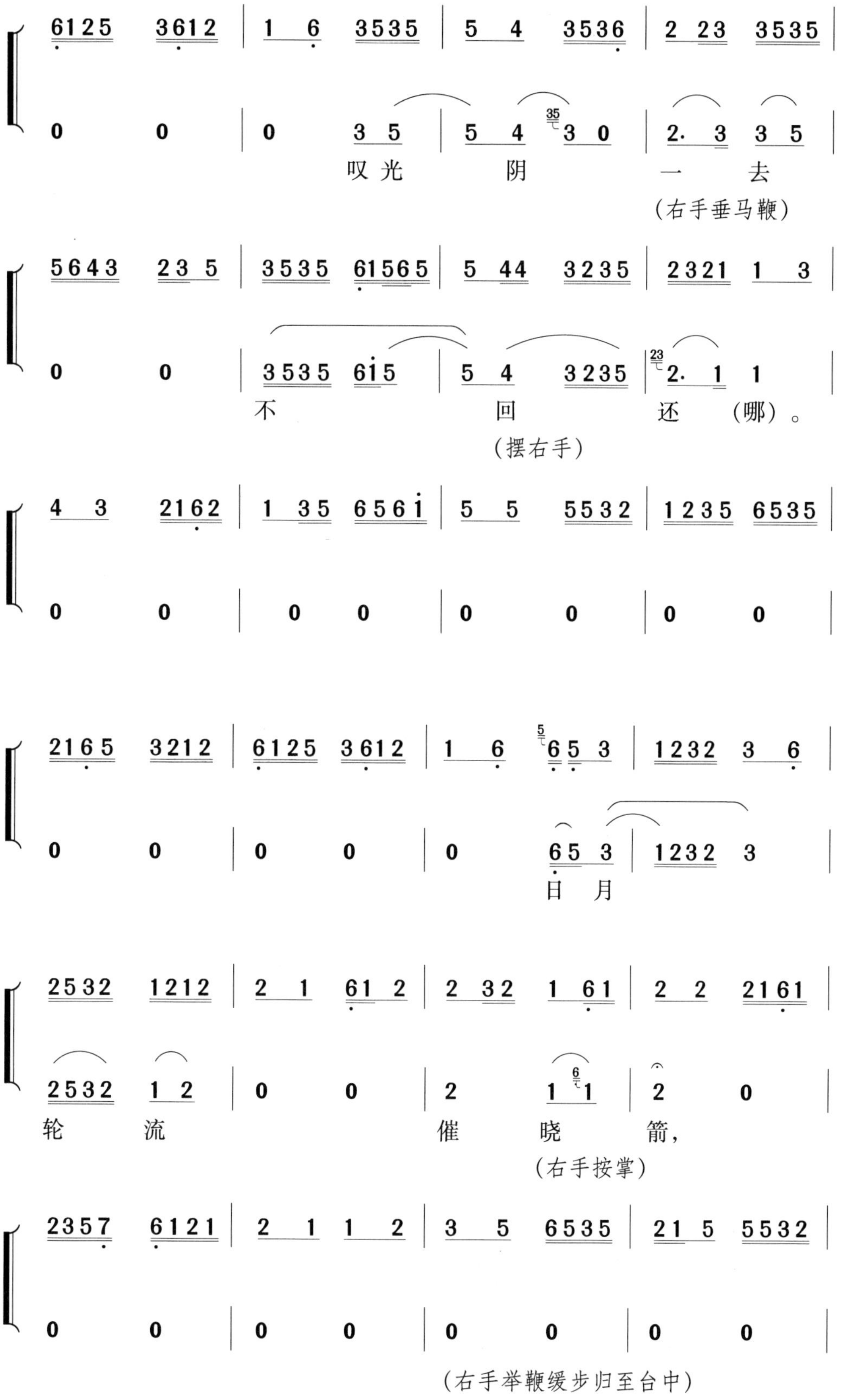
叹光　阴　一　去
(右手垂马鞭)
不　回　还　(哪)。
(摆右手)
日　月
轮　流　催　晓　箭,
(右手按掌)
(右手举鞭缓步归至台中)

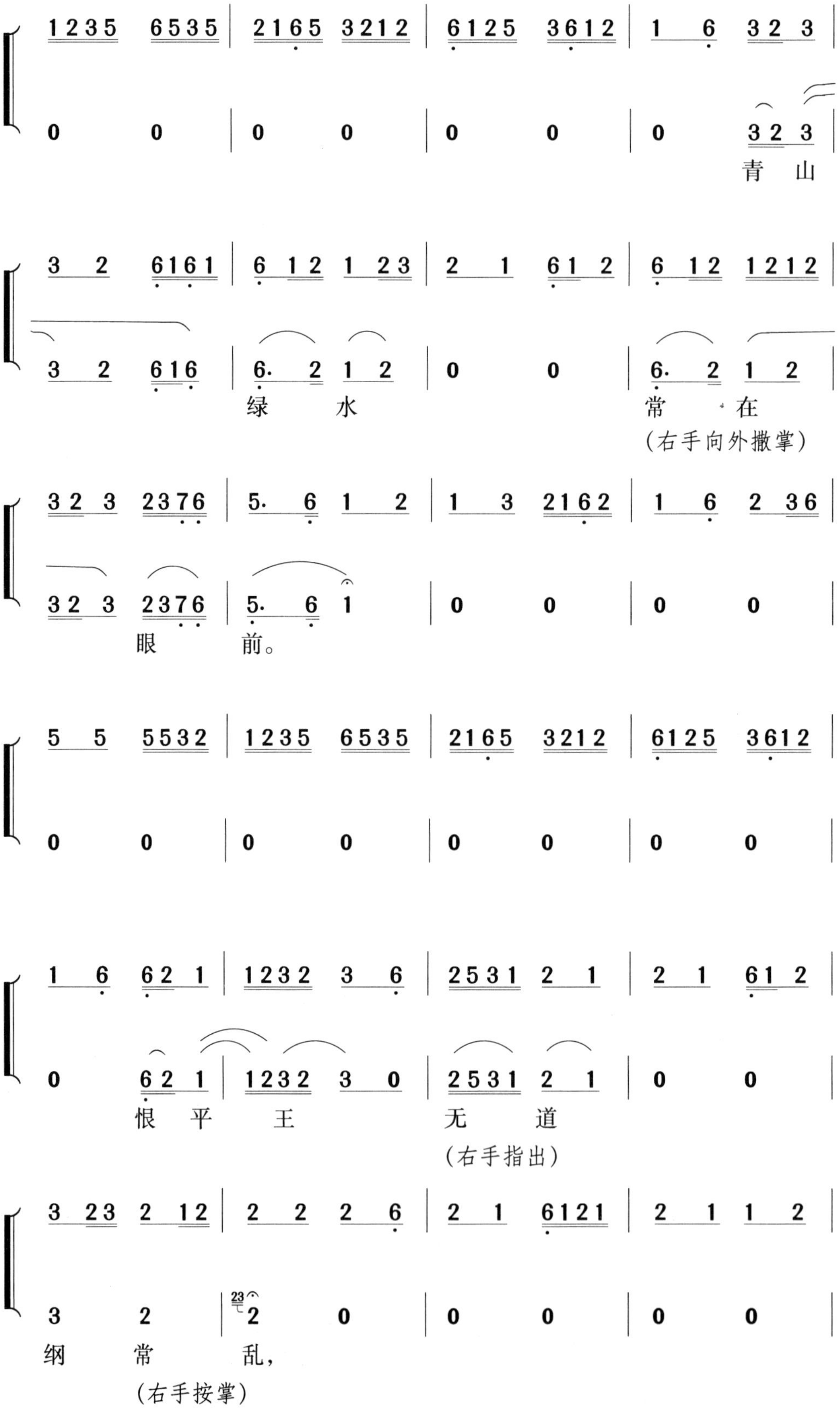
青　山
绿　水
常　在
(右手向外撒掌)
眼　前。
恨　平　王　无　道
(右手指出)
纲　常　乱,
(右手按掌)

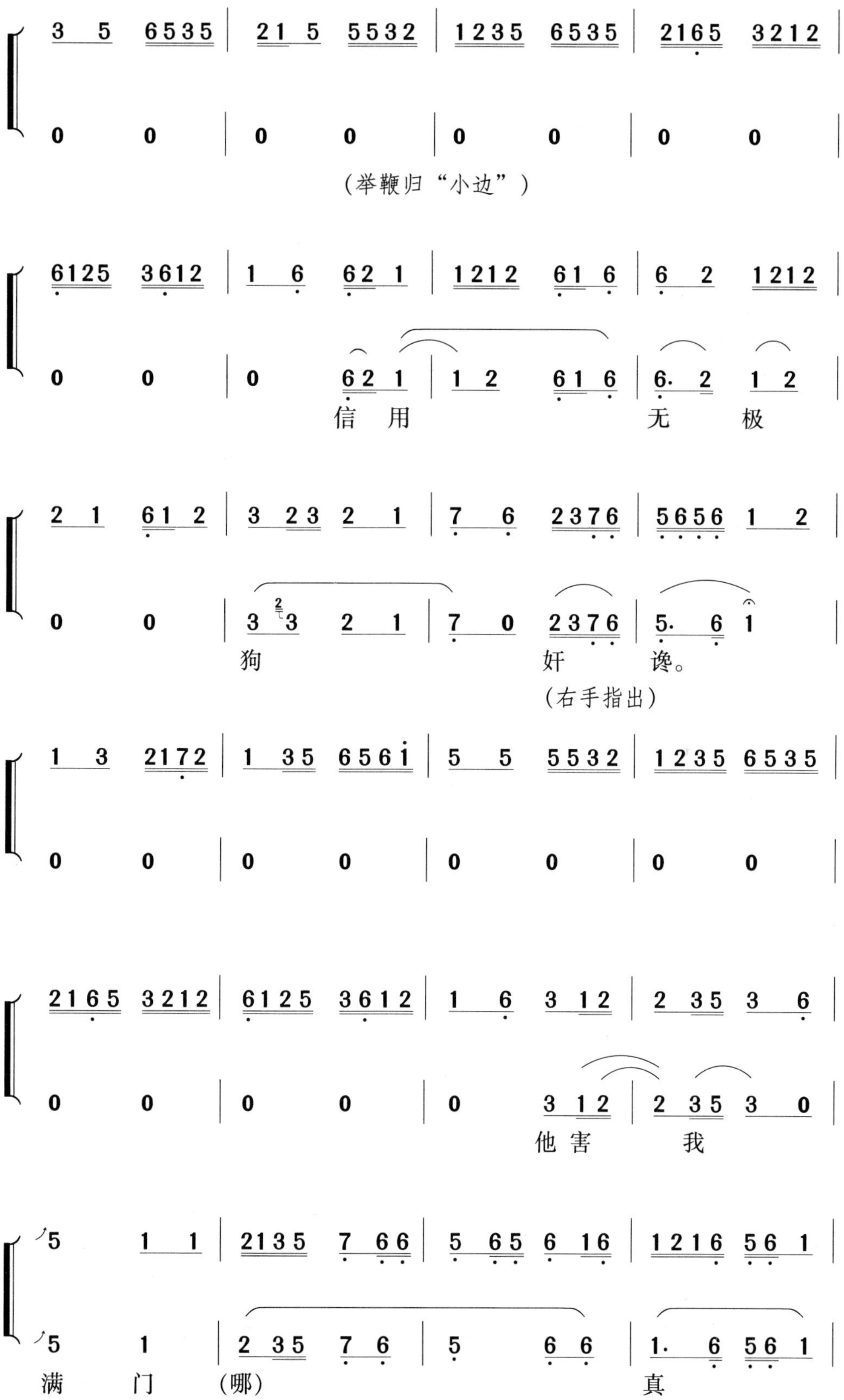
(举鞭归“小边”)
信 用 无 极
狗 奸 谗。
(右手指出)
他害 我
满 门 (哪) 真

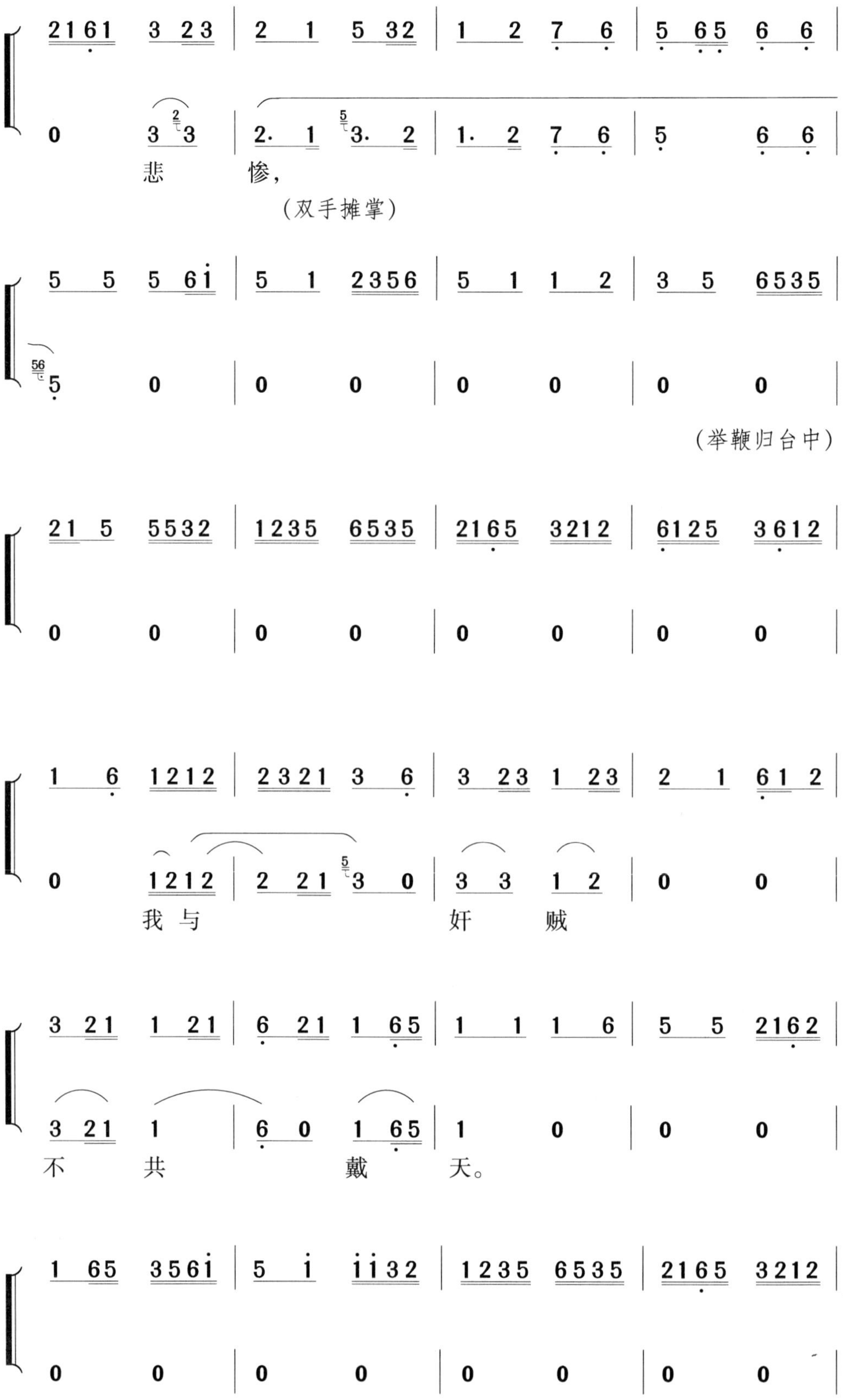
悲 惨，
（双手摊掌）
（举鞭归台中）
我与 奸 贼
不 共 戴 天。

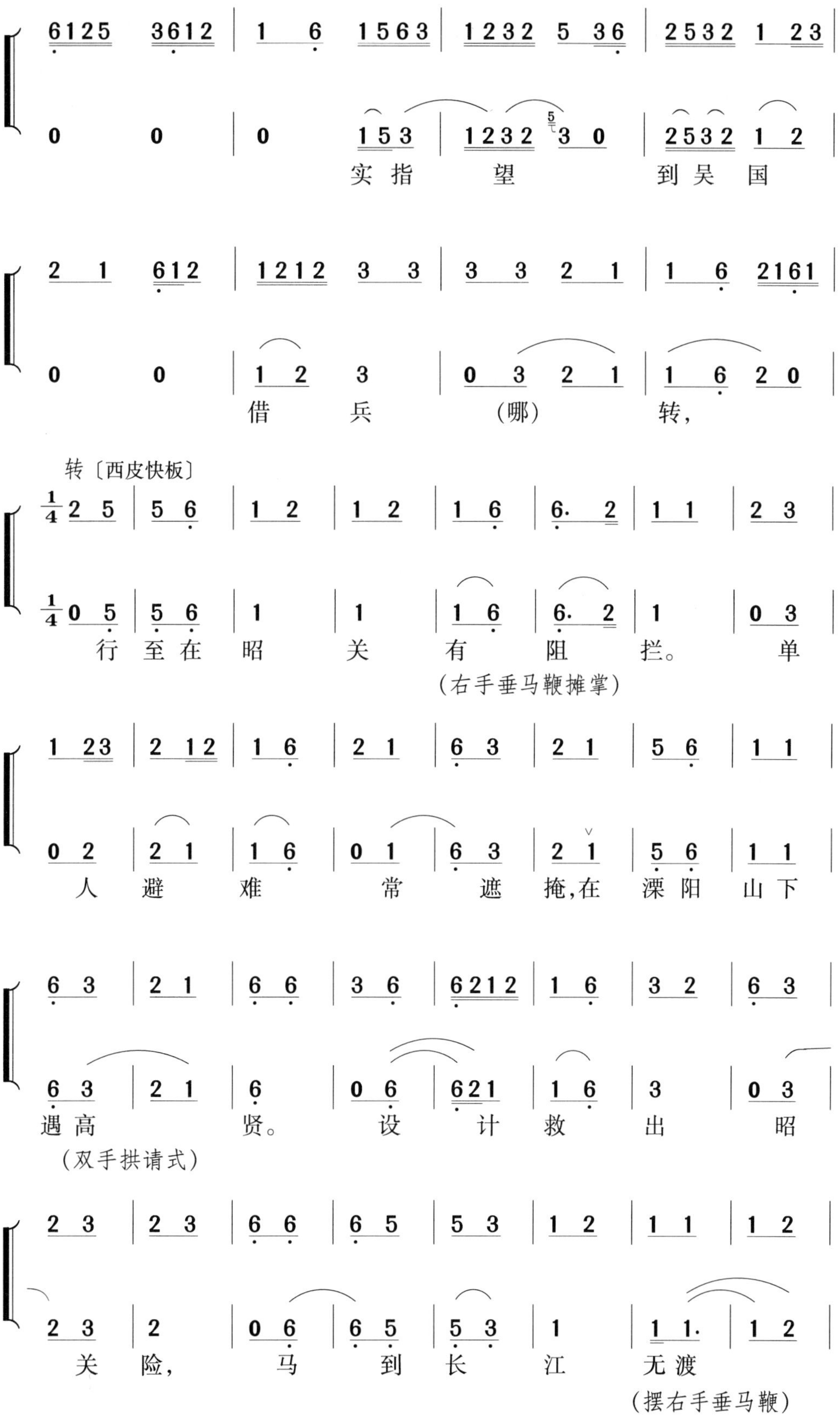
实指望到吴国
借兵(哪)转,
转〔西皮快板〕
行至在昭关有阻拦。单
(右手垂马鞭摊掌)
人避难常遮掩,在溧阳山下
遇高贤。设计救出昭
(双手拱请式)
关险,马到长江无渡
(摆右手垂马鞭)

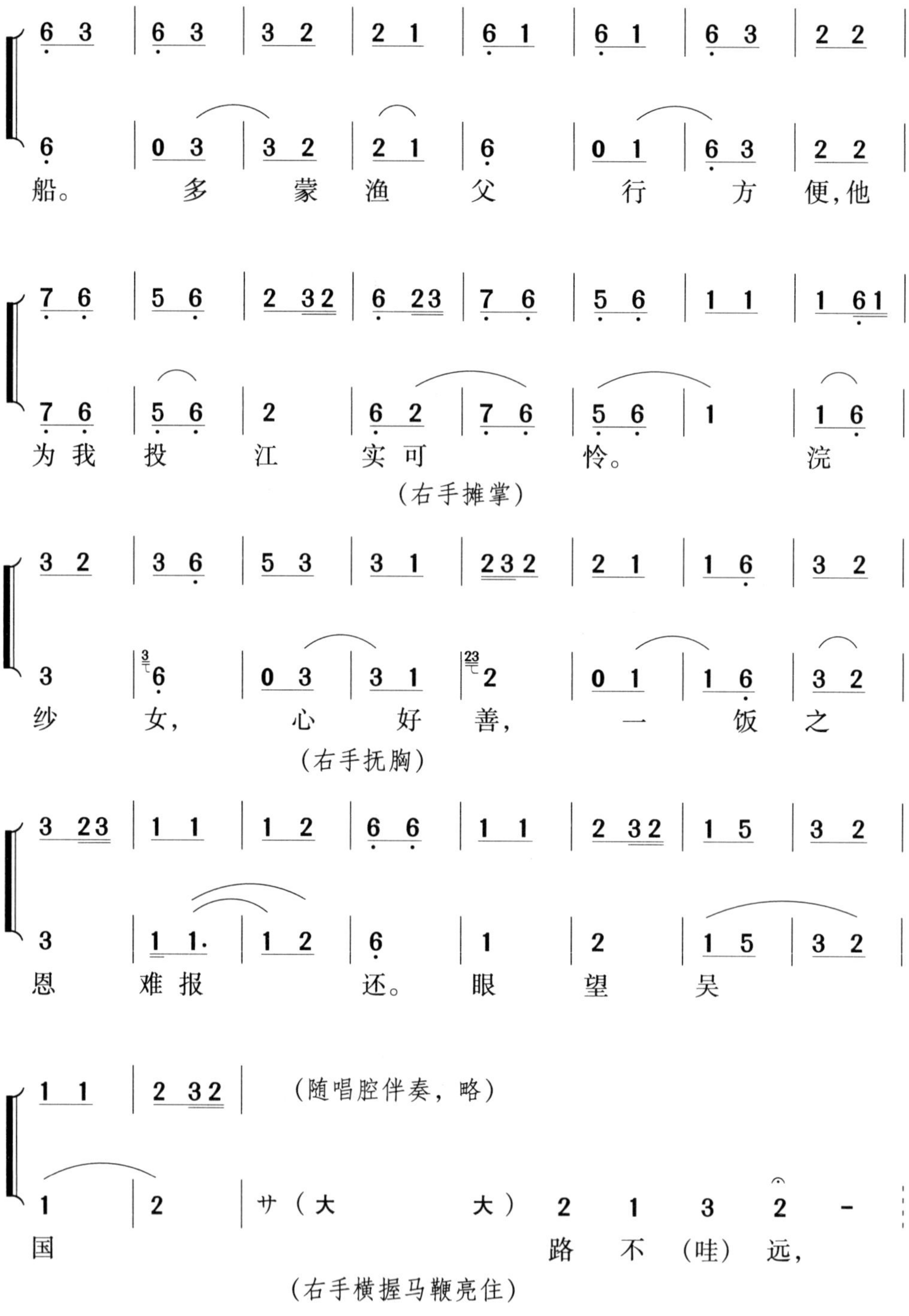

【纽丝】(走至左台口,右转身向前一步站)

〔西皮散板〕

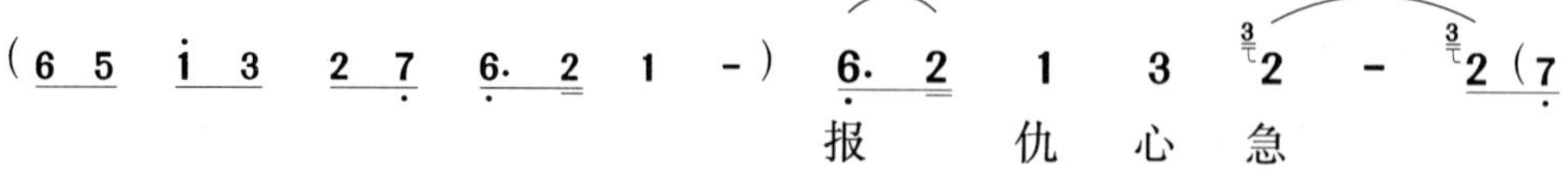

6· 1 2 ） 1 2 3232 1 －
马 加 鞭。
（右手持鞭指出）

〔【一锤锣】伍员左转身打马从“下场门”下。

第二场

〔【撤锣】
〔专诸内白：“嗯哼！”
〔【小锣帽子头】专诸右手持扇从“上场门”上，至“九龙口”，合扇交左手，右手抖袖，捋髯。右手持扇，【小锣归位】至台中。
〔引子〕
专 诸 爱习拳棒，（多多）论英雄，（多 罗．）（左手赞美指）

3 2 1 2 3 2 2 3 3 3 2 －
武 艺 高 （哇） 强。
（右手合扇指出）

（【小锣归位】归“外场座”）
（诗）家住吴国在城东，
爱习拳棒论英雄。
男儿若得凌云志，
拜将封侯（双手拱请式）谈笑中。【小锣归位】（右手开扇）
俺，专诸，乃吴国人氏。家有八旬老母。在这姑苏城东，开了一座肉铺。前者，买卖不好，拉了牛二两匹牲口，尚未清账，（摇头）少时找上门来，又是一场怄气。（右手合扇击左掌）唉！
正是：（扎）君子生平运不济，
时衰反被小人欺。
〔牛二内白：“啊哈！”
〔【小锣五击】牛二持扇从“上场门”上至右台口。
牛 二 （念）可恨专诸太不仁，
怒恼牛二找上门。（向前台口一看）
到了，专诸啊，专诸！
专 诸 是哪一个？（站起）
牛 二 出来瞧！
〔专诸开门、出门，站“大边”。

专　诸　原来是牛二哥。（双手合扇拱请式）
牛　二　是我呀！
专　诸　（一让）请到里面。
牛　二　不进去我干吗来了！
　　〔【小锣五击】二人进门，牛二归“大边”，专诸归“小边”。
专　诸　牛二哥请坐。
牛　二　坐下就坐下。
　　〔二人八字坐下，牛二坐“大边”，专诸坐“小边”。
牛　二　（看专诸）哼！
专　诸　牛二哥怒气不息，为着谁来？
牛　二　我就为你而来！（右扇指专）
专　诸　为小弟何来？（左手摊掌）
牛　二　我问问你：前些日子，你拉我了两匹牲口，怎么还不给我钱？
专　诸　啊牛二哥，这几日买卖不好，待等有了银钱，与二哥（拱请式）送上府去就是。
牛　二　来一趟就是这两句话。这么办吧，你这个买卖（拿扇指专）让我做两天吧！
专　诸　哦，牛二哥你要做小弟的买卖么？
牛　二　（点头）当两天掌柜的。
专　诸　好，我就让与二哥。（站起拱手）恭喜二哥，贺喜二哥，小弟去了。
　　〔专诸与牛二施礼，欲出门。
牛　二　（站起招手）嘿！你回来！（专诸止步）看你这屋里（右手撒掌），什么都没有，叫我（右手拍胸）给你看着这个四旯旮空（双手向外双撒掌）是怎么着！
专　诸　二哥，待小弟时来运转，加倍奉还就是。（躬身打拱）
牛　二　怎么着？哎哟哟！（冷眼看专诸）你还等时来运转走好运哪？你这样呀（用扇指），净等着走死运吧！
　　〔【大锣一击】专诸怒火满腔看牛二。
专　诸　怎么讲？
牛　二　（摇晃着脑袋）你等着走死运吧！
专　诸　好恼！
　　〔【大锣扑灯蛾】专诸将扇别在衣领后，右手抖袖。
　　（念）牛二太欺情！太欺情！
　　　　开口就伤人。（右手托掌）
　　　　俺两膀倒有千斤力，（双手胸前握拳）
　　　　谁敢寻衅（空匡）到我门！
牛　二　你住了呗！（右手拿扇点指专诸）
　　〔【小锣扑灯蛾】牛二将扇别于领后，双抖袖。
　　（念）专诸太不仁，（右手点指）
　　　　倚力压乡民。（右手按掌）
　　　　你是英雄汉，（右手指专诸）
　　　　我是惹祸精。（右手拍胸）
　　　　金钱如性命，

与你把命拼。

〔【大锣收头】【急急风】二人出门，“一过合、两过合”，牛二举拳打专诸，专诸闪身躲，左手执牛二左臂，右手将牛二强按在地。【急急风】切住。

牛　二　救命啊！救命！

〔（嘟……）邻人老丈从“上场门”上。

老　丈　慢来！慢来！（将二人劝开）

〔【大锣一击】老丈站中间，专诸站“大边”，牛二站“小边”；伍员暗上，站“小边”。

老　丈　你二人为何争斗起来？

专　诸　老丈啊！（双手拱请式）

〔西皮散板〕

【纽丝凤点头】サ（6 6　6 5　5 5　i 3　1 2 2　2　6 6　2 1

1 1　1 1）3　3　2 1　1 6　1 2　3　3（6 1

老丈有所不知情，

（双手拱请式）

2 3）3　3 2　1　2　2　⁵3　1（7 6 2 1 -

（仓）牛二寻衅到门庭。（仓）

（左手指牛二）

1　2　3 1　2　2 1　1 3　2（7 6 1 2 -）

我若不看老丈面，（仓 匝 匝 匝）

（举拳欲打牛二，老丈拦）

牛　二　（急躲）怎么着？该钱不给，你、（指专诸）你还打人！

〔【大锣双楗凤点头】专诸抖袖。

专　诸　3　3 2　1 3　2 1　6　1　1 ‖

一拳要你命残生。

（举右拳示威）

〔【大锣住头】专诸妻持拐杖从“下场门”上，呵斥专诸。

专诸妻　专诸！母亲唤你，（举棍）还不进来。

〔专诸看拐杖低头，专诸妻下。

专　诸　来了！

（念）忽听母亲唤，（走至前台口进门）

双手闭户门。（转身关门）

「【小锣住头】专诸从“下场门”下。

牛 二 （逞强地）嘿！你别躲，你出来呀！（欲去叫门）

「老丈见状劝拦牛二，走至“大边”。

老 丈 他已然走了，你还不走，又待怎样？（右手摊掌）

牛 二 我，我不怎么样，我也走了吧！

「【小锣一击】牛二从“上场门”下。

老 丈 待老汉我也回去了吧！（转身欲走）

「伍员走至右台口。

伍 员 老丈请转。（躬身打揖）

「【小锣一击】老丈回身看伍员。

老 丈 原来是位壮士，唤我何事？

伍 员 这一老丈（双手拱请式），方才这一大汉，与人争斗，那一妇人（右手向左指），手持拐杖，一唤即至，莫非此人惧内不成？（右手摊掌）

老 丈 不是呃！此人名专诸，孝义双全，力大无比（右手握拳），那一妇人乃是他的妻子，手持他母亲的拐杖，故而一唤即至。

伍 员 原来如此。（点头）

老 丈 听壮士讲话，不像此地人氏。

伍 员 原本不是此地人氏。（摇头）

老 丈 哪里人氏？（右手摊掌）

伍 员 楚国监利人也。（右手指出）

老 丈 因何至此？

伍 员 遇难至此。

老 丈 请到寒舍待茶。（双手托掌）

伍 员 改日打搅。（双手拱请式）

老 丈 如此改日再见，请！（双手拱请式）

伍 员 请！（双手拱请式）

「【小锣原场】老丈从“下场门”下。

伍 员 呜呼呀！

「【小锣一击】伍员归正场。

伍 员 方才听老丈之言，专诸孝义双全，令人可敬（右手赞美指）。俺伍员（右手抚胸）若得此人，报仇之事可成也。（右手握拳）我不免登门拜访。

正是：（扎）

（念）要交须交真君子，（边念边走小圆场）

求人当求大丈夫。（右手按掌）【小锣一击】（至右台口）

伍 员 专兄开门来！（向前两步）

「专诸内应：“来了！”

「【小锣原场】专诸持扇从“下场门”上，【小锣归位】向前台口走去。

专 诸 （念）饶人也非痴呆汉，

痴呆从来不饶人。（右手按掌走至前台口开门）

是哪一个？（出门，“大边”站）

伍　员　在下拜访。（双手拱请式）

专　诸　原来是位壮士（双手拱请式），请到里面。

伍　员　请！（双手拱请式）

〔【小锣住头】二人分别进门，伍员站“大边”，专诸站“小边”。

专　诸　请坐。

伍　员　有座。

〔【小锣一击】伍员坐“大边”，专诸坐“小边”。

专　诸　请问壮士（双手拱请式）尊姓大名？

伍　员　在下（右手托髯）姓伍名员字子胥，楚国监利人也。

专　诸　原来是明辅将军，失敬了！

〔专诸站起施礼，伍员还礼，二人落座。

专　诸　将军为何这等模样？

伍　员　专兄啊！（双手拱请式）

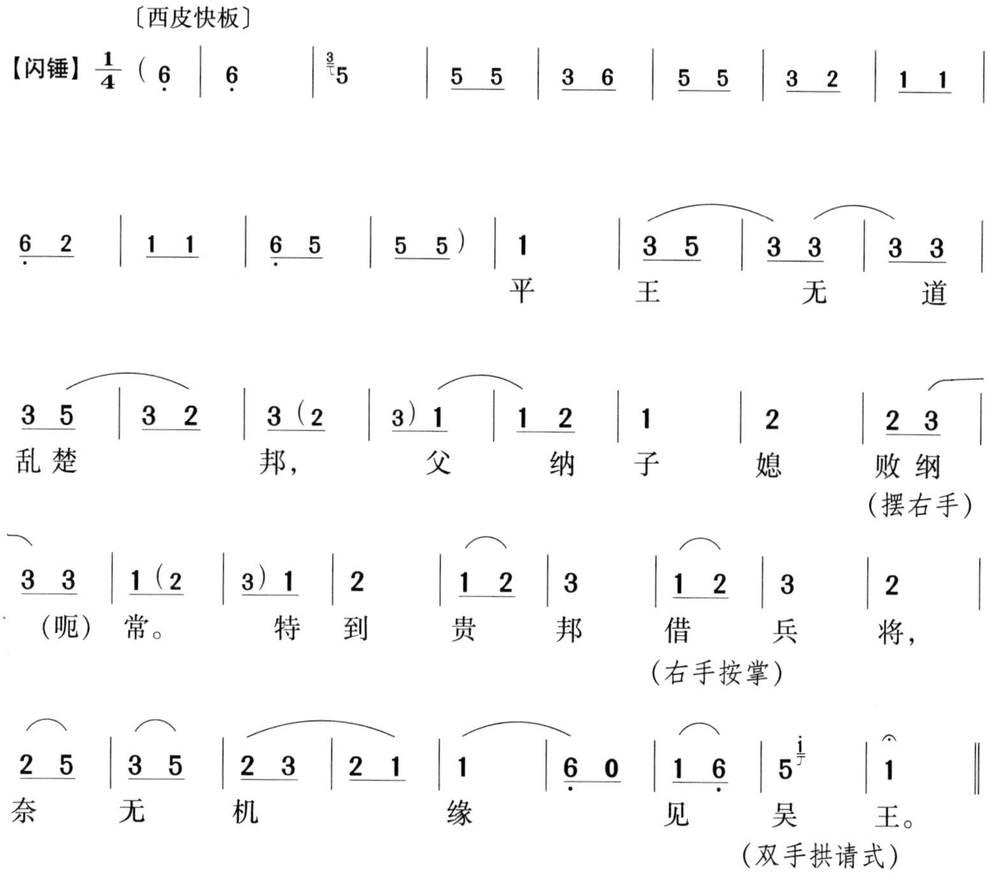

〔【大锣住头】专诸点头。

专　诸　原来如此，今有姬光千岁（双手拱请式）招贤纳士，何不投奔他府（右手向外指出），借兵报仇。（右手摊掌）

伍　员　无引见之人，也是枉然。（摆右手）

专　诸　姬光千岁若知将军到此，必然亲自招选，将军（双手拱请式）去他府，必有一番厚遇。（右手按掌）

伍　员　若得如此，子胥之幸也。（右手抚胸）闻得专兄孝义双全，弟有意与专兄结为金兰（双手拱请式），不知意下如何？

专　诸　草民专诸乃一介寒士（右手指出），怎敢高攀。（双手拱请式）

伍　员　愚下诚心，专兄何必过谦。

专　诸　如此后堂见过家母。（双手拱请式）

伍　员　正要拜见伯母，请！（双手拱请式）**【纽丝】**（二人站起）

〔西皮散板〕

伍　员　サ（6 6　6 5　5 5　i 3　1 2 2　2　6 6　2 1　1 1）

3 3 4 3 - 1 3 3（6 1 2 3 3）
忠 孝 双 全 人 敬 仰，（仓）
（专诸接唱）

3 3 2 1 2 2 3 1（7 6 2 1 1） 2 2
兄 有 此 事 弟 挂 肠。（仓）（伍员接唱）报 仇
（右手抚胸）

3 1 2 2 2 2 3 2 - 3 - 3 6 5 **【大锣一击】**
之 事 全 仰 仗，（专诸接唱）借 （呀）来
（双手拱请式）

2 3 2（2 1 6 1 2 2）3 5 2321 1 -‖
吴 （哇）兵 伐 平 王。
（右手握拳亮住）（右手指出）

〔**【一锤锣】**专诸、伍员从“下场门”下。

第三场

〔**【一锤锣】**四大铠持荷包枪从“上场门”上，“站门”；四小太监从“上场门”上，“站门”；大太监持帚从“上场门”上，“站门”。姬光端带从“上场门”上，至“九龙口”整冠、理髯，至前台口。**【大锣归位】**

鱼 肠 剑

姬　光　（念引子）
心怀谋略，【小锣二击】恨姬僚，（多多）1　2 1　3　2 ^{3}2　2　3 2　1　1 ^{1}2 –‖
强霸山河。
（右手指出）

〔【大锣原场】转身归“外场座”。【大锣归位】

姬　光　（念诗）五霸纷纷自称雄，
大事全仗晋文公。
可恨兄王谋基业，
江山何日掌握中。

〔【大锣归位】四大铠、四太监归“八字”站。

姬　光　孤姬光。【大锣住头】可恨兄王，强霸山河，自称为帝。孤王有心将他灭却，怎奈帐下缺少良将（右手按掌）。昨日被离先生奏道，楚国伍子胥避难来到吴国，不免亲自寻访。内侍！

大太监　有。

姬　光　吩咐外厢起驾！（右手指出）

大太监　外厢起驾呀！

四大铠
四太监　（同）啊！

〔【长锤】姬光离座出门，一大铠带马，姬光上马，众人“一翻两翻”归原位。

〔西皮原板〕

姬　光

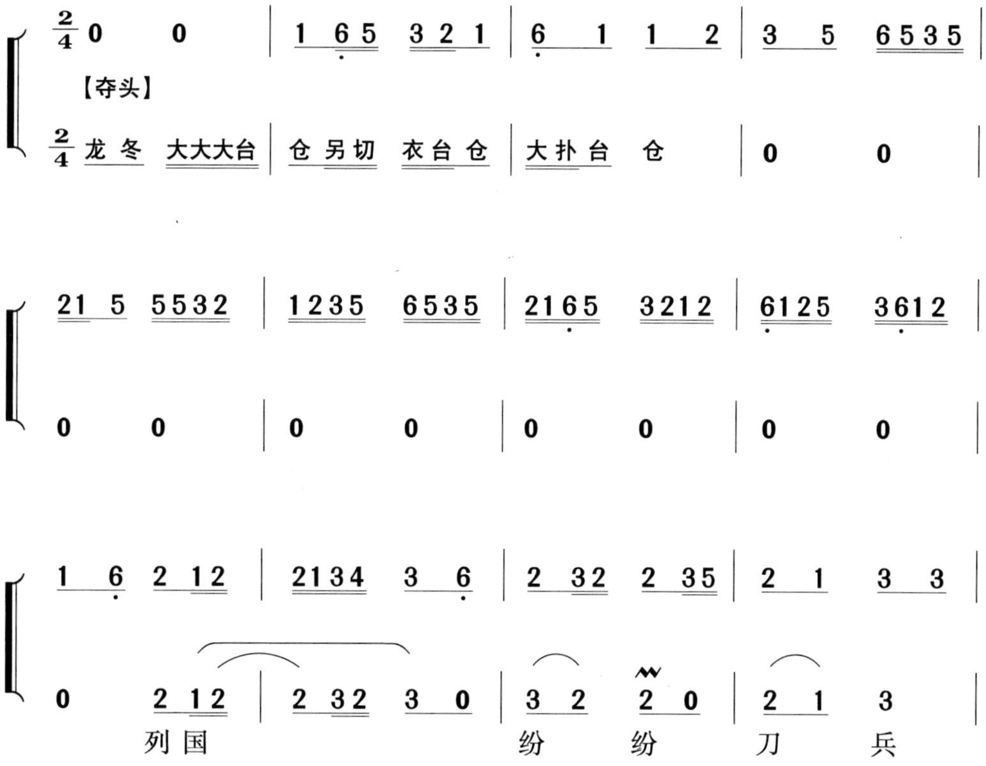

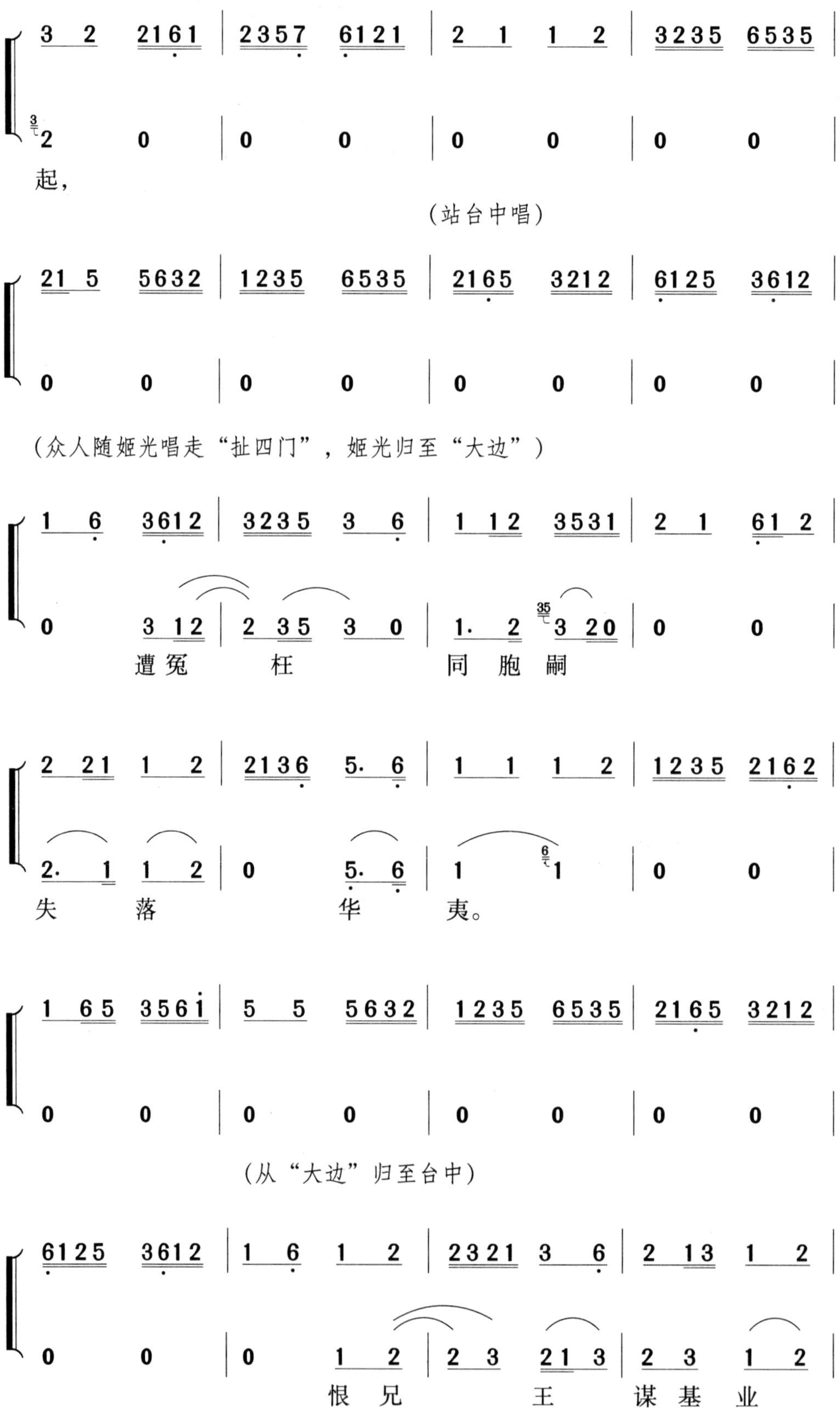
起，
（站台中唱）
（众人随姬光唱走“扯四门”，姬光归至“大边”）
遭冤枉同胞嗣
失落华夷。
（从“大边”归至台中）
恨兄王谋基业

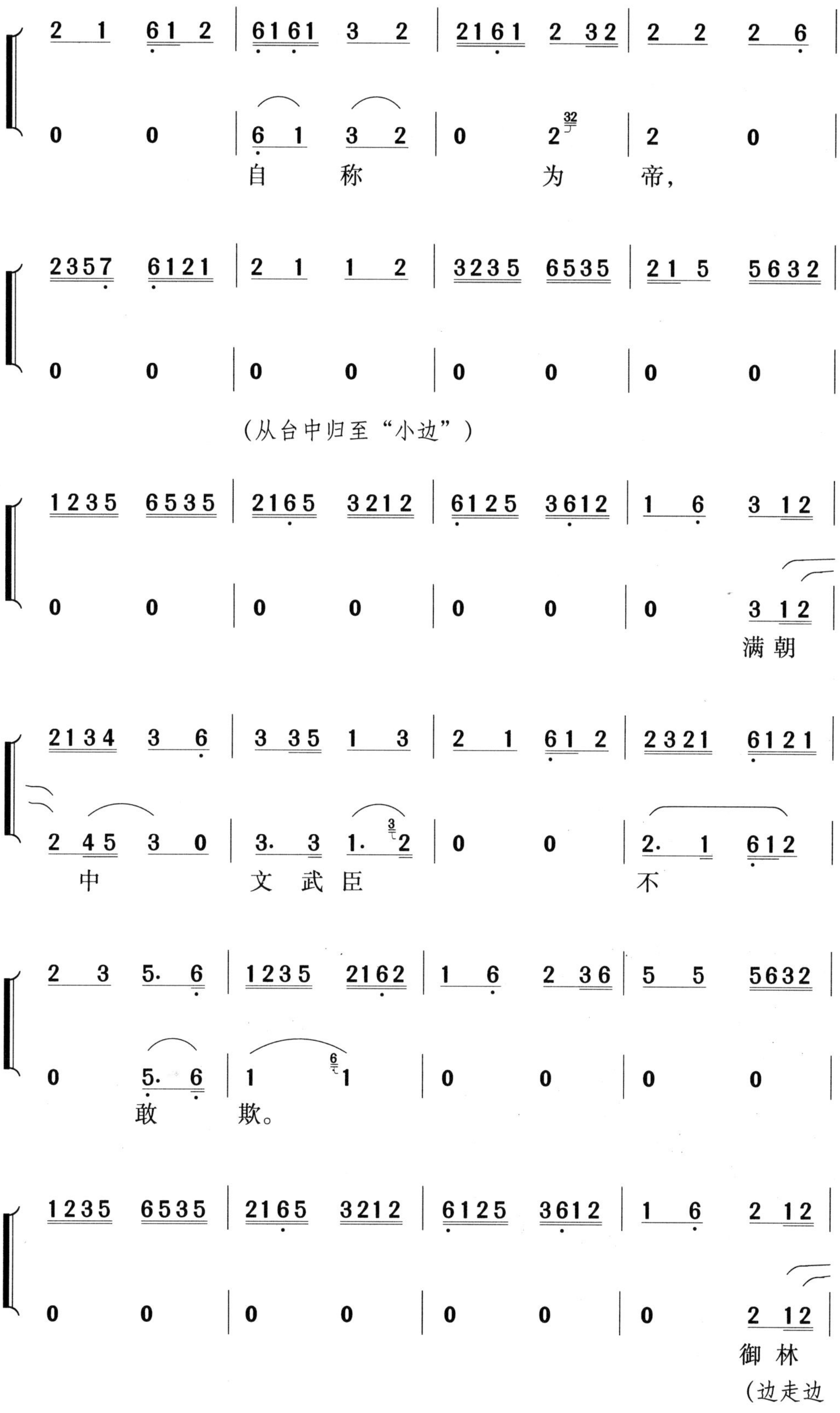
自 称 为 帝，
（从台中归至“小边”）
满朝
中 文武臣 不
敢 欺。
御林
（边走边

2134 3 6 | 2315 3 2 | 2321 612 | サ 2 1 3 3 2 2 2 2

2 32 3 0 | 2 15 3 2 | 0 0 | サ 2 1 3 2 -

军 摆 驾 御 街 里，

唱，从“小边”归台中） （用马鞭指出）

〔【**快长锤**】四大铠、四小太监、大太监“插门”下，姬光举马鞭走至左台口，向下缓鞭站定。

〔西皮摇板〕

姬 光 （6 6 5 5 5 3 6 5 5 3 2 1 1 6 5 5 5） 1 3 2 2 1

盼 来 良

1 2 - 2 （3 5 2 1 6 1 2 2） 3 5 2 1 6 1 - ‖

臣 保 华 夷。

（右手马鞭指出）

〔【**大锣抽头**】姬光左转身打马，从“下场门”下。

第 四 场

〔【**快长锤**】伍员右手持箫从“上场门”上，至“九龙口”，〔亮弦〕（7 6 2 1 1）用箫托髯看，轻轻摇头叹气。【**闪锤**】走至台中。

〔西皮快板〕

1/4 （6 | 6 | 5 | 5 5 | 3 6 | 5 5 | 3 2 | 1 2） |

伍 员 1 | 3 （2 | 3） 4 | 3 3 | 3 5 | 3 2 | 3 （2 | 3） 3 |

日 过 东 来 又 转 西， 举

2 1 | 1 6 | 3 | 1 1 | 1 6 | 1 （1 | 6） 3 | 2 1 |

目 无 亲 甚 惨 凄。 衣 衫

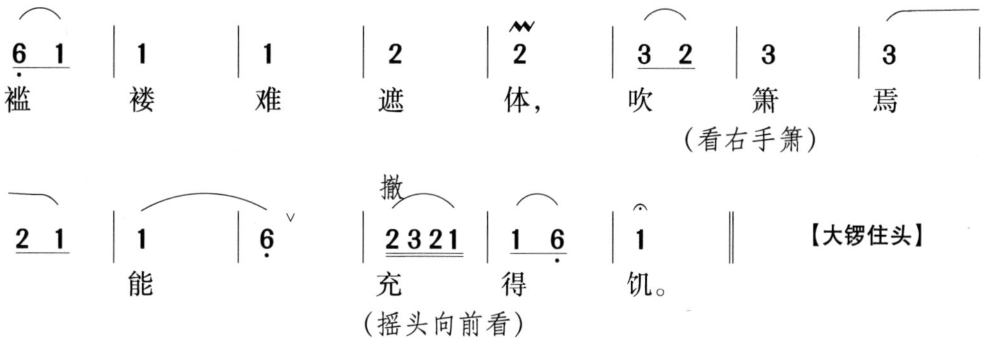

自与专兄结拜之后，盘费用尽，衣物全无，只落得吹箫【大锣一击】（看箫）讨饭哪……【长锤】（拭泪）

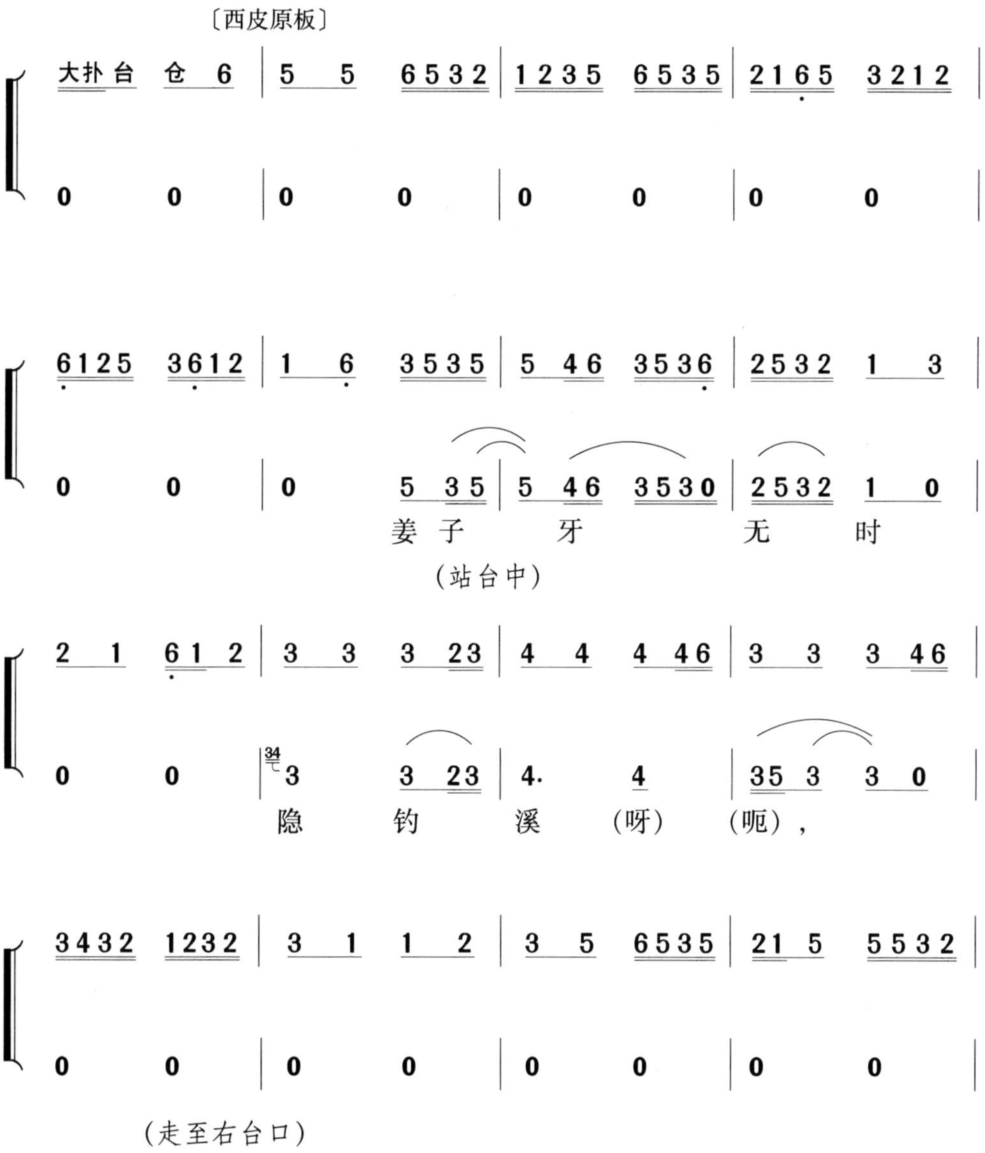

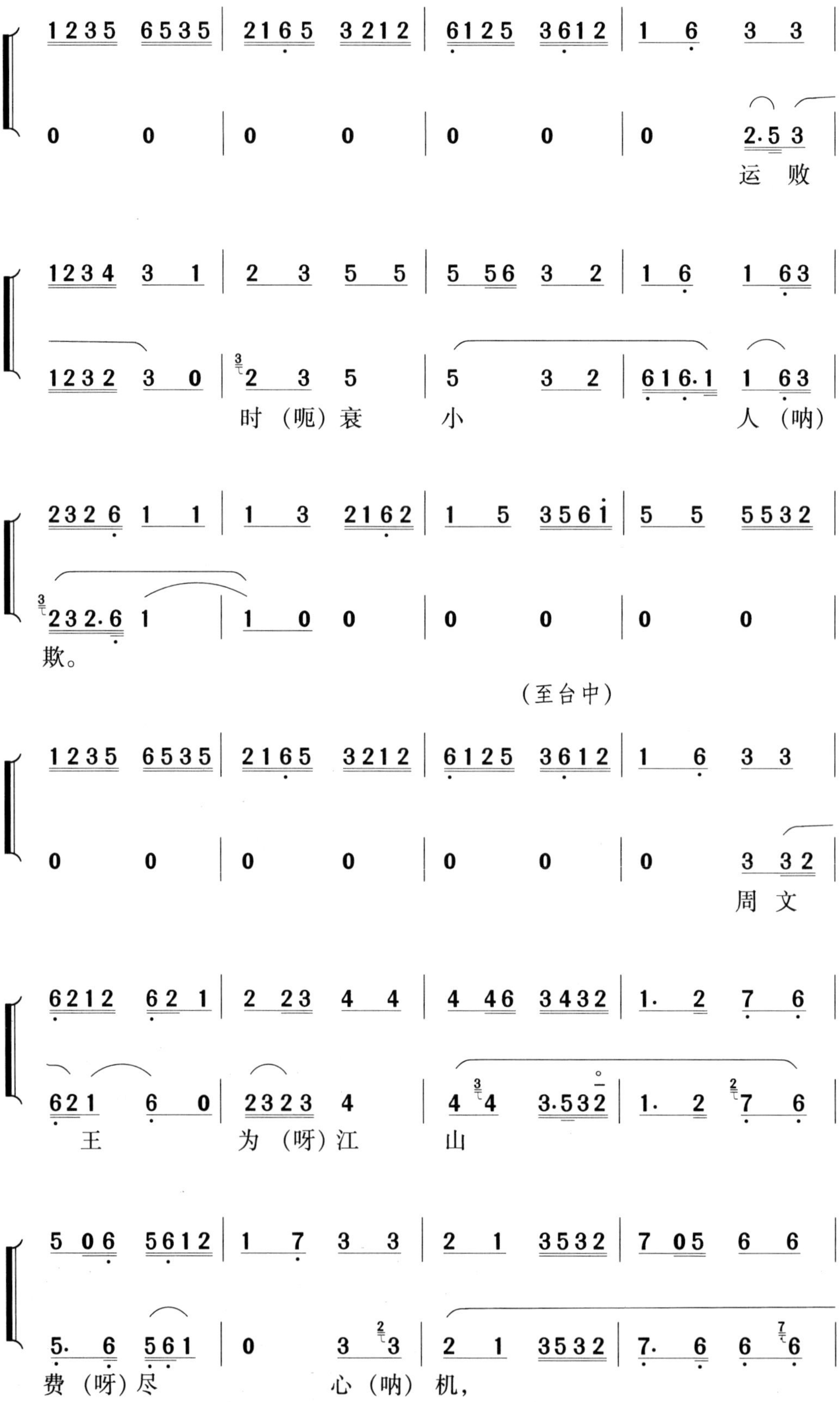
运 败
时（呃）衰 小 人（呐）
欺。
（至台中）
周 文
王 为（呀）江 山
费（呀）尽 心（呐）机，

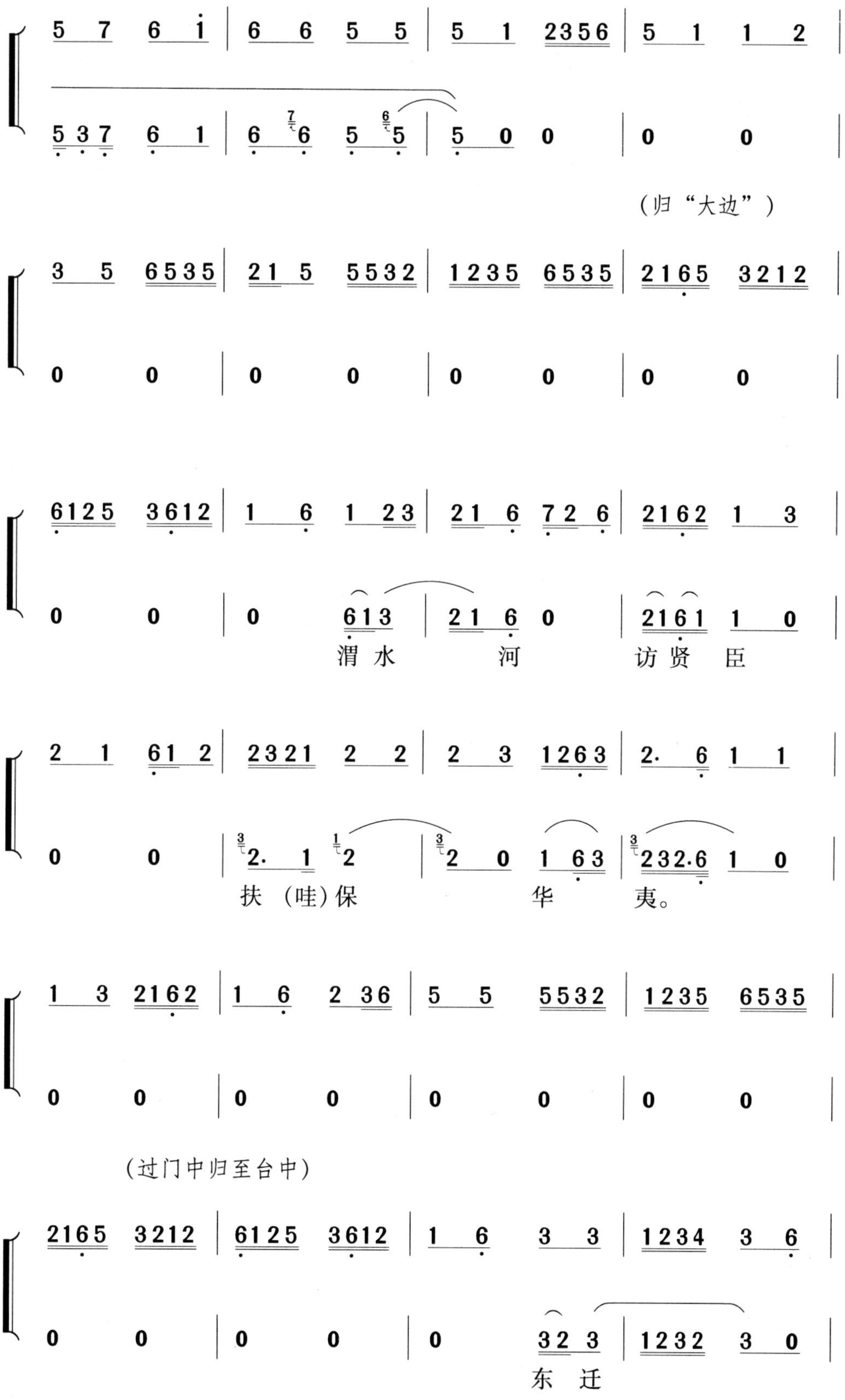
(归“大边”)
渭水河
访贤臣
扶(哇)保
华
夷。
(过门中归至台中)
东迁

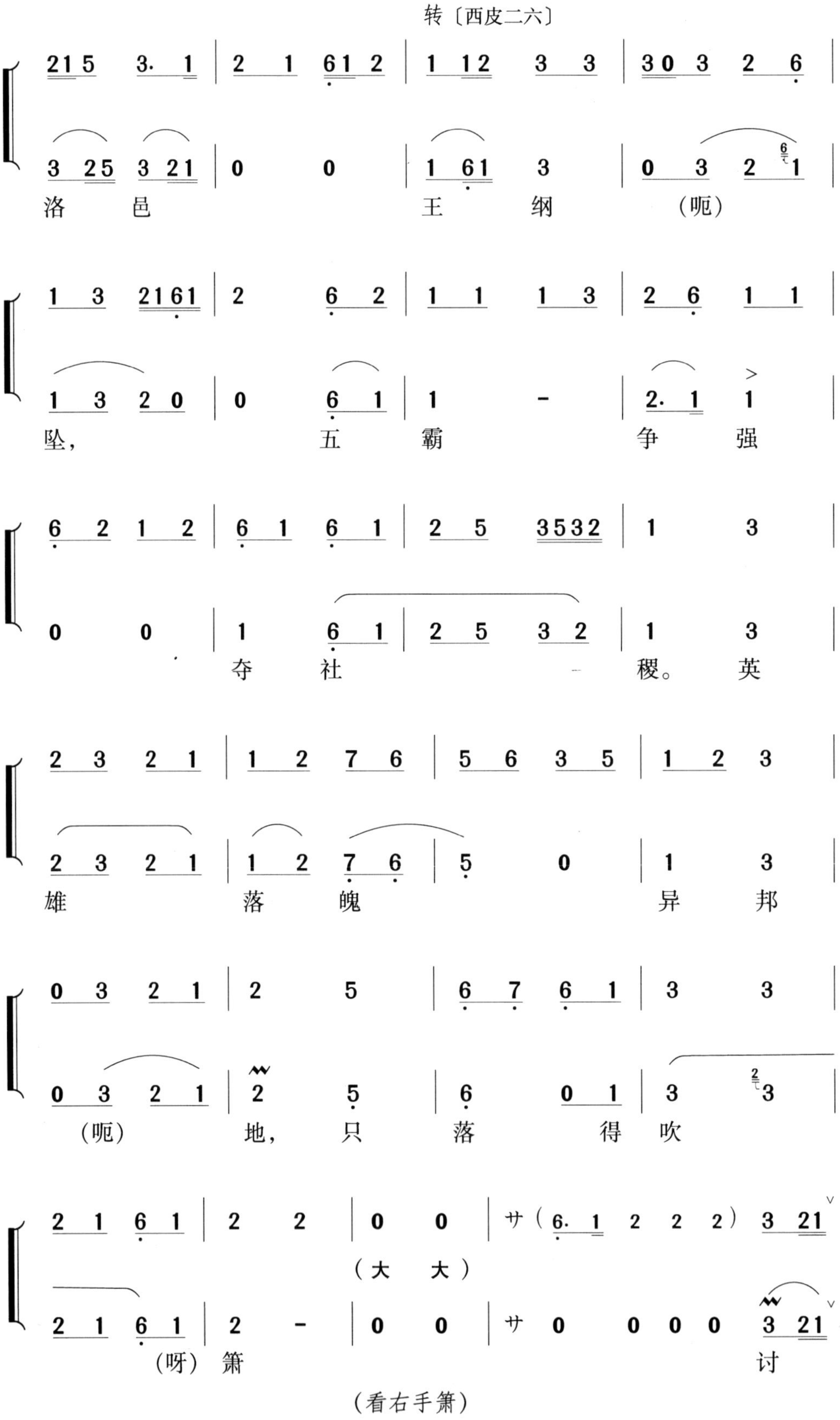
转〔西皮二六〕
洛 邑 王 纲 (呃)
坠, 五 霸 争 强
夺 社 稷。英
雄 落 魄 异 邦
(呃) 地, 只 落 得 吹
(大 大)
(呀) 箫 讨
(看右手箫)

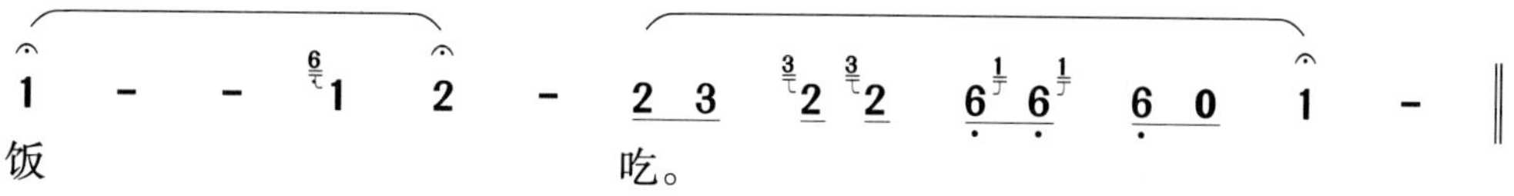

（左手摊掌）

〔【大锣一击】转身向左台口走，面向里站在“大边”。

〔姬光内白：“摆驾！”

〔【快长锤】四大铠、四太监、大太监从“上场门”上，站“一条鞭”。姬光举鞭从“上场门”上，至右台口（偏台中）站。

〔西皮快板〕

姬 光

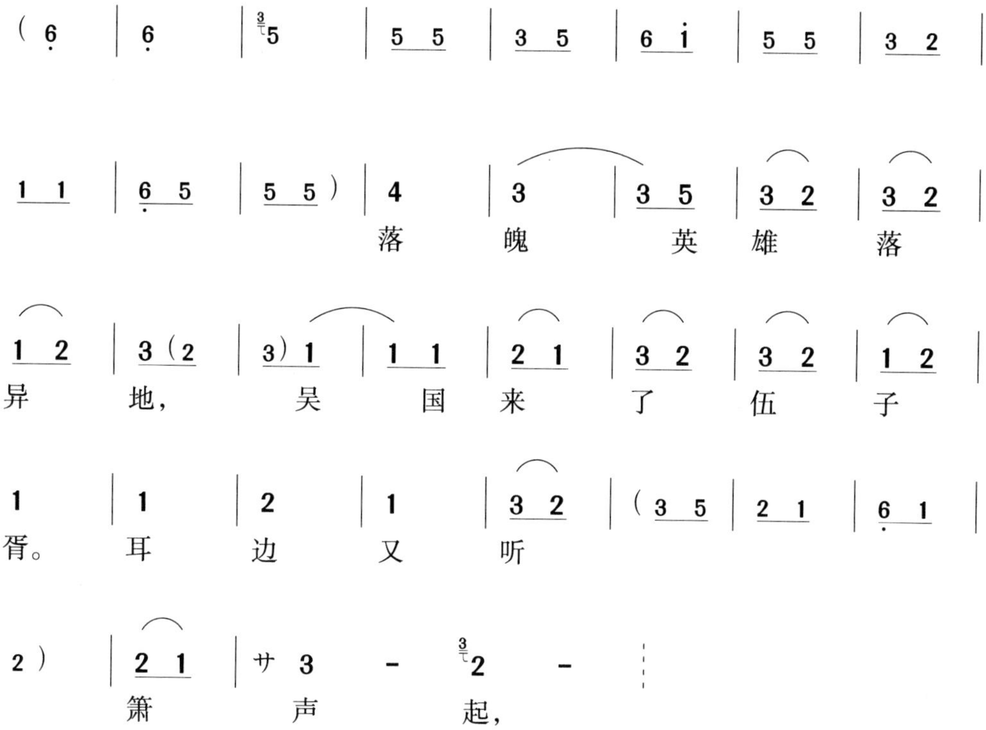

〔【大锣一击】奏笛子曲牌<节节高>，伍员吹箫声引得姬光横鞭侧身倾听。

姬 光 哦！【大锣单楗凤点头】

〔西皮流水〕

（过门同前）

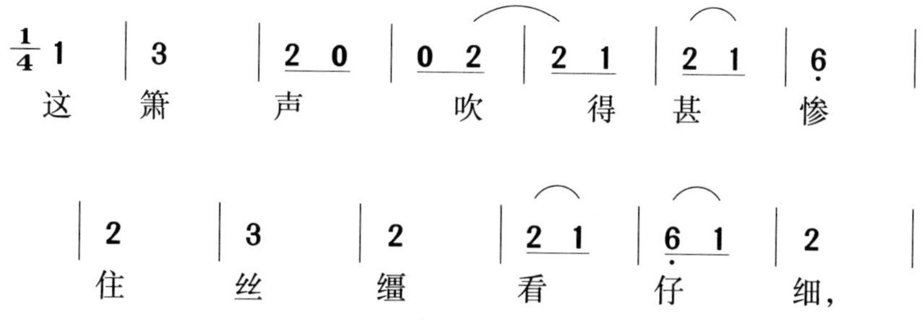

厂【闪锤】伍员向右转身站左台口。

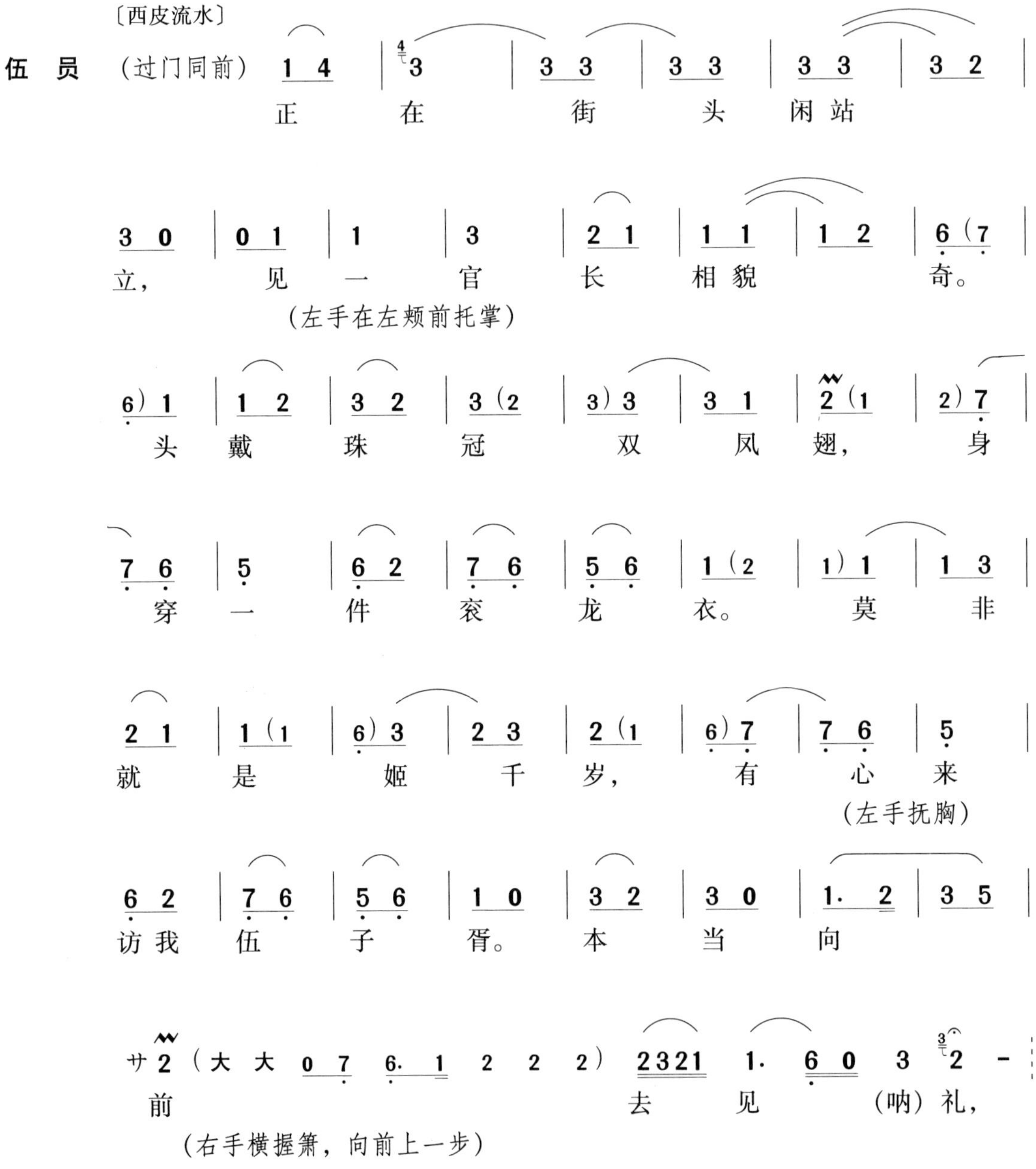

厂【大锣一击】伍员再欲向前，见自己衣冠不整轻轻摇头。此时众人喊军威：“哦——”伍员向后退一步。〔亮弦〕（4 6 3 1 2. 2 2 2）

厂【闪锤】伍员站定思索。【大锣单楗凤点头】

鱼肠剑

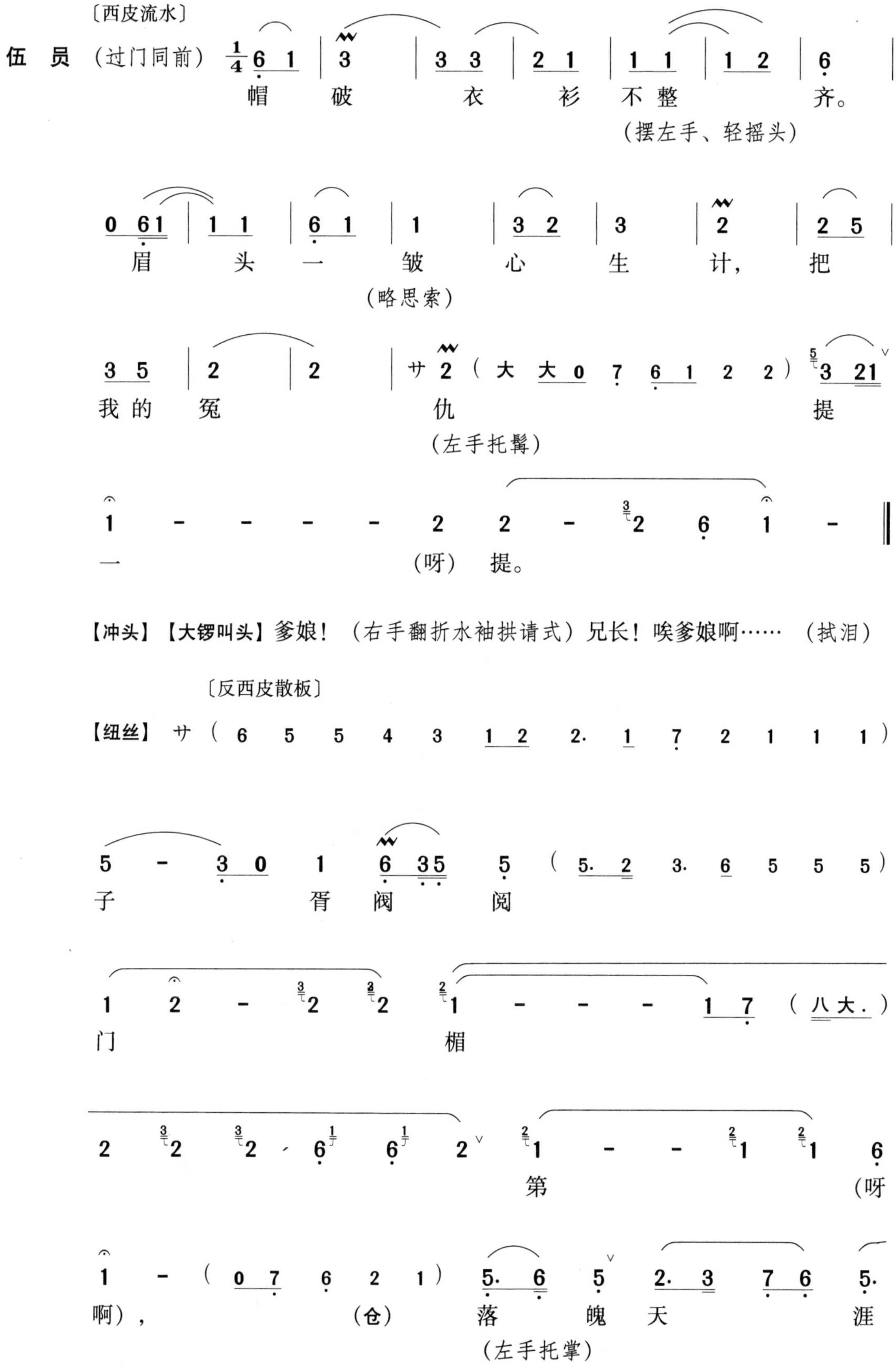
〔西皮流水〕
伍员
（过门同前）
帽 破 衣 衫 不 整 齐。
（摆左手、轻摇头）
眉 头 一 皱 心 生 计，把
（略思索）
我 的 冤 仇 提
（大 大 0 7 6 1 2 2）
（左手托髯）
一 （呀） 提。
【冲头】【大锣叫头】爹娘！（右手翻折水袖拱请式）兄长！唉爹娘啊……（拭泪）
〔反西皮散板〕
【纽丝】
子 胥 阏 阏
门 楣
（八大.）
第 （呀
啊），（仓） 落 魄 天 涯
（左手托掌）

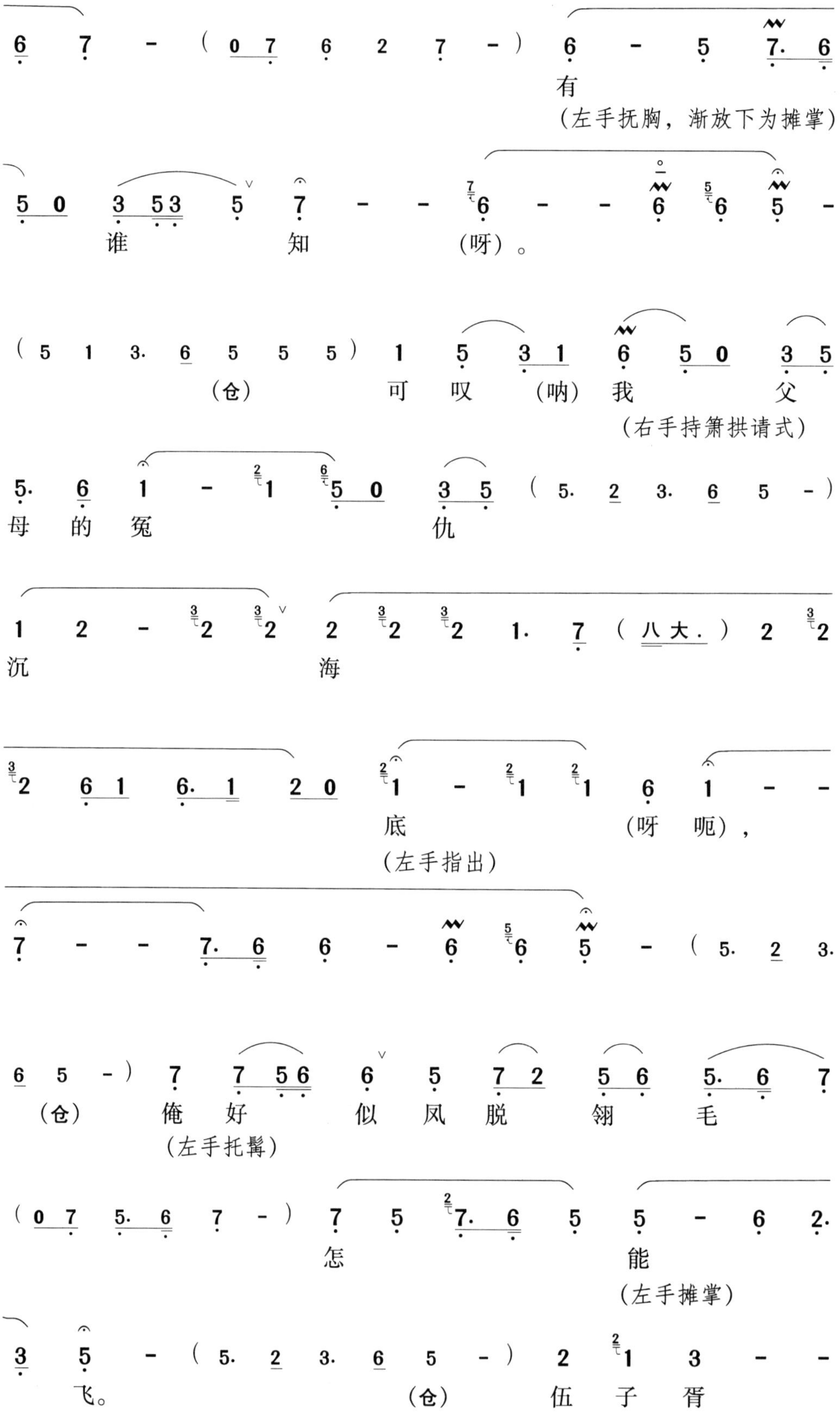
有
(左手抚胸，渐放下为摊掌)
谁 知 (呀)。
(仓) 可 叹 (呐) 我 父
(右手持箫拱请式)
母 的 冤 仇
沉 海
八大.
底 (呀 呃)，
(左手指出)
(仓) 俺 好 似 凤 脱 翎 毛
(左手托髯)
怎 能
(左手摊掌)
飞。 (仓) 伍 子 胥

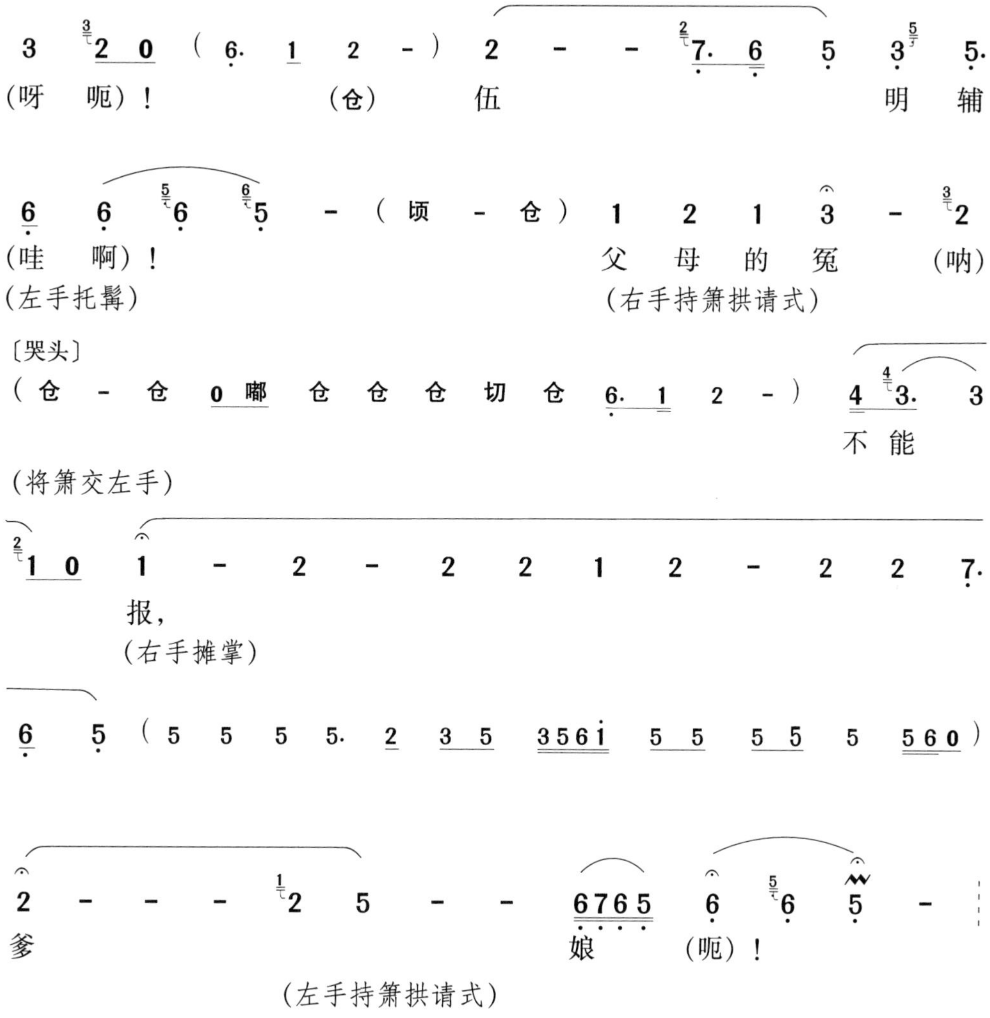

〔【大锣一击】伍员拭泪。

〔【闪锤】姬光向伍员站的方向捋髯看。

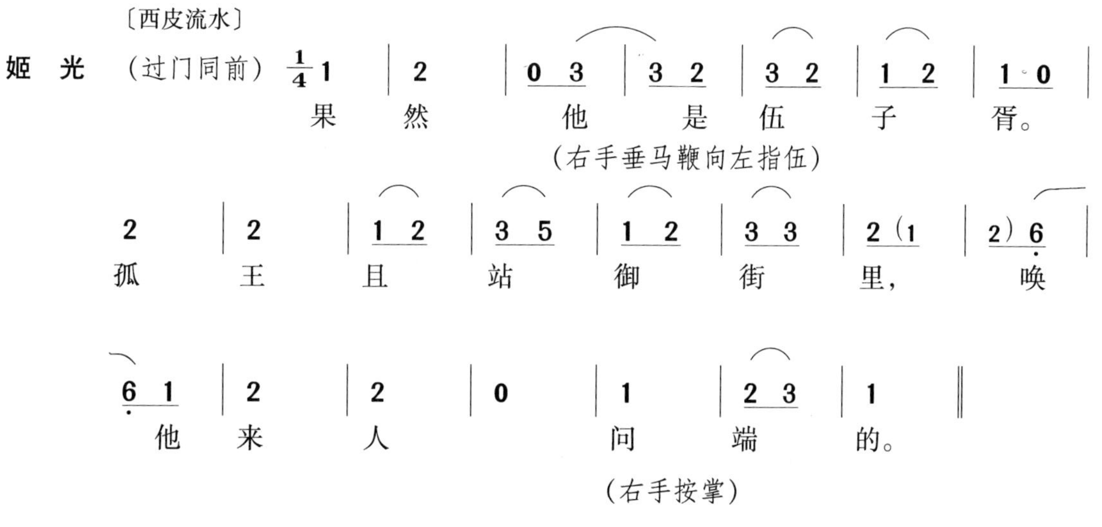

〔【大锣住头】姬光下马，一大铠接马，一小太监从右侧幕搬椅，放置右台口。

姬　光　内侍！

大太监　有。

姬　光　唤那吹箫汉子上前答话。

大太监　是。（向伍员）那一吹箫汉子，我家千岁唤你上前答话呀！

伍　员　来了！【闪锤】（朝姬光坐处一看）

〔西皮快板〕

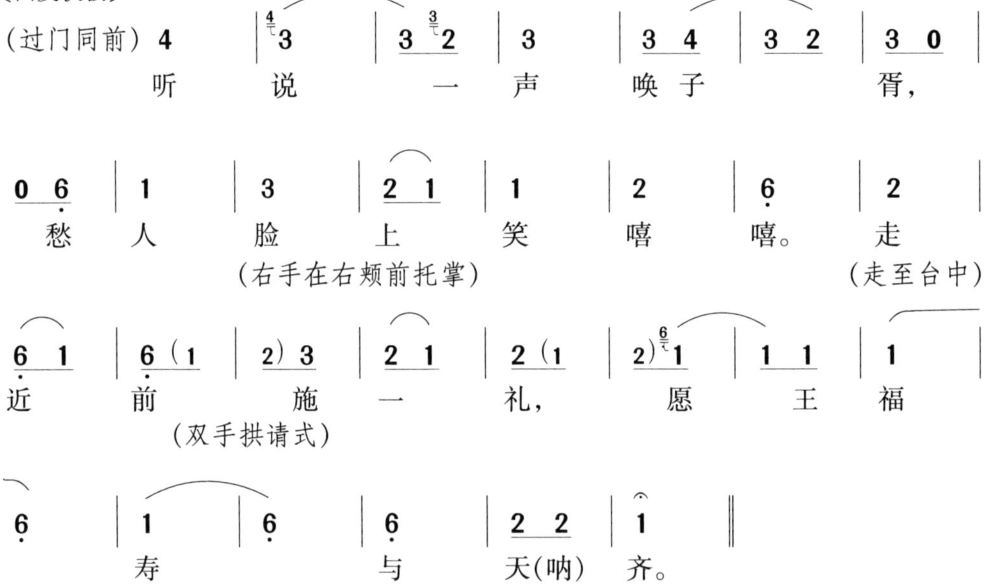

〔【大锣住头】向前与姬光施礼。

伍　员　参见千岁！

姬　光　那一吹箫汉子，孤看你人才出众，因何落在乞讨之中？（右手摊掌）

伍　员　唉！【大锣一击】千岁（双手拱请式），

〔西皮二六〕

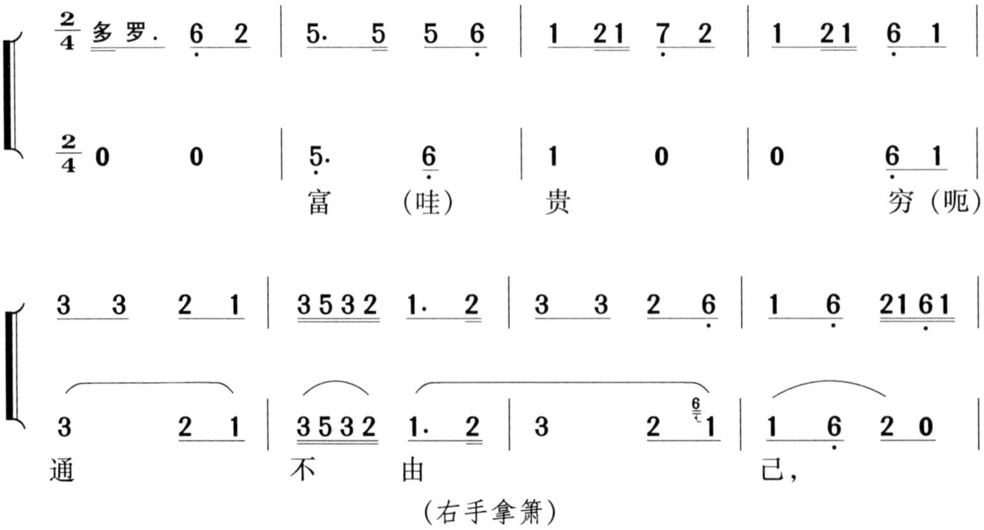

鱼 肠 剑

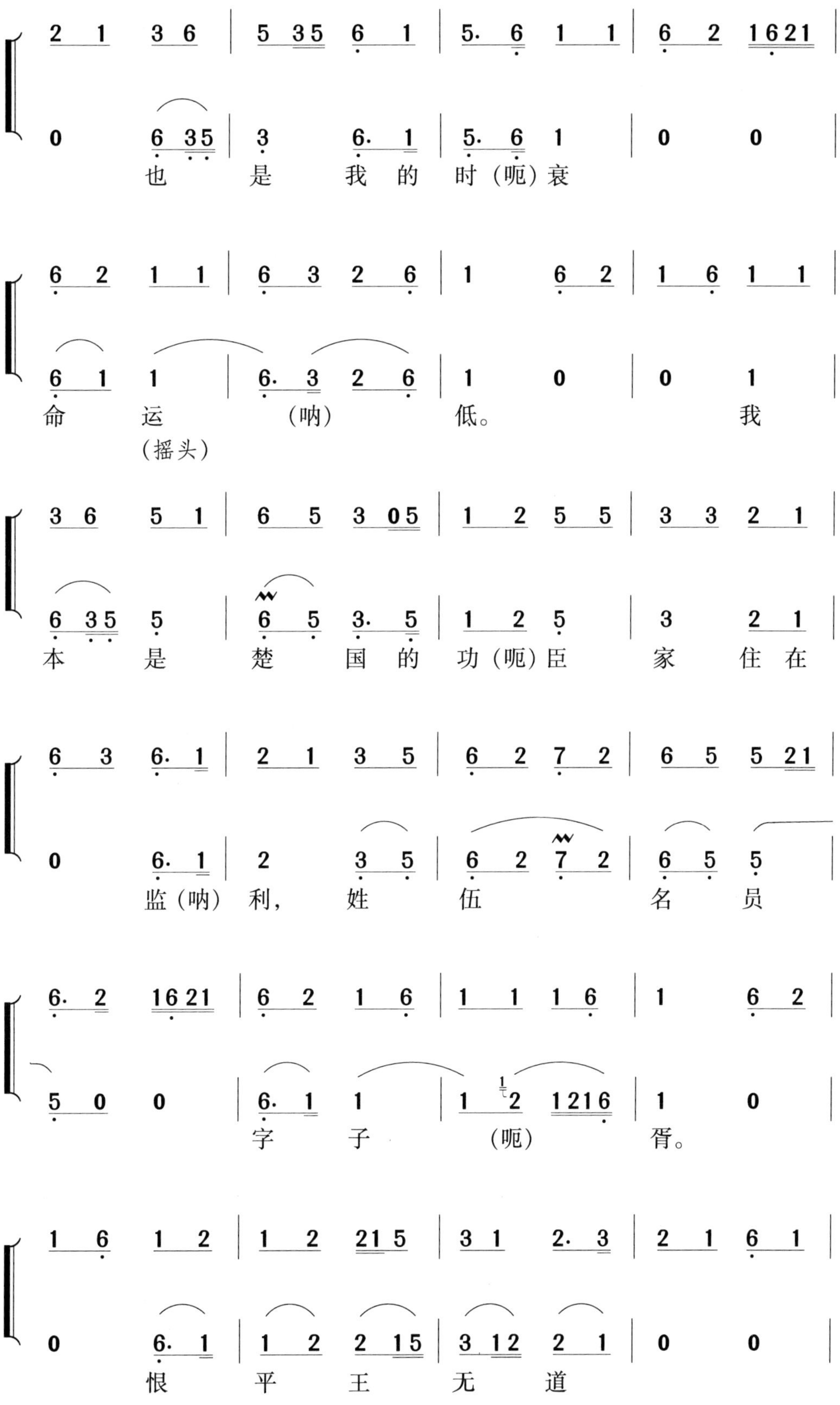

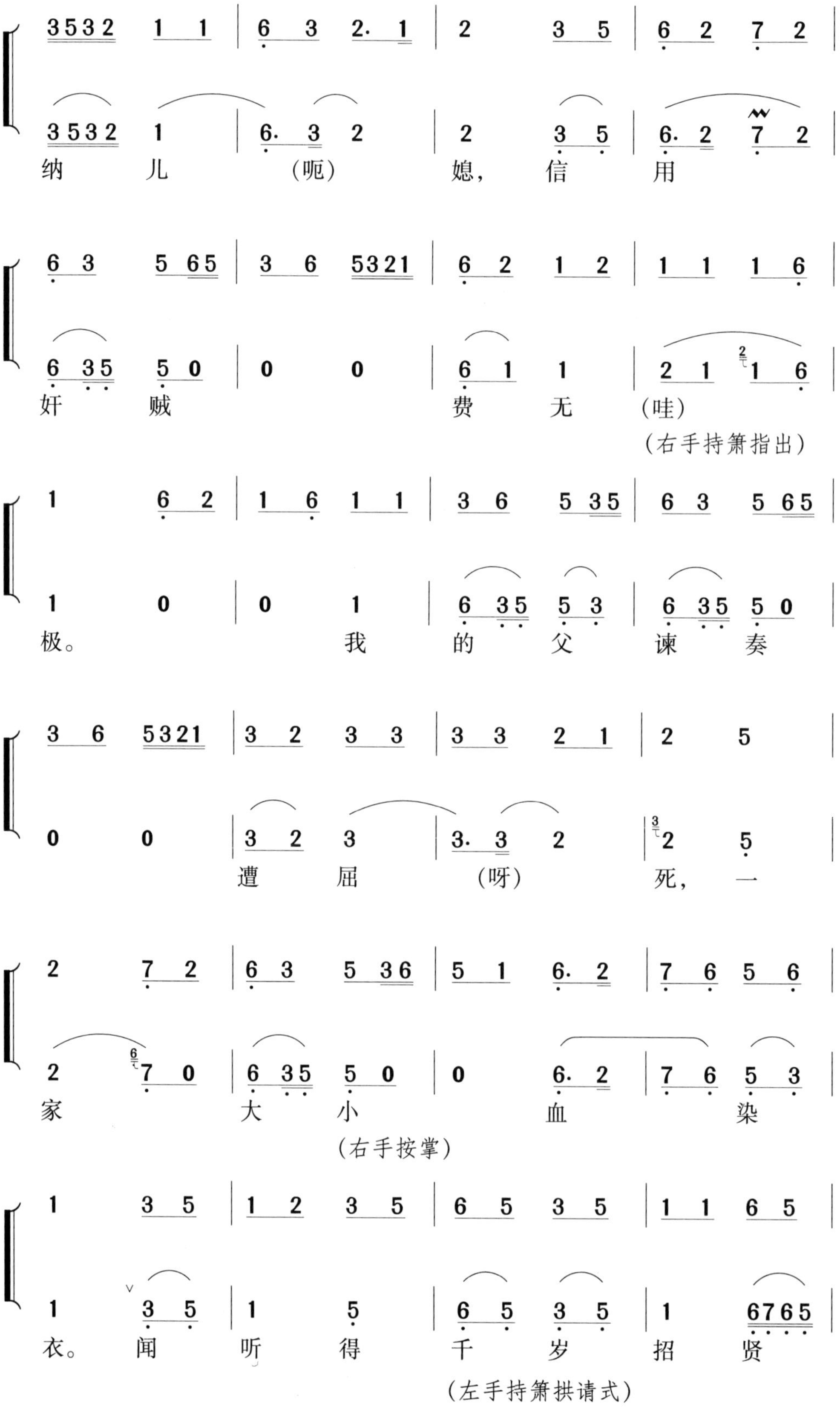
纳 儿 (呃) 媳，信 用
奸 贼 费 无 (哇)
(右手持箫指出)
极。 我 的 父 谏 奏
遭 屈 (呀) 死，一
家 大 小 血 染
(右手按掌)
衣。闻 听 得 千 岁 招 贤
(左手持箫拱请式)

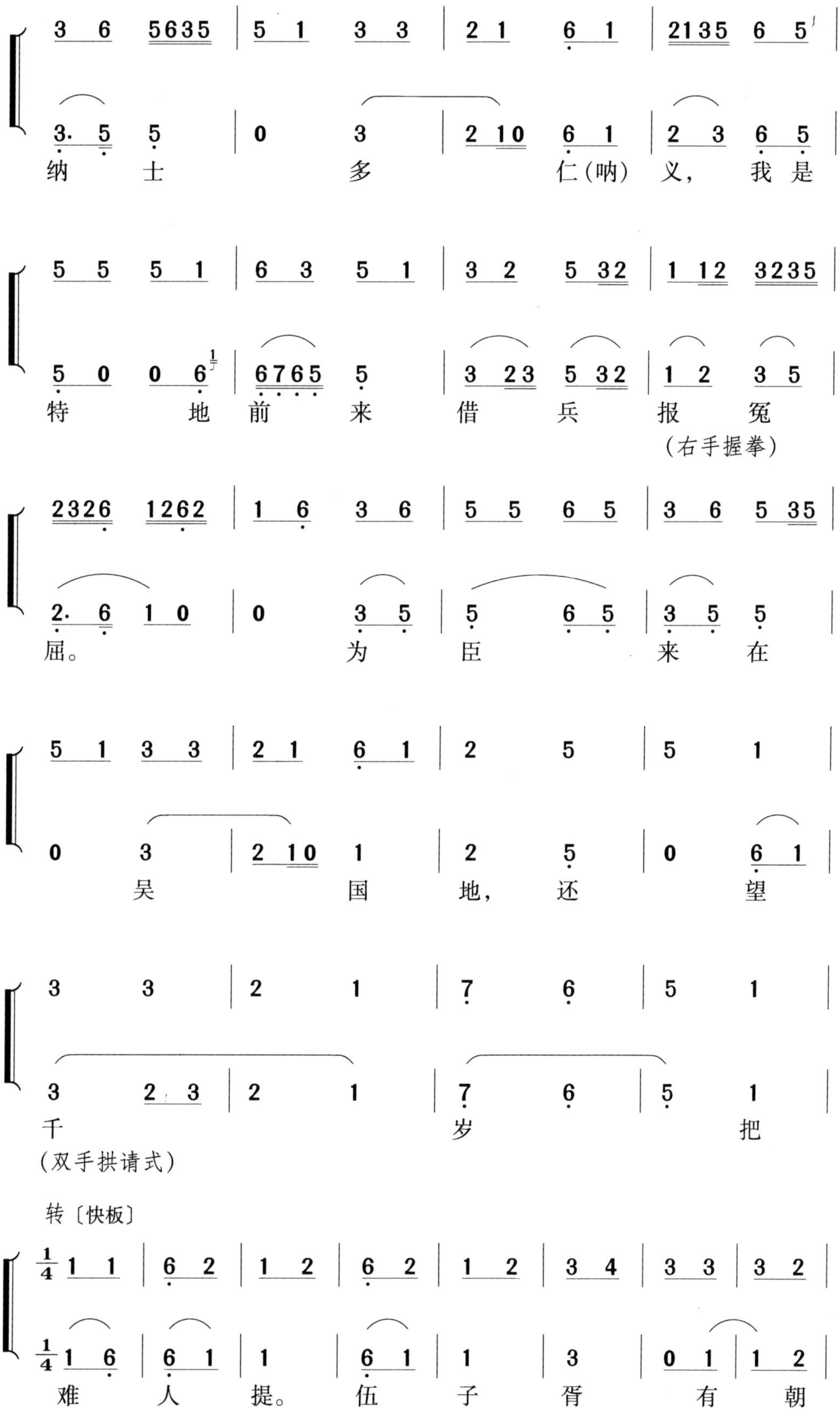
纳 士 多 仁(呐) 义, 我 是
特 地 前 来 借 兵 报 冤
(右手握拳)
屈。 为 臣 来 在
吴 国 地, 还 望
千 岁 把
(双手拱请式)
转〔快板〕
难 人 提。伍 子 胥 有 朝

1 3 | 2 1 | 2 | 3 | 3 3 | 1 3 | 2 1 | 2 （大 大）

1 3 | 2 1 | 2 | 3 2 | 3 | 1 3 | 2 | 2 0 0

得 了 地，知 恩 报(哇) 德

（双手拱请式亮住）

（6· 1 2 2） 1 - 1 2 5 1 0 1 - ‖

不 （哇）敢 移。

（躬身施礼）

姬 光 将军！（站起，小太监撤椅，姬光归“大边”）**【大锣单楗凤点头】**

〔西皮快板〕

（过门同前）$\frac{1}{4}$ 4 | 3 | 3 5 | 3 2 | 1 2 | 3 0 | 0 3 |

将 军 休 要泪 悲 啼， 报

（摆右手）

3 1 | 2 | 1 | 2 | 3 | 1 | 1 | 2 |

仇 之 事 王 从 你。 手 挽

（右手拉伍员左手）

2 5 | 3 2 | 2 | 2 1 | 1 3 | サ 2 -

手 儿 回 府 去，

（左手指出）

〔**【快长锤】**四大铠、四小太监分下，姬光领伍员走一圆场，大太监随走。姬光、伍员、大太监进府，姬光归“外场”座。

〔西皮摇板〕

姬 光 （6 6 5 5 5 3 6 5 5 3 2 1 2） 3 2 1 2 32 3 5 2 1 1 - ‖

孤与明辅 换 朝 衣。

（右手按掌）

〔**【一锤锣】**大太监引伍员从“下场门”下。四小太监在两边上“八字”站。

姬 光 内侍，有请二位先生。（大太监复上）

大太监 遵旨。二位先生进府。

〔**【快长锤】**被离、孙武右手持云帚从“上场门”上，站右台口。

鱼肠剑

〔西皮摇板〕

被　离　（过门同前）1 2 31 2 21 13 2（35 21 61 2 2）

清霄府　内文　武　聚，

（右手云帚指出）

孙　武　3 2 13 2 35 21 61 1

见了主　公把　话　提。

（持帚拱请式）

〔【大锣住头】被离、孙武进门。

被　离
孙　武　（同）参见主公。（施礼）

姬　光　二位先生少礼，请坐。【小锣一击】

被　离
孙　武　（同）谢座。【小锣一击】

〔【大锣住头】被离、孙武坐“大边”。

被　离
孙　武　（同）唤我二人进府，有何军事议论？

姬　光　今有明辅将军至此。

被　离
孙　武　（同）敢么是临潼会之子胥么？

姬　光　正是。（点头）

被　离
孙　武　（同）请来相见。（持帚拱请式）

姬　光　内侍！

大太监　有。

姬　光　有请伍将军。

大太监　遵旨。有请伍将军。

〔【一锤锣】伍员更衣从“下场门”上，双手捋髯，至台中。

伍　员　参见千岁。

被　离
孙　武　（同）啊伍将军！（持帚拱请式）

姬　光　（向伍员）见过二位先生。

伍　员　（向二人拱手）啊二位先生。

〔柳展雄内白：“走哇！”

〔【急急风】柳展雄从“上场门”上，至右口。

〔西皮散板〕

柳展雄 【快纽丝】サ（6 6 6 5 5 5 i 3 122 2 6 6 2 1 1 1 1 1）

3 3 3 3 3 2 1 2 3（6 1 2 3）2 1 1 2 3 2
正在后厅把剑比，（仓）忽听来了伍

1 2 1（7 6 2 1）1 2 3 2 2 2 1 1 3 2 -
子胥。（仓）迈步撩袍进府去，
（右手向左指）

〔【快纽丝】柳展雄进府，归“大边”站。

柳展雄 主公。（双手拱请式）

〔【大锣凤点头】姬光示意柳，柳展雄见伍员，伍员忙站起。二人站台中。伍员拉住柳展雄右手臂。

柳展雄 （过门同前）3 3 2 1 3 2 3 5 2 1 1 ‖
几载未见白了须。
（深情望着伍员，左手示伍髯）

〔西皮快板〕

【紧锤】

| 1/4 1 4 | 3 4 | 2 3 | 3 3 | 2 5 | 3 2 | 3 1 |
| 1/4 1 | 4 | 0 3 | 3 3 | 2 5 | 3 2 | 3 |

伍员 含悲忍泪叫贤弟，

| 2 1 | 1 1 | 3 1 | 2 1 | 6 1 | 6 | 1 1 | 3 2 |
| 0 1 | 1 1 | 3 | 2 1 | 6 | 6 | 1 | 0 2 |

愚兄冤仇弟怎知。特

| 1 2 | 1 2 | 3 2 | 1 3 | 2 1 | 2 3 | 2 5 | 3 1 |
| 2 | 1 | 2 | 1 3 | 2 1 | 2 | 2 5 | 3 |

为借兵到此地，不杀

2 3 | 2 1 | 1 2 | 6 6 | 1 61 | 5 | 1 ‖

2 3 | 2 1 | 1 | 6 | 1 61 | 5 1 | 1 ‖

平 王 气 怎 息?

(右手摊掌)

〔【快纽丝】柳展雄右手抖袖。

〔西皮散板〕

柳展雄 サ(6 6 6 5 5 5 i 3 122 2 6 6 2 1 1 1 1 1)3 3

吴国

2 1 1 3 1 2(7 6 1 2)3 3 2 1 3 2 3 5 2 1 1 ‖

点 动兵和将, (仓) 平王 必 成笼 中 鸡。

(右手按掌) (右手向外指出)

〔【大锣原场】伍员、柳展雄归“小边”坐。

姬 光 二位先生。

被 离
孙 武 (同)主公。

姬 光 伍将军到此,大事可能成功?

被 离
孙 武 (同)不能成功。

姬 光 怎见得?(右手摊掌)

被 离
孙 武 (同)必须有一孝勇双全、力大无比之人,方能成功。

姬 光 想这孝勇双全之人,世间少有。(摆右手)

被 离
孙 武 (同)少有。

伍 员 臣启千岁(双手拱请式),臣有一结拜弟兄名唤专诸(右手指出),此人孝勇双全(左手赞美指),力大无比,堪可委用。

姬 光 此人今在何处?

伍 员 住在姑苏城中,臣一唤即至。

姬 光 (点头)好,内侍,取彩缎黄金,随定伍将军去请专义士,替孤一往。

〔【闪锤】伍员站起。

〔西皮摇板〕

伍 员 (6 6 5 5 5 3 6 5 5 3 2 1 1 6 5 5 5 3 6

5 5) 1 2 3 1 2 2 2321 163 ³2 -
辞 别 千 岁 奉 聘(哪) 礼,
(向姬光施礼)

〔【快长锤】大太监端礼盘从"下场门"下,伍员随下。

〔西皮摇板〕

姬 光 (6 6 ³5 5 5 3 6 5 5 3 2 1 2 6 5 5 5) 1 2 1 2 2 1 6 1
去了明辅伍 子

1 (3 5 2 1 6 2 1 1) 1 2 2 3 2 2 2 1 3 2 - 【大锣凤点头】
胥。 问先生孤 王可 得地?
(右手摊掌)

〔西皮摇板〕

被 离 (6 6 ³5 5 5 3 6 5 5 3 2 1 2 6 5 5 5) 4
安

3 2 1 2 3 1 3 2 1 (3 5 2 1 6 2 1 1)
排 巧 计 无 差 异。
(摆左手)

〔西皮摇板〕

孙 武 1 2 1 5 3 2 2 1 1 2 3 -
保 定 我 主 九 龙 椅,
(持帚拱请式)

〔【快长锤】大太监引专诸、伍员从"上场门"上。

〔西皮摇板〕

专 诸 (6 6 ³5 5 5 3 6 5 5 3 2 1 1 6 5 5 5) 1
有

2 1 2 3 1 2 1 1 2 3 2 2 2 1 1 3 2 -
劳 仁 兄 把 我 提。见 君 忙 行 君 臣(呃) 礼,
(双手拱请式) (双手拱请式)

鱼 肠 剑

〔【闪锤】二人进府，伍员、专诸“小边”站。

〔西皮摇板〕

姬 光 （6 6 5 55 36 55 32 12 65 55）1 2 3 1 2 3 1
孝 勇 双 全 世 间 稀。
（右手赞美指）

（3 21 62 1 1）1 2 32 2 21 1 3 2 – 【大锣凤点头】
同 施 一 礼 话 商 议，
（右手按掌）

〔西皮摇板〕

伍 员 （6 6 5 55 36 55 32 11 65 55）3
风

35 2321 12 2 35 2321 1 – 1 – ‖
吹 云 散 见 虹 霓。
（右手自胸前向右外方撒掌）

〔【一锤锣】众人归坐。

专 诸 草民专诸，有何德能，敢劳千岁（双手拱请式）厚礼相请？

姬 光 你乃孝义双全之人，理当如此。

专 诸 多谢千岁！

姬 光 啊，二位先生。

被 离
孙 武 （同）主公。

姬 光 专义士到了，有何妙计，灭却姬僚？

被 离
孙 武 （同）但不知那姬僚平日最喜何物？

姬 光 我那兄王平日最喜煎鱼。

被 离
孙 武 （同）就以鱼刺之。（持帚指）

姬 光 我那兄王内穿长鳞甲，外穿青袍衫，怎奈刀枪难入。（摇头）

被 离
孙 武 （同）长鳞甲最怕鱼肠剑。

姬 光 哦，鱼肠剑（持髯想）

〔【小锣一击】姬光看二位先生。

被 离
孙 武 （同点头）正是。

姬　光　此剑少有。（左手指出）

被　离
孙　武　（同）自然有。

孙　武　师兄请过来。（二人站起）

被　离　做什么？

孙　武　临下山之时，师父赐我一物，名唤匕首（右手从左袖掏出），师兄请看。

被　离　待我看来！

〔【小锣一击】被离接匕首看。

被　离　此物便是此剑，此名唤做鱼肠。
十年炼成一剑，光芒犹如雪霜。

〔【小锣一击】众人看。

众　正是此物。

被　离　主公请看。（将剑递姬光）

姬　光　（接剑放桌上）鱼肠剑有了，大事可能成功？

被　离
孙　武　（同）还是不能成功。

姬　光　怎见得？（右手摊掌）

被　离
孙　武　（同）必须有胆大心细之人，在酒席宴上刺杀那姬僚。

姬　光　这倒难了。

〔【撕边一击】姬光摇头。专诸略思。【大锣叫头】

专　诸　（双手拱请式）千岁！【大锣四击】专诸不才，愿在那酒席宴上行刺那姬僚！

〔【撕边】【大锣叫头】

姬　光　哎呀义士呀！【大锣四击头】我那兄王传下保驾圣旨，帐下一个个如狼似虎，义士前去，恐怕性命难保！

专　诸　【撕边】【大锣叫头】千岁呀！【大锣软四击】千岁在朝廷如此厚恩，慢说是性命，
就是粉身碎骨理所当然。但是一件——

姬　光　哪一件？

专　诸　家有八旬老母（双手拱请式），望千岁另眼看待。

〔【撕边】【大锣叫头】姬光双手拱请式。

姬　光　哎呀义士呀，【大锣软四击】事成之后，我若薄待伯母，叫我天诛地灭。（欲跪，众人阻止）

〔【大锣原场】众人归坐。

姬　光　二位先生料理公务去吧！

被　离
孙　武　（同）正是：（扎）

被　离　大事安排定，

孙　武　不可有负心。

〔【小锣一击】被离、孙武从“下场门”下。

专　诸　草民要回家拜别家母。

姬　光　好，内侍，看彩缎黄金赐与专义士，回去探望伯母（双手拱请式），恕孤不义了！（施礼）

专　诸　千岁！（双手拱请式）**【闪锤】**（接礼盘）

〔西皮摇板〕

（6̣ 6̣ ³⁄5 5 5 3 6 5 5 3 2 1 1 6̣ 5 5 5）3 3
多 谢

3 2 2 2 1 1 3 2 - **【闪锤】**（专诸出府，走至左台口右，回身站定）
千 岁 彩 缎 锦，
（施礼）

3 3 2 1 3 2 1 6 1 1 - ‖
回 家 禀 报 老 娘 亲。
（捧盘拱请式）

〔**【纽丝】**姬光等人站起。

〔西皮散板〕

姬　光　サ（6̣ 6̣ 6 5 i̇ 3 122 2 6̣ 2 1 1 1 1）3 2 1 6̣ 2 1
一 场 大 事
（右手按掌）

3 1 ³2（7̣ 6̣ 1 2）6̣ 2 1 2 2 1 2 32 ³1 - ‖
安 排 定， 此 事 全 仗 伍 将 军。
（向伍员双手拱请式）

〔**【大锣打下】**姬光从“下场门”下，众人随下。